ナユタ

illustration
瓜うりた

TOブックス

Contents

hirowaredeshi to bireimajutsushi

illust　瓜うりた

design　CoCo.Design 小菅ひとみ

プロローグ

陽の光が差し込まない鬱蒼とした薄暗い森の中を、場違いなほど美しい青年が一人、供も連れずに歩いていた。彼が元高名な魔導師であることを知っている者はここにはいない。

切れ長で冷たい印象のある深紅（しんく）の双眸（そうぼう）に、薄い唇から白い吐息が零れることで辛うじて血が通っているのだと分かる白い肌。癖のある豊かな金髪を無造作に一本に縛った彼は、朝から自身の庭のように知り尽くしているはずの森の様子がどこかおかしいことに気付いていた。

何がとは言語化できないもどかしさ。どこか不安定な空気からは、森にいつもとは異なる異質な存在が紛れ込んでいるようだ。思わず同伴者もいないのに「チッ、何か今日はきなくさいな。誰か入り込んだのか？」と口に出してしまうくらいには、空気が澱（よど）んでいた。

しかしそれがあり得ないことであることは、この森を覆い尽くす結界を張った当の本人が一番良く知っている。青年が採集を始めて一時間ほど経った頃、その心配は案の定現実のものとなった。明らかに面倒ごとで、しかも相当に質の悪い形で。

最初遠目に転がっていた汚い塊が何か分からなかった彼だが、近付いて嫌々爪先でひっくり返すとそれが人間だと知れた。小さな身体が膨らんで見えるほど火膨（ひぶく）れた姿に、微かにしか上下しない胸元。明らかに訳あり者のにおいがするそれを見た彼が「どこの馬鹿だか知らないが……面倒なことをしてくれる」と溜息をつくのも無理からぬことだろう。

　ここは死の森として有名だ。一度だけ呼びかけて返事をしないようならここに放置して引き返そう。どうせ三日もすれば獣に食べられているに違いない。薄情と言えばそれまでだが、人間に対して少々嫌気がさしていた彼はそう割り切って、一言だけ「おい、生きてるなら返事をしろ」と呼びかけた。

　するとそれは小さく身じろぎ、何故か「ニゲテ」と返事をした。

　青年はこれに対して素直に驚いた。自分は二目と見られない姿のくせに、割れた硝子（がらす）を擦り合わせたような不快な声は、性別すら判別ができなかったのに。てっきり〝助けて〟と言うのだと思った。それがこの場合一番妥当な台詞だったから。けれど、そんな状態でその人物は再び言ったのだ。痛みのせいなのか、命の火が消えかかっているからか、震える声で。それでも「ニゲテ」と。雷に打たれたような衝撃……とまでは言わないものの、一瞬だけ。一瞬だけ青年はその言葉に酷く救われた気持ちになった。

　その後〝放っておいて〟とでも続けたかったのかもしれないが、そこで気力を使い果たしたそれは意識を手放した。それを前にして、青年は自身がいつぶりぐらいか分からないほど久々に心を動かされたことに気付き、同時に複雑で悪趣味な魔術の痕跡がある人らしきそれに、研究対象として興味が湧いたのだ。

　だから気紛れに拾って持ち帰ったまでは良かったものの、目覚めた人物にはそれまでの記憶が一切残っていなかった。そしてこの日を境に厭世家（えんせいか）な美貌の魔術師は、初めて自身の顔の造形を以てしても怯え泣く存在というものに手を焼くこととなる——。

＊＊＊

華美すぎず、地味すぎず。品の良いレースのカーテンが、開け放たれた窓から流れ込む朝の爽やかな風をはらんで翻る。

パステルピンクの天蓋つきのベッドとダークブラウンで統一された猫足の家具は、部屋の主の乙女趣味な人物像を物語っていた。そんな窓辺の程近くにある大きな鏡台の前には、一目見れば誰しも目を奪われるであろう絶世の美貌を持った——……青年が座っていた。

一瞬この部屋の主の恋人かもしれないと思えど、クリーム色のシルクで仕立てられたドレス風のネグリジェに身を包んだ姿に、その考えは儚い夢と消える。歳はおよそ二十代前後。座っているから分かりにくいが、組まれた長い脚から立てばかなりの高身長だと思われる。

「鏡よ鏡よ鏡さん、この世で一番美しいのは誰かしらー？」

耳に心地良いベルベットボイスで、ご機嫌な節回しと共にその唇から飛び出したのはまさかの……いや、もうこうなったらそうだろうなと予測ができる言葉遣い。総合的に視覚と聴覚が見る者の期待と理想を真っ向から裏切ってくる仕様である。そしてその問いかけをしながらも、テキパキと元から手直しなど必要がなさそうな顔に化粧を施していく。

シミ一つないどころか毛穴もなさそうな白い肌、長い睫毛に縁取られたつり目気味な深紅の双眸、通った鼻筋に薄い唇。癖のある豊かな金髪を軽く結わえただけの寝起き姿も、退廃的で一種の芸術めいた美しさがある。

化粧が終わったのか、出来映えチェックをした彼が鼻歌交じりに髪をほどいて結わえ直そうとした次の瞬間、突然部屋のドアがノックもなく開いた。そこに立っていたのは顔の半分を包帯に覆われた痛ましい姿の少女だ。

歳の頃は十六、七。無事な方の顔つきは至って平凡ではあるものの、クルミ色の丸いタレ気味の目は力強い光を放っている。彼女は後ろで一本にキリリと結ばれた狐色の髪を揺らしながら、白いエプロンを翻してズカズカと遠慮のない足取りで立ち入って来た。

「はいはい、おはようございます。今日も師匠が世界で一番美人ですよ～。それよりもまた靴下裏返したまま洗濯物に出しましたね？　これをやられると、いちいち表に向け直して干すの面倒なんですってば」

おざなりな挨拶(あいさつ)と褒め言葉もそこそこに鏡台の前に座る彼の後ろに立つと、矢継ぎ早に文句を言いながらご立腹の元凶らしき靴下をエプロンのポケットから取り出し、鏡の中に映る青年に見せつけた。

「……んもぅ、人がせっかく爽やかな朝の支度(したく)を楽しんでるのに、あんたは本当にうるさい子ねぇ。情緒(じょうちょ)が足りないわよ？」

「はあ、情緒ですか。そんなものとっくに隣の汚部屋に放り込んでます。それよりも師匠、不必要なものを一つの部屋に押し込むのは片付けとは言わないって、何度言ったら分かるんですか～。いくら空き部屋が多いからっていつかはいっぱいになりますよ？　この前一ヶ月全く使わなかった物は捨てるって約束したでしょう」

とはいってもこの約束は大抵一月（ひとつき）に一度は確実に更新される。そして師匠と呼ばれた人物がその約束を守ったことは、これまでただの一度もない。

少女も無駄だとは理解しつつも、釘を刺しておかねばこれ幸いと侵食の速度が速まるので、言わずにはいられないのだ。しかし鏡の中に映る青年は涼しい顔で「だからよ」と答えた。

「はぁいぃ～？」

「分からない？　不必要じゃないから全部隣の部屋に押し込んだの」

「全く理解できないですね～。あと、今日は午後からご新規のお客が来るって言ってたじゃないですか。だから工房に脱ぎ散らかしてる靴下やら洋服を回収しときましたよ。本当にもう、美の伝道師の家が汚部屋だと次からお客が減ります」

「それを何とかするためにあんたがいるんでしょ」

「物事には限度があります。そして師匠のそれはとっくの昔に限度を超えてます」

「口うるさいガキはこれだから……」

「若作りの年増（としま）はこれだから……」

「――おいコラ、小娘。今なんつった？」

軽妙なかけあいの最中少女の発した聞き取れるか否かの極小の呟きに、光の速さで飛び出す野太い声。美声には違いないが、完璧に男の声である。けれど少女は少しも悪びれた様子もなくシレッと小首を傾げた。

「いいえ何も言ってませんよ～。それよりも流石は美の伝道師。恫喝ですら腹に響く美声ですね」

「あら、ありがと……って、言うわけないでしょうが。あんたは人のことを師匠呼びするんなら、もう少しは師を敬いなさいよねー？」

「それは勿論。敬わせてくださる行いをしていただけたなら、私としてもとーっても嬉しいです。ええ。本当に」

少女は敬う気皆無な声音でそう言いつつ、座ったまま振り向こうともせずにブラシを手渡してくる青年からそれを受け取り、手櫛でも整えられそうな指通りの髪を慣れた手つきで梳かし始める。

これが彼と彼女……森の魔術師ルーカス・ベイリーと、その弟子アリアの一日の始まり方なのだった。

靴下の左右があっさり揃う朝はない

——ない。

シルクオーガンジーの小花柄の靴下。その片方が見当たらない。こんなのはよくあることだ。落ち着け。

そう自分に言い聞かせて洗濯物の入った籠をひっくり返し、昨日綺麗に中身を整理したはずが、もうビックリ箱のようになっているチェストの抽斗を開け放つ。ここにもない。当てが外れて若干焦りが出始めた。

　中身をたたみ直して目的の靴下を探す傍らで、焼きたてのパンと紅茶の良い匂いがしてくる。

　キュルルと控えめにお腹が鳴ったけど、腹筋に力を入れて無様に大音量で鳴ることを阻止した――

……が。

「師匠～時間がないのに先にご飯食べるの止めてください。そもそも誰のものを探してると思ってるんですか。せめて街の借家に工房の空間を繋いでからのんびりしましょうよ～」

「嫌よ。そんなことしてたらせっかく作った朝食が冷めちゃうじゃない」

「だったら香水選ぶ時間を短縮すれば良かったんですよ。大体それくらい前日の寝る前に決めといてください」

「はー……あんた馬鹿なの？　その日の気分で纏う香りを決めたいのに、前日の夜に分かるわけないでしょう。あたしは時間に囚われたくないのよ」

「溜息つきたいのはこっちです。それに仕事を引き受けるかまだ決まってなくても、街で看板を出してるからには仕事人なんですよ。時間に囚われてください」

「チッ、うるさいジャガイモねー。あんたもいつまでも靴下探してないで、さっさとこっち来て座りなさい。温かいうちに食べないと勿体ないでしょうが」

「師匠が今日はこの靴下でないとやる気が出ないって言ったんじゃないですか～」

　思わず片手に掴んだ小花柄の靴下を握りしめる手に力がこもる。手触りが良いのがまた悔しい。

料理と美容と魔法の才能と、ほんの時々気まぐれに見せる不器用な優しさがなかったら、尊敬できない人である。逆を言えばその全部があるから尊敬するしかない人なのだ。

とはいえ、流石に朝から一度洗濯を終えて腐海を掃除していた身としてはこれ以上胃袋に負担をかけるのも忍びない。そこで一旦捜索作業を中断して、師匠の向かい側の自分の椅子に座ることにした。

「おお〜……今朝のご飯も美味しそうですね」

「あったり前でしょ。あたしを誰だと思ってんのよ」

「森の気高き魔術師、ルーカス・ベイリー様です」

「何か引っかかるけど、ま、良いわ」

焼きたてのクルミパン、ジャガイモのポタージュ、温野菜サラダ、搾りたて果汁ジュース、カリカリベーコンと半熟の目玉焼き。テーブルの上に並んだ朝食の内容にゴクリと喉が鳴る。師匠はこちらの称賛に胸を張って満更でもなさそうに笑う。

魔女の家に食前の祈りの習慣はないので、作り主の「召し上がれ」の声に合わせてフワフワのパンを手に取った。師匠の手料理の中でもパンは特別美味しい。何個でも食べられてしまう。

ジワッと口内に唾液が湧いたのと同時に「いただきます」と唱えてパンをちぎる。口に頬張ればクルミの香ばしさと贅沢に使われたバターが味蕾を直撃した。その刺激を呼び水にジュースに手を伸ばしてグビリ。ハンナムの花の蜜とシシリーの実を使ったジュースは爽やかな甘酸っぱさで、朝にぴったりだ。

「今日のパンも最高です師匠〜」

「はいはい、ありがと」

「ジュースも美味しいです」

「あんたがあたしを褒めるのは当然のことだし、もっと褒めてくれても良いけど、今はそれ食べたらさっさと靴下の捜索を再開して頂戴。あんまり待たせるなら裸足で出かけるわよ」

そう脅し文句を言いつつ、テーブルの下で部屋履きを脱いだ爪先をヒラヒラさせる師匠。軽く殺意……もとい、苛立ちを感じたけれど、毎朝のことなのでもう慣れた。何よりご飯が美味しいから絆されているのもある。

「これ食べちゃったらすぐに探します。どこにありそうかちょっとピンと来たので。師匠は食べた食器だけ重ねて待っててくださいね」

「んー、分かったわ」

頭に養分が回ったからか、靴下がありそうな場所に予測がついた。きっとベッドの下かさっきかき集めた工房の洗濯物の中に紛れている。分かったからには迅速に行動しないとこの人は本当に裸足で靴を履きかねない。

素足に靴を履かせるのは駄目だ。師匠の足指に塗った爪紅が剥げてしまうし、塗り直す手間を取らせて出勤時間が遅れる。それだけは阻止せねば。私とは違って温かい紅茶を楽しむ師匠を後目に、パパッと残りの食事を平らげて席を立つ。目的は隣室に放り込んでおいた大きめの籠だ。

師匠が出かけたあとで片付け直そうと思っていた籠の中身を、洗おうと思って剥がしてきた師匠のシーツの上にぶちまける。

エプロンのポケットから取り出した靴下と照らし合わせながら捜索を続けること五分。無事に発掘された片割れとエプロンのポケットの靴下を手に、大急ぎで食堂に戻った。

「明日こそはこういうことのないようにしてくださいよ～、師匠」

「あのね、あんたはあたしがお願いされて約束守ると思ってんの？」

「これっぽっちも思ってないですけど、一応ですよ。い・ち・お・う！」

気怠い雰囲気を出して脚を投げ出すように座る師匠の前に膝をついて、文句を言いつつ探し出してきた靴下を履かせる。そんな私の旋毛を見下ろす師匠はご機嫌そうに喉の奥で笑った。重低音の響きが耳に心地良い。

シルクオーガンジーの薄赤色に白い小花の靴下は、二日前にオレンジ色に塗った師匠の足爪に良く映えた。足の爪一枚に至るまで美しい形をしている。本当にどこもかしこも綺麗な人だ。

「はい、これでようやく準備が整いました。約束の時間まであと十五分ですよ。師匠も早く工房に行って、部屋を繋いでください」

余計なことを考えていたことがバレないよう、わざと素っ気なく言ってふくらはぎを叩いたら、師匠の手が私の醜い方の顔に触れた。包帯の上からその指でなぞられると、背筋が戦く。

醜い顔を背けたいのに、近付けられる師匠の顔から目が逸らせない。そうして心の中では狼狽えながらも、何でもないふうを装っている私の包帯が巻かれた上から師匠の唇が触れた。その瞬間フワリと温かな師匠の魔力が流れ込んでくるのを感じる。包帯の下にあるひきつれた醜い火傷痕に染み込む感覚に一時ぼうっとなった。

これはただの治療。

これはただの治療。

これはただの治療。

心の中で三回そう唱えるうちに師匠の唇は離れて、おまけのデコピンが鼻先に見舞われるまでが、私達師弟の毎朝の流れだ。

「あたしに指図すんじゃないわよ、生意気娘。お土産買ってきてあげるから、あたしが帰ってきた時に快適に過ごせるように城中掃除して待ってなさい。それじゃ、行ってくるわねアリア」

歌うようにそう言った師匠は椅子から立ち上がり様に私の髪をクシャクシャにして、食堂から出ていった。

やる気のない師匠を送り出して朝食の後片付けをし、シーツを洗って陽当たりの良い場所に干してから採取ナイフと籠、農具を持って城の外へと出る。目指す先はここから十分ほどの距離にある師匠から任されている自家菜園と薬草園だ。

そこで育てた薬草で簡単な化粧水を作るのも私の仕事ではあるけど、本来師匠と私の住んでいるこのミスティカの森は人の立ち入れるような場所ではない。住居にしている城の周囲に師匠が結界を張り、私にお手製のお守りを持たせてくれているから生活ができているものの、ここは危険種と呼ばれる魔物の巣窟。

住んでいるのは汚城……じゃなくて、たぶん元は見張りに使われていた小さい古城だ。今となっては森への侵入者を防ぐ目的だったのか、危険種が外へ出ないために見張る目的だったのか分からない。

　この城へは師匠の許可がないと、外部からは誰も入って来られない造りになっている。来ようと思った場合は正規の手順で魔物がウヨウヨしている森を突っ切って、猶且ここを特定しなければならない。実質到達不可能な場所。

　私と師匠にとっての大切な住処であるし、蔦(つた)に覆われて少し見た目は古ぼけているけれど、存在意義なんてそれだけで充分だ。

「いやでも、流石に四月だから季節的に繁り方が目立ってきたけど……まだこれくらいなら剪定(せんてい)しなくても大丈夫、かな？」

　実際見た目的に結構もっさりしてきたけど、ザッと本日この後に控えている仕事を頭の中で並べてみたら無理だという結論が出た。何事も諦めが肝心。きっと明後日(あさって)か明明後日(しあさって)の私が何とかしてくれる。

「お城は今の姿が一番美しいよ、うん。自信持って」

　冷たい城の壁を叩いて慰めてから再び籠と農具を担いで歩き出す。フカフカの森の土が足の裏を押し返してくる感触は、上等な絨毯の上を歩いている気分になる。実に愉悦。

　私は七年前にどこかから逃げ出してきたらしく、うっかりこの森に迷い込んだところを師匠が拾ってくれた。らしくというのは、当時の生活が過酷過ぎたのか、私にはここで暮らした七年より前の記憶がないせいだ。

　別になくても問題のないことだと師匠は言っていたので、それ以上のことは知らないし、考えないことにしている。当時からあまり見た目の変わらない師匠のことを、最初私は【魔術師様】と呼んでいた。

　でも師匠が『響きが可愛くないからやり直し』という、何とも理不尽な言い分で却下したので口調から考慮して【魔女様】にしたら、今度は『そんじょそこらの魔女と同じふうに言われるのもねー』と気乗りしない様子を見せたので、次は【お師匠様】にしたら『年寄りっぽいから却下よ』と。最終的に【師匠】に落ち着いたけれど、今にして思えば当時まだ十歳で訳ありそうな子ども相手にとんでもない大人だった。名前で呼ばなかったのは、名前を呼ぶといつ追い出されるか分からないのに里心がついてしまうと困る気がしたから。

　ランダード王国の王都バッセルに住むルーカス・ベイリーと言えば、街ではそれなりに名の通った魔術師だ。歳は今年で二十七歳。私という訳ありのコブつきで恋人はなし。

　使ったものを元の場所に戻せない。気に入ったものはすぐに購入する浪費家。本や道具類の蒐集癖。料理は好きだけど作ったところで片付けはしない。極度の気分屋でやりたくない仕事はほぼ受けない。

　そんな駄目な大人の見本みたいな師匠にも保護者っぽい気遣いはある。あの人の仕事内容を思えば、本当は工房と店舗を魔法で繋ぐようなまだるっこしいことをしなくても、若いご婦人達や貴族のいる街に住んで店を経営した方が良い。人の多いところであればあるほど評判は広がるからだ。

　でも十四歳になった頃に一度だけ私がずっと世話になるのは忍びないので、どこかで住み込みのメイドとして働きたいと師匠に無理を言って、街に連れて行ってもらったことがある。結果は当時まだ広い範囲にあった顔の傷を嫌がられ、どこの斡旋場からも門前払いを受けた。

それからは一度も師匠が私を街に連れて行くことはない。私も行きたいとは言わなかった。現在は街でやっている師匠の店にお客がいない時に、足りなくなった美容液や化粧水を補充しに出たりしている。

今のこの生活は自給自足と言えば聞こえは良いけど実際は不便なことも多いし、師匠のことを師匠と呼んだところで、魔力のない私は弟子と名乗るにはあまりにも手伝えることが少ない。

良くて掃除婦か家事手伝いだ。しかも料理の腕はからきしない。一度だけゆで玉子を作るように言われた時に爆発させて以来、師匠は私を火の前に立たせてくれなくなった。だから化粧水を精製する作業も材料の重さを量って刻んだり、天日に干して乾かしたり、磨り潰したりするだけ。

いつかこの顔に残った傷も消してもらえた暁には、正式に師匠の下で掃除婦として雇ってもらえないかと考えている。拾われてからこの方、暇を見つけては師匠にせがんで読み書きや勉強を教えてもらったので、お金持ちの子が通う〝学校〟とやらで学ぶことは一通り履修済みだ。

断られても労働嫌いの師匠の代わりに働く馬車馬になりたいと申し出れば、追い出されることはない気がしている。そこまでするのだから勿論下心がないわけじゃないけど、傍に置いてもらいたいならこの想いはしまっておく方がいい。

今夜使えそうな食材に思いを巡らせるうちに辿り着いた大事な自家菜園。魔物避けの結界が施された囲いの門を開け、植える品種をどんどん増やして広げたここに足を踏み入れると、毎朝幸せな気分になれる。

「さてと、どれどれ……師匠と私の胃袋に入る野菜様と、生活費になる薬草様。本日も不肖この弟子めがお世話させていただきますよ～」

大きめの独り言を口にしつつ地面に腰を下ろして、この季節たった二日ほどで伸び伸びと育つ雑草を抜き取りながら、食堂で師匠が口ずさんでいた鼻歌を真似て、午前中の作業に勤しんだ。

——その数日後。

店の定休日の朝食の席で、紅茶を飲みながら師匠が発した『薬の材料の調達に行くから付き合いなさい』という命の下、いつもの仕事を倍速で終わらせ、腐海の中から発掘した釣竿を手に城の近郊にある湖で糸を垂らしてから約二時間。

目の前でまたもやピクリと動いた浮きが、次の瞬間グンッと沈んだ手応えに合わせて竿を引く。パシャリと水しぶきをあげて釣り上げられたのは、なかなかに形の良いフェロンだった。ほっそりとした薄水色の魚で、淡白な味で癖がない分どう調理しても美味しい。

上機嫌でフェロンを針から外してナキタの蔓に通し、再びエサをつけ直して湖へと投げ込んだ。波紋を作る湖面に映り込む空は文句なしの快晴。優しく吹く風の心地良さに目を細めていると、隣で寝転んでいた師匠の口から「暇だわー……」という呟きが漏れた。

休日だから服装のやる気は普段の半分以下。それでもふんわりとした形の袖をした仕立ての良いシャツとスラックスを着た姿は、どこかの王族か、上級貴族の子息といったふうな品がある。

「だったら師匠も竿を持ってみたら良いんですよ。言い出した張本人のクセに一回も竿に触れてすらないじゃないですか。二本発掘した私の苦労を返してくださいよ」

「だからそれがあんたの仕事でしょ。あたしは虫を触るのも力仕事も嫌なの」

「でも昔魚釣りを教えてくれた時は虫に触れてたじゃないですか。それに今晩のおかずはその虫を食べた魚ですよ？　まあ私的には全然気になりませんし、久々の釣りがそれなりの釣果で大満足ですけど」

「暢気(のんき)で良いわねー。そんなのあんたに嫌な仕事を教え込んでおけば、自分で触らなくても良くなるからよ」

「うっわ、サラッととんでもないことを言いますね。せっかく私の中に残る数少ない師匠のかっこいい思い出なのに。そういうのは墓の下まで持っていってくださいよ」

「あたしはさっさと本命のダロイオを釣り上げて帰りたいのよ。あれの目玉と肝にしか用がないんだから。それに虫で釣り上げても調理する時には腸(はらわた)を取るでしょうが」

　端整な顔をした師匠の唇から腸という単語が飛び出すのは面白い。普段師匠が接客をしているところを見る機会はないけれど、恐らくお客に対してもこうなのだろう。卑屈に取り繕うのは師匠に似合わない。と言うよりも想像できない。

「釣りは運ですよ師匠。それに私としてはダロイオの方が虫より気持ち悪いです」

　師匠のお目当てのダロイオは魚の魔物の中ではかなり上位の気持ち悪さだ。溶解毒(ようかいどく)を含んだ水鉄砲は多少危ないものの、大きな個体でなければそれほど威力はない。でっぷりと肥った見目(みめ)と全身紫色の斑模様(まだらもよう)でブルンブルンの触り心地は不快の一言に尽きる。

ちなみに食用にはならない。使えるのは肝と目玉にある半透明のグニグニした部分だけ。それだってたぶん師匠みたいな美容狂しか使わないと思う。しかし工房に並んでいる綺麗な瓶に詰められたダロイオパックは、原材料を知らないお貴族様達に絶大な人気を誇っている。気の毒に。

「大体ねー、そんなにフェロンばっかり何にしろってのよ」

「蒸しても焼いても揚げても干しても美味しいじゃないですか」

「今日その調理法を全部やるのとか絶対に嫌だから。せめて二つに絞りなさい」

「え～……じゃあ揚げと蒸し……いや、焼きも捨てがたい」

「ならフェロンの揚げ団子スープ、それと野菜と蒸し焼きにしてあげるわよ」

「最高の献立ですね！　俄然(がぜん)やる気が出てきましたよ！」

「ふふ、本当現金な子ね。ま、何でも良いわ。さっさと釣り上げて頂戴。あたしは暇だから昼寝でもして待ってるわー……」

そんなやり取りの後、すぐに師匠は寝息を立て始めた。長い睫毛が毛穴すら見えない頬に影を作る。世の美人は皆こうも寝付きが良いのだろうか。

師匠は忘れてしまっているのだろうけど昔まだ拾われたばかりの頃、私は今のように食い意地がはってはいなかった。というか、もう二度と目蓋を開けることはないと思って倒れたはずが、目を覚ませば全然知らない殺風景な部屋のベッドに寝かされていて、そのすぐ傍には人間とは思えない美人がいたのだから、警戒するなという方が無理である。

当然師匠が出してくれる食事には一切口をつけず、三日ほどはベッドから顔も出さなかった。それでも空腹に負けてようやくチマチマ食べるようになったら、今度は身体が受け付けなくて吐き戻しを繰り返した。

当時の私の胃袋は固形物という固形物を一切受け付けなかったのだ。たぶん消化できないというのもあったのだろうけど、今にして思えば、何が入っているのか分からないものを口に入れられなかったのかもしれない。

すっかり飼い慣らされた今となっては、師匠が出してきた食べ物は何だって口に入れてしまう私も、当時はちゃんと心に野生を持っていたんだな。残念ながらもうどこにもいないけど。今や美味しいものは考えるよりも先に口で迎えに行ってしまう。

師匠はそんな私に根気よく……というよりも、淡々と毎日違う食事を作っては部屋まで持ってきてくれた。それも特に優しい言葉をかけてくれるでもなく無言で。

でも一向に食べられるようにならない子供を見て何を思ったのか、拾われて二週間くらい経った頃、師匠がベッドの上でトレイに載った料理を見ていた私のスープ皿からひと匙、魚のすり身で作った団子を割って食べた。

そうしてぼそりと一言『毒なんて入ってない』と。ぶっきらぼうな物言いだったけど、その一言と行動は、幼い私がお皿の中を空っぽにする理由には充分だった。

その時の思い出深い魚が好物になったのは言うまでもなくて。ダロイオ釣りの副産物だなんてとんでもない。フェロンの可能性は無限大。記憶のご馳走に勝るものはないからね。

フェロン尽くしの夕飯に思いを馳せていたらお腹がクゥッと鳴った。

「ふー……駄目だ、つい食欲の方に引っ張られちゃう。煩悩(ぼんのう)よ去れ。あくまで目当てはダロイオなんだから。集中集中！」

釣竿を手にそう意気込んだものの、食い気に支配された私が見事ダロイオを釣り上げたのは、それからさらに二時間後のことだった。

十五匹釣れたフェロンを通したナキタの蔓に、背負い籠から溢れそうなダロイオを一匹という大荷物を抱えた私と、釣竿二本と昼食を包んでいた布だけを持った師匠が城に戻ったのだけれど——。

「あー……やっぱ駄目ね。アリア、夕飯の支度の前にちょっと店の方を見てくるわ。どこかの馬鹿が朝からずっと呼び鈴を鳴らしてるっぽいのよ」

「え、朝からってもう四時ですし、第一今日は定休日ですよ？」

面倒そうに前髪をかき上げる仕草まで美しい師匠相手であっても、突っ込むことは大切だ。いくら相手側に非があろうとも朝から気付いていて放置していたとは。次からお客の評判が下がってしまう。

私の声に含まれた非難の色に気付いたらしい師匠は、気怠そうな溜息をつきつつ「あんたが知ってる奴にいるでしょ。定休日だろうがお構いなしで、諦めの悪い奴が」と言った。その言葉で思わず「ああ……」と納得してしまった私も大概ではある。でも今も工房の呼び鈴を鳴らしているらしい人物というのは、要はそういう困った人なのだ。

それどころか若干同情の念まで湧く。自然界におわす現象に因んだ精霊王の名前から取った一週間の暦は七日。光(アルマ)、火(ルミル)、水(ボーラ)、木(ザキア)、金(シスル)、土(イクタ)、風(テクス)と分けられている。他にもまだ一人闇(ガルツ)という精霊王もいるけれど、一週間の中には入っていない。そしてその中で師匠の店の定休日は金と土と風の日だ。

一週間に四日しか開いていない店は、それでもこれだけ美形で腕も良い魔術師が店主をしているとあって、それなりに繁盛している。城にいる間は放っておけば腐海を生み出す怠惰な師匠ではあるものの、実質営業日も定休日も魔術の研究をしているから多忙なのだ。

「分かったら先に応接室の準備をしておいて。できれば店内で話を終わらせたいとこだけど、どうせ面倒事を持ち込んでくるだろうからこっちに来ることになると思うわ。でもま、相手はあいつだから。適当に荷物を部屋の端に寄せて隙間を作るだけで充分よ」

「そういうことなら分かりました。雪かき用のスコップで部屋の床を見える状態にしておきます。あ、それと臭い対策の方はどうしましょう？　前回は甘い香りのを使って大惨事になったじゃないですか」

「前々回のスパイシーなのは完全にただの刺激臭になったものね」

「あー……刺激に刺激を足したら対消滅するかと思ったら、臭いの方向性の違いでお酢を煮詰めたみたいなことになったあれですか」

口にしただけで鮮明に蘇る記憶に一瞬ギュッと眉間に力が入る。香りと記憶は結びつきやすいというのはよく聞く話だ。しかしだとすればあの忌々しい記憶が薄れるまでに、私はいったいあとどれくらいの朝と夜を迎える必要があるのだろう。

「そう、それ。汗をかくほど熱心に働いてないでしょうに、なんであんな臭いになるのかしら。不思議だわ」

「それを言ったら師匠だって額に汗して働くことなんてないじゃないですか。まぁ毎日お風呂に入っててあれだと、純粋に加齢なんじゃないですか？」

「あたしにそこまでの労働をさせようっていうなら、国盗りでもさせてみることね」

「またまた大きく出ますね。師匠が言うと洒落にならなさそうですけど」

「洒落を言ったつもりはないのだから当たり前でしょう。ま、ともあれ面白みには欠けるけれど、魔物の素材狩りの時用に体臭を消す消臭剤を作ったでしょう。あれを使うわ」

「りょーかいでーす。さっさと用事を済ませてくださいね師匠」

「はいはい。できる限りとっとと話を切り上げて夕飯の支度をするわ」

そんな言葉と共に頷き合った私と師匠は、これからやって来る嵐を前に気を引き締めた。

気乗りしない相手との顔合わせであろうが、美に妥協しない師匠が化粧直しをして魔法陣で飛んだあと、宣言通り通常時のやる気の三分の一以下の労力で床の上に空き地を作り、消臭剤を用意して待つこと十五分。

「うぅわ……やっぱりジークさんでしたか～」

「うぅわとは何だよ、うぅわとは。随分なご挨拶だな」

「いつものご自身の行いを胸に手を当てて訊いてみてください。それにご存じだと思うんですけど、今日お店は定休日ですよ？」

雪かき用のスコップで雑に寄せた荷物を衝立ての向こうに隠し、師匠の背後にいる人物に眉根を寄せて文句を言えば、相手はこちらの反応を楽しむように笑った。

たとえ私の顔の包帯に引かない人だとしても、絶対面倒事を持って来ると分かってる人に対して警戒心を抱かないはずがない。出会ってから三年経つけれど、基本的に師匠以外の人は苦手だ。

灰色の短く刈り上げた髪に、同じ色の顎ヒゲ。筋骨隆々な厳つい見た目の割に、黒い瞳は意外にも優しげだ。ただし、この人に限って言えばあくまでも〝そう見えるだけ〟である。その正体は王都でも屈指の厄介ギルドである【ハーヴィー】のギルドマスター。ジーク・アモンド、ややオジサン臭がする五十二歳。

師匠に言わせれば間違っても実力が屈指なわけではなく、所属している人達の癖が強い厄介さんなのだそうだ。とはいえ時々お小遣い稼ぎをするためにそこに登録している師匠だって、同じ厄介系なのは否定できない。そもそも三年前に初めてここにやって来た時も、元から腐れ縁であると言っていた。

「悪い悪い。ただルーカスの本職の方の依頼じゃないからよ。店に持ち込むわけにもいかなくてな」

「ジーク。あんた本職じゃない方ならあたしが受けないとは思わないわけ？」

「そりゃ思わないこともなかったが、直接聞いた方が早いだろ。それにその分の報酬は弾むぞ」

悪びれずにお金の話を持ち出そうとするジークさんと師匠の間に割り込み、雪かき用のスコップを前に翳して接近禁止の意思表示をする。私がこのド厄介な灰色熊から師匠をオジサン臭……じゃなくて、危険な仕事から守らなければ。

「もう！　いつも言ってますけど、危険手当ては報酬の一部になりませんってば。怪我したらそのまま治療費になるんですから。うちの師匠に危ない仕事を持ち込むの止めてくださいよ。あとその

オジサン臭も。あ、ヤバ、言っちゃった」

教会に祀られている七精霊の像よりも綺麗な師匠に傷がつく。そう考えただけで胸が恐怖と不安で痛んだ。勝てる見込みなんてまるでなくても、目の前の灰色熊を相手に雪かきスコップで挑みかかりそうになるほどには。

「おいおいアリア、もうちょっと本音を隠しなさいよ。オジサンの繊細な心が傷ついちまうだろ。それにこの苦みが利いた大人の香りが分からねぇかね」

「苦みは煙草ですね。ジークさん自体は何かこう、煙草とお酒とおつまみの怠惰な生活臭が染み付いた毛布を、洗わないで埃っぽい場所にひと月放置したみたいな臭いがします。第一繊細な人は自分で自分のことを繊細だなんて言わないんですよ。ジークさんのそれは図々しいとか図太いって言うんです」

「ルーカス、お前さんは弟子に悪態のつき方まで教えてるのか？　オジサン相手に辛辣すぎるぞ」

「あら、事実を突きつけるのは悪態に入らないわよ。それになかなか的確に言い当ててるじゃない。どうせまた家に帰らないでギルドのソファーで寝てるんでしょ。女の園に来るなら臭いには気をつけなさいよ」

目の前には眉を顰める灰色熊オジサン、背後には麗しの我が師匠。このまま目的を語らせずにサックリここでお引き取り願えたら御の字だと思ったのに——。

「ルーカスが怪我をする心配してんのはアリアくらいだぞ」

「そうね。あたしは怪我するようなヘマしないわ」

せっかくの弟子からの心配を鼻で笑う師匠を振り返れば、傷のない右頬をつねられて「おブスな顔しないの」と言われ、手からスコップを抜き取られてしまった。そんな私をからかうように「愛されてるなー。美形は羨ましいぜ」とのたまう熊。

けれど勢いよく振り返って睨み付ける私の顔を、それとなく師匠がたっぷりとした袖で隠してくれた。たまのこういう保護者っぽさがズルいと思う。

「弟子が師匠を敬愛するなんて普通でしょ。むしろ当然ね。崇めなさい。それより仕事の依頼なんでしょう？　聞くだけ聞いてあげるからさっさと言いなさいよ」

視界を袖に遮られたまま腕を組んで師匠の言葉に賛同して頷くと、顔は見えないもののジークさんは笑ったようだった。

「この間臨時でパーティーを組んでもらったことがあっただろ？　そこに所属してた女魔法使いが、またお前さんと組んで仕事がしたいって言い出してな」

ジークさんのその発言に、師匠だけでなく私の眉間にも皺が寄った。これは……間違いなくあれだ。稀(まれ)にある、見目だけは麗しい師匠にうっかり一目惚れしてしまうやつ。うちの師匠は自分の美しさを誇るし鼻にもかけるけど、かといって見た目の良さに群がってこられるのは嫌いという我儘(わがまま)な人なのだ。

本人は『綺麗に咲いている花が、綺麗に咲いたのなら摘まれて飾られるべきって考えは人の傲慢よ』と言っていたことがある。凡人には分からないけれど、たぶん見目の良さを保つのは誰のためでもなく自分のためだと言いたいのだろう。

「そういうことだったら却下。あの子は風魔法の使い手だったはずよ。同属性のあたしが組んだって無駄じゃないの」

「まぁそう言うだろうとは思ってたが、お前はほぼ全属性使いだろ。回復系の水属性使いが欲しいんだとよ」

「なら水属性の奴をあてがえば？　確かに回復役は人気で人手不足だけど、何も光属性をあてがえって言ってるわけじゃないいんだし。火力重視のあんたのギルドにも水属性の魔法使いくらい何人かいるでしょう」

鬱陶しそうに手を振る師匠の言葉に、昔教わった授業の内容を思い出す。魔力持ちはそれだけでも稀少価値があるけれど、その能力値によってさらに細分化されているのだ。最初の授業では子供の私にも分かりやすいように、一週間の精霊王達のお伽話を題材に使ってくれたっけ。

懐かしいな。


〜〜〜

かつて人間の住む世界を戯れに創った七人の精霊王がいた。
命の創造に不可欠な光のアルマを筆頭に、
発明を司る火のルミル、
再生を司る水のポーラ、
実りを司る木のザキア、

発展を司る金のシスル、
芽吹を司る土のイクタ、
清浄を司る風のテクス。
彼等彼女等はそれぞれ数多の眷族を従え、自らが統治する精霊界という閉じた世界を持っていたが、時の流れの止まった精霊界は精霊の王達には退屈すぎた。
ある時誰かが〝戯れに創った外界、我等の箱庭たる人間界を覗いてみてはどうだろう。かの世界に介入し、庭の手入れをしてみては〟と言い出した。
七人の王達はそれに頷き世界の狭間に人間界を覗き見られる湖を造った。
思いつきで始まったこの集まりはそののち精霊王達の娯楽となり、こうして人間界には災害と戦乱と平和が生まれたとされている。

〜〜〜〜〜〜〜〜〜〜〜〜〜〜〜〜〜〜〜〜

――だったかな、うん。精霊王達がかなり傍迷惑な存在なんだなと思った記憶よ。
確か……魔法使いは火水土金風のいずれかの魔力を法に則って行使できる。市井(しせい)の者から貴族の者まで魔力の片鱗があればこう呼ばれて、平民なら大体そのまま我流で魔法を使うけど、貴族は大抵王都やそれに準ずる大都市に出て魔法学園に入学するか、魔術師ないし魔導師に師事する――だったはず。
次に師匠の肩書きである魔術師は、先の五属性の中で二種から三種の魔力を自分なりの解釈に則った術式に置き換えて行使できる。研究者肌が多い魔法使いの上位互換で、魔導師まであと一歩の人達だ。けれど自由に研究できる時間が減るのでここで留まる人も多い。

最後に頂点に立つのが魔導師。魔術師の上位互換で五属性に加え、光ないし闇の魔力を術式に置き換えて行使できる。

ここまで上り詰めてしまうと、国の資源として登録する義務が出てくる。戦争が起こったりすると徴兵までされてしまう代わりに、それなりに権力も持たせてもらえるのだとか。

うんうん。教えてもらったことを全部憶えていて偉いぞ私と、自分を褒めつつ意識を二人の会話に戻せば――……。

「そう言って一度は断ったんだがなー、どうにも諦めが悪くて。身辺調査をしてみたら案の定、身分証は偽物。腕試しがしたかったお貴族様の娘だったらしい。睨まれたら面倒なんだよ」

「素直に言えば良いってもんじゃないのよ。今は特にお金に困ってもないし、お断り。適当に顔の良い魔法使いか魔術師でもあてがってやれば、そのうち熱も冷めるわ。話がそれだけならもう帰って。あたし達は今から夕飯の支度があるのよ」

――残念なことに二人はまだ揉めている真っ最中だった。しかも何だか会話内容も、離婚した夫が突然娘と暮らしてる妻の家に来たみたいなことになってる。でも私は師匠の味方しかするつもりもないので、早々にお引き取り願おうと口を開きかけたその時。

「あー、じゃあ分かった。この件はもう諦めてオレの方から先方に伝えておく。それで次の依頼話なんだがな、アリア、お前さんうちのギルドの掃除婦として雇われてみる気はないか？　確かお前さんも今年で十八だろ。いつまでも引き籠もってると、ここを出ることになった時に世間とのズレに苦労するぞ」

いきなりこっちに向いた話題の内容に驚いて、迂闊に〝はい？〟と返事をする前に師匠に口を塞がれてしまった。

＊＊＊

まだ街の借家に繋げる前の朝の工房。

その工房の隅、お客の目につかない棚の陰に描かれた複雑な魔法陣を前にして、師匠が眉間の皺を深くする。今朝もやっぱり靴下を生き別れにさせていた人物の苦悩の表情に、こちらも溜飲が下がる思いだ。

「もう一回聞くけど、本当に行く気なのね？」

「はい。私だって前々から生活費を少しくらいは入れたいと思っていたので。それよりも師匠を早起きさせてしまってすみません。でも朝食なんて昨日の残り物で充分だから、わざわざ作ってくれなくても大丈夫ですよ？」

「あたしは別に早起きは苦にならないし、料理は趣味だから良いわよ。作ってる最中に新しい術式を思い付いたりすることもあるもの。でもあたしが起きないと、あんたじゃこの魔法陣を動かせないでしょう」

「へへ、まぁそうなんですけど」

明らかに気乗りがしていない師匠の声に苦笑しつつ頷く。かぶっているフードを弄っていたら「しっかりかぶりなさい」と怒られた。口調ほど怒っていないのが分かる分こそばゆい。

普通に考えて職場まで直通の空間転移魔法を弟子のために使う魔術師は、恐らくそうそういるものではないと思う。

ギルドが開く前の早朝の仕事だから街の人も少ないし、顔の傷を気にする私でも工房からギルドまでの道程くらいは大丈夫なのに。意外と師匠は過保護だ。嬉しいから敢えて指摘はしないけど。

「あんたに生活費をせびるほどあたしの稼ぎは少なくないのよ？　それに改めて言うことでもないけど、あたしは今まであんたに賃金を払ったことなんてないでしょう？　実質タダ働き。だからあんたも生活費を入れるとか考える必要はないの」

「それはこの五日間、何度も聞きましたってば。第一タダ働きとか言ったって、衣食住はお世話になりっぱなしですし。今更ですけどその分の補填をしようっていう弟子心です。勿論ギルドでの朝の清掃が終わればすぐに城に戻って仕事しますよ」

外に仕事に出るからといって、普段の城での仕事を疎かにするつもりはない。実際今朝はいつもより二時間早く起きて働いた。帰ってきてからでも充分残りの仕事を終わらせることは可能だ。たぶん。

籠にぶちこむ分別収納に不可能はない。また時間を見つけて乾燥させてあるナキタの蔓で新しく編もう。

でもまだ納得できないのか、師匠は眉間に皺を刻んだままこの間完成した春の新色、フェニアピンクの口紅で淡く色付く唇をなぞる。因みにフェニアは肉食バリバリの食魔植物だけど色は可愛い。

「……食と住はともかく、あんたの衣にはほとんどお金を使ってないわ。だってあんた全然お洒落に興味ないんだもの。ジークの言ってた引きこもり云々よりも、あたしの弟子でありながら女子力が皆無なことの方が心配だわ」

「そこはほら、適材適所ってやつですよ師匠～」

なんて笑って誤魔化したところで、師匠は気付いているに違いない。全身に火膨れのようなものができていた七年前の私には、たとえ綺麗に治ったところで、未だに普通の女の子達みたいに着飾る勇気なんてないのだ。

それに今回だけは毎回厄介事しか持ち込まないジークさんの話も悪くなかった。賃金は日払い制。働いて得た初報酬を師匠に手渡すことを考えるだけで、今からにやけてしまう。

「それよりも師匠、そろそろ魔法陣を起動して転移させてください。でないと初日から遅刻しちゃいますよ」

お願いしますと駄目押しの言葉をかけると、師匠は不承不承といった様子で頷いて、短く詠唱のようなものを唱えた。魔術師の詠唱は魔法使いの詠唱と違って聞き取れない。それは各々の構築した言葉の形であるからだ。

師匠の詠唱はランプの灯りを隙間風で少し揺らすくらいにささやかで、眠りに落ちる間際に聞く本の読み聞かせに似ている。大好きな声。大好きな詠唱。聞き惚れている間にも、私の足許で雪の結晶を幾つも重ねたような魔法陣が淡く輝いて。

――次の瞬間にはもう、初めて見る建物の中だった。

まだ魔法陣が光っているうちに慌てて持ってきた手提げ籠からランプを取り出し、真っ暗になる前に芯へとマッチの火を点す。魔法陣の淡い輝きが失われると、ランプの灯りで照らし出された埃っぽい室内が浮かび上がった。

「……流石師匠、ちょうど見えにくいところに描いてくれてる」

ギルド奥の通路に通じているらしき廊下の衝立と掃除用具入れの間。普通なら誰も用事のない、わざわざ入って来ないと見えないような場所だ。そしてわざわざ誰も入ってきていないのだろうなと思わせる、掃除道具類の埃の積もりっぷり。

早速ランプを手にギルドのエントランスとホールを見て回る。何かを零した跡や、破り捨てられた依頼の紙、食べかけの色んな物、壊れた武器や破れたり血で汚れた服の切れ端などなど。確かに掃除は必要そうだ。でも――。

「ここを掃除してお金がもらえるって、そこそこ割の良いお仕事かも」

何せ、床が見えている。毎日の掃除量を考えればこの程度の汚部屋は敵ではない。俄然やる気が湧いてきた。ランプを掲げて柱時計を見たら現在時刻は六時ちょうど。ギルドが開くのは九時だ。

二時間の掃除時間を設けてもらっているので、八時にはキリの良いところまで片付けておかないといけない。報酬はその時間に出勤して来るジークさんから直接もらえることになっていて、帰りの魔法陣は終了時間通りに師匠が開いておいてくれる寸法だ。

「よっし、取り敢えずやりますか！」

興奮を圧し殺してやる気を出すために両頬を叩いてエプロンの裾を翻す。穂先の痩せたホウキとデッキブラシを駆使してホールを走り回り、適当な空き箱を発掘してゴミを分別する。

時々は時計を気にしつつも、掃除をしている傍から新たな腐海を生み出す人がいないので、作業はサクサクと進んでいった。それこそちょっと物足りない気分になるくらいには順調。あの環境に訓練され過ぎたのかもしれない。

最後に雑巾で床を磨き上げたところで裏口の鍵がカチリと音を立てて。そこからまだ眠そうなジークさんが現れた。

「おはようございます、ジークさん！　今日の分のお給金ください！」

「おう、おはようさんアリア。そんでもって金の請求が早いな。オジサンはそういう子、嫌いじゃないぞー」

「別にジークさんに好かれたい気は微塵もないので、お金ください！」

「本当に清々しいなー……この磨き尽くされた部屋もお前も。ほら、これが今日の手当てだ。中の金額をしっかり確認してくれよー」

小さな革袋を取り出したジークさんの手からそれを受け取り、震える手で中身を確認する。小銀貨が三枚と大銅貨が一枚。この程度の働きでこんなにもらえるとは思っていなかったので、嬉しくて頬が緩んだ。

けれどそんな私の横で朝の光が入り込むホールを見回していたジークさんが、不意に唸るのが聞こえた。働きに見合わず支払いが多すぎたことに気付かれたのだろうかと思い、慌ててお給金の入った革袋を懐にしまいこんで振り返る。

「えっと……どこかまだ磨き足りませんでしたか？　でも、気合いはちゃんと入れたんです！　ただその、足りなかったら明日はもっと念入りに掃除するので、今日のところはご勘弁を――」

願えませんかと続けようとしたら、顎鬚を撫でていたジークさんがこちらを振り返って驚いたように目を見開いた。

「あん？　いや、違う違う、その逆だ逆」

「逆？」

「そう逆だ。お前な、一日で磨き上げすぎなんだよ。初日の二時間でこんなにピッカピカにされちまったら、給金の額に働きが見合わんだろ」

「これくらいで大袈裟ですよ」

「大袈裟なわけあるか。あーもー、これだから引きこもりはよー。優しいオジサンの心配が早速大当たりじゃねぇか」

「心配しなくてもジークさんは言うほど優しくないですよ」

「おっとー……そこか、今そこに食いつくのか。本当に師弟揃って容赦がない口の悪さだなお前らは」

まだ続きそうな不満の言葉を「説明は簡潔にお願いします」とぶった切ると、彼は溜息交じりに眉間を揉みながら「初仕事の時の能力ってのは、小出しにするもんなんだよ。でないと次から面倒な仕事を任されるし、仕事も一回きりで稼ぎに見合わん。憶えとけ」と言われた。

咄嗟に〝貴男がそれを言う？〟と口にしそうになったけど、何とか心に留め置いて。いただいたお給金にさらに小銀貨を三枚追加してもらった。でもその苦言通りに組まれた次の勤務日は覆らず。せっかくの割の良いお仕事は四日後になってしまったのだった。

初課外学習は、日帰りドラゴン鱗剥ぎ

初出勤から一ヶ月が経った六月の上旬。

日中は当然のこと、早朝でももう結構暑い。夏は師匠が包帯の上から魔力を流し込んで治療をしてくれることに対して、少々気を使う季節だ。

ギルドでは傷痕が蒸れるとよくないという師匠の助言を取り入れて、最近は包帯をせずに前髪と服のフードだけで傷を隠している。どうせギルドが開く前に人が来たって、鍵がかかっているから本来はフードもいらないのだけど、そこは私の臆病さが許さないのだ。

初日の失敗でだいぶコツを掴んだので、最近は床のように毎日磨く必要がある場所以外は、細々した場所の区割りを設けて掃除を進めることにしている。この頃は掃除中に壁の依頼用紙を見るのが楽しみになっていた。

当たり前だけれど森の外にも世界はある。とはいえ現状私には、あの森の中だけでも充分世界は事足りているけれど。

でも毎日のように張り替わる依頼の紙には難易度の高さが星の数で示されているので、それを見

るのが楽しいのだ。大抵はその数に見合った難易度なのだけど、時々あの森に住んでいる私からしたら簡単に思える依頼などもあって面白い。

あと二ヶ月くらいしたらジークさんに掃除だけでなく、材料収集の依頼も受けさせてもらえないか聞いてみようかと思っている。勿論あの森の材料は師匠のものなので、師匠にも聞いてみないと駄目だけど。森は国土の一部？　そんな事情は知らないね。入ってこられない方が悪いのだ。

鼻歌を歌いながらカウンターの台座部分の石の隙間を雑巾で拭い、最近増えてきた観葉植物の葉も拭う。観葉植物は受付のお姉様方が仕入れたそうだ。殺風景だった空間に緑が増えると癒されるのは分かる。手入れするのも楽しい。

明日掃除するところが残るよう適度に綺麗にし終え、のんびりと時計の針が八時を指すのを待つ。鍵の開く音がしたらいつものように――。

「おはようございますジークさん。今日の掃除は終わってますよ」

「おはようさんアリア。相変わらずピカピカにしてくれたみたいだな。ほら、今日の分の日当だ」

受け取る革袋の中身はこの頃はほとんど変動しない。きっちり小銀貨三枚と大銅貨一枚が入っているのを確認してお礼を言って懐にしまう……が。

「そうそうあの話だが、考えてくれたかアリア」

「またそれですか？　何度言われてもお断りしますってば。掃除婦の仕事はここと汚城だけで充分なので。どなたか他の方に声をかけてくださいよ」

「おー、今日もフラれちまったか。でも毎日言ってるがなー、うちのギルドに登録するような連中で、掃除婦みたいに平和な仕事をする奴はいないんだよ。特にお前さんみたいに腕の良い奴はな」

困ったことに最近ギルドで腕の良い掃除婦を雇っていると噂が広がっているらしく、よそのギルドや商家からジークさん伝（づて）に私の貸出依頼がきている。でもいくら収入が欲しいとはいえ自宅のお城を掃除できなくなるのでは本末転倒だ。

こっちの答えなんて分かりきっているだろうに、どこまで本気なのかそう言って豪快に笑うジークさんを呆れた人だとは思うけど、そこまで私の掃除の腕を買ってくれていることは素直に嬉しい。

師匠は掃除に関してあんまり褒めてくれないからなぁ。もしかしたらどこが片付いたのかすら分かってないとかもあり得る。魔術師っていうのはそういうものなのかもしれないけど、時々は褒めてもらえた方がやる気も出るから、やっぱりこの仕事を引き受けて良かったと思う。

「またまた。どうせ断られるのに褒めるだけ無駄ですよ。それじゃ、また明日もよろしくお願いしますね」

芝居がかった仕草で「つれないねー」と言うジークさんを適当にあしらい、城の工房に直通の魔法陣に飛び乗る。瞬間フワリと足許の陣が輝いて、幻想的な光が消えた頃には馴染んだ工房の中にいた。

「ただいま戻りました師匠」

「ん、お帰り」

「これが今朝の稼ぎです。お納めください」

「安い賃金で使われてるわね。昇給制度とかないの？」

「相手はあのジークさんですよ師匠。昇給とかしたらしたで、何をさせられるか分からないじゃないですか。危ない橋は渡れませんよ」

「ああ……それもそうね」

工房が街の借り店舗に繋がるのは十時。だからそれまでの時間を師匠の周囲で掃除をしたり、世話をしたり、お喋りをしたりして時間を過ごすことにしている。そこで私は得意になって「そうだ師匠、今日も面白い依頼が新しく入ってたんですよ」とさっき仕入れてきた話題を次々に切り出したのだけれど――。

「ふうん……あんたもそういう依頼に興味があるわけ？」

いつもは聞き流して適当に相槌を打つ師匠が、今日は珍しく紅茶を飲みながらそんなふうに質問を返してくれた。嬉しくなってホウキを動かす手を止め、こちらを見つめる師匠に笑い返す。

「ええ、まぁそうですね。ちょっとくらい憧れはありますよ。いくら師匠が凄腕の魔術師だって言っても、私は森の外の魔物を狩りに行ったり、大きな商隊を賊から護衛したりはできないので。師匠の本気を見る機会はありませんからね」

というか、ほとんどの一般市民はできないと思う。ギルドに登録する人間というのは魔力があるか、腕っ節に自信があるかの二極だ。

なので私も含めて一生関係がない人は関係がない職業なのである。

――が、師匠は私に質問をしておきながら無言でテーブルに肘をついて、何やら思考に耽り始めてしまった。窓から入る陽光に照らされた金色の髪がキラキラと輝いている。自前の輝きに縁取られた師匠はそれはそれは神々しい。黙ってさえいれば完璧な美貌だ。

しかしこういうふうに意識が違うところにいってしまうのはざらにあることなので、気にせず留守中に新たに床に積み上がった本と、奇妙な走り書きがされた紙を空いている籠に分別していく。

一見紙ゴミの走り書きもゴミではなくて、師匠が迸る魔術の仮説を書いたものだったりするからおいそれと捨てられないのだ。正直最初からノートとかに綴ってほしいとはいつも思う――……と。

「その依頼は今日見たのね？」

「え？　あ、はい。つい一時間くらい前に」

「じゃあ行ってみましょうか」

「行くって……どこにです？」

「どこってゴルディン山脈よ。ドラゴン、見てみたいんでしょ？」

「はいっ？」

「なら決まりね。今からジークのところであんたが見たっていう依頼を受けてくるわ。あんたは適当に動きやすい服に着替えて待ってなさい」

「待って待って。違います師匠、今のは肯定の返事じゃないです。例えるなら〝嘘、いきなり何言ってるのこの人。頭大丈夫？〟の驚きの方です。それにお店はどうするんですか？」

「休むわよ。一日ぐらい休んだってうちに客が来なくなるわけないもの」

「うっわ～……凄い鼻持ちならない自信ですね。それにほら、依頼だって他にもう誰かが受けてるかもしれませんよ？」

「依頼はレッドドラゴンの鱗だったんでしょう？　だったらそこらの凡人じゃ無理ね。その依頼はたぶん放っておいたって来年の今頃まであるわ。その点あたしが受ければ日帰りよ」

「本当に凄まじい自信ですね⁉」

「ただの事実よ。分かったら着替えて待ってなさい」

至極サラッと恐ろしいことをのたまった師匠は、まだ止めようとする私を無視してさっさと魔法陣に乗って消えた。そうなると言われた通り着替えて待つ以外道のない私は、諦めて準備を整える。

それから待つこと二十分。

ホワリと柔らかく輝いた魔法陣の上で神秘的な美しさを纏って戻った師匠から、すぐに「依頼を受けてきたわ。ゴルディン山脈まで一気に飛ぶわよ」と、新たに構築した魔法陣へと引きずり込まれて。

次に柔らかな輝きから解放された時には痛そうな岩肌の目立つ鉱山の、明らかに危険極まりなさそうな洞窟の最深部っぽい場所だった。そこで私は確信する。うちの師匠は頭がおかしいと。それこそ今更といえば今更なんだけど行動力と自信家ぶりが化物だ。

凡人の私は視線を彷徨(さまよ)わせることしかできないが、当然ながら右も左も見たことがない世界が広がっている。汚城のある森、掃除婦として雇われてるギルド、ちょっとだけ行ったことのある街……からの、ドラゴンが棲まう洞窟。うん、おかしいね。

現実逃避気味に上を見たものの、もうひたすらに天井が高い。正確には天井といっても、あるのは自然物の岩肌なのだけれど。

しかもここはもしかしなくともとんでもなく暑い場所なのではないかと思う。赤い水……にしては粘度の高過ぎるそれが、視界のあちこちでドロドロボコボコと煮え立ちながら流れている。師匠の本棚の本で得た知識だと、これは溶岩と呼ばれるやつだろう。

ドラゴンは自身の生態系に適した場所で巣を造って生活する。身体を丸々森にしがちなグリーンドラゴンは山や森に、乾いた土地が好きなイエロードラゴンは砂漠地帯、宝石が好きなブラックドラゴンは鉱山で……この法則で行くと、レッドドラゴンは間違いなくここにいることになる。

「師匠、無理無理無理無理、いくら何でも無謀過ぎます。私達、ドラゴンと相対するのに何の装備もないじゃないですか。二人揃って布の服ですよ？」

「あんたは馬鹿ね。レッドドラゴンの炎の前では、王城の騎士が着てるような甲冑でも布の服と大差ないわよ。むしろその炎に耐えられる素材として鱗が欲しいんでしょうしね」

「それが分かってて挑む師匠の方がよっぽどです。もしや誰かとパーティーを組む時っていつもこんな感じなんですか？　絶対に他人様（ひとさま）に迷惑かけてるやつですよ〜」

ギリギリで〝狂人なんですか？〟と聞くのは堪えた。若干そうかなとは以前から思っていたとしても、尋ねたところで本人の口からそうだと答えられても怖いし。

「口の減らない弟子ねぇ。あたしは天才よ。大体さっきから布の服でここにいるのに、暑くも息苦しくもないでしょう」

呆れた様子の師匠に指摘されてようやく気付く。そういえばさっきから陽炎（かげろう）まで見えているのに汗の一滴もかいていない。人に無謀と言っておきながら、ついつい好奇心が勝って溶岩の滲み出る岩をチラリと見やる。

師匠の方を見ながらそろーっと掌を翳してみても止められないので、えいや！　とばかりに溶岩の滲み出る岩に触れてみたら、足許から淡い輝きが浮かび上がってきて、私の身体の周りに青白い膜のようなものがかかった。

「あんたは本当に鈍いわねぇ。優しいあたしが加護をかけてあげてるのよ。でないととっくに肺が爛れて死んでるわ。だからあんたは余計な心配しないでその辺の岩にでも座って、憧れの現場とやらを見学していなさいな」

「そこはせめて岩陰が良いですね。気分だけでも安全ぽいですし、かといって師匠の勇姿は見てみたいですもん」

「あらそう、良い心がけね。ちょうど向こうも臨戦態勢に入ったみたいだし」

不敵に微笑む師匠。その言葉に今まで見通せなかった洞窟の暗闇が、ボウッと赤白く光り、不気味に歪んだ直後。

雪の結晶を幾つも重ねたような、普段は空間転移にしか使われていない魔法陣が空中に現れて。

あ、と思った瞬間……何かがぶつかり合う大爆音が轟いた。意味が分からないと悲鳴も出ない。ただ天井から一軒家くらいある岩盤が崩れ落ちてくるのを見た時、流石に死んだと思った。繰り返すようだけどこっちは普通の神経を持った凡人なので。

――が、しかし。

崩れ落ちてきた岩盤は私の身体を包む青白い膜に阻まれ、むしろ落ちてきた速度より凄いのではという速度で弾き返されて……洞窟の天井を突き破った。その場で腰を抜かして呆然と見上げる私の視線の先には一面の青空。

からの「爬虫類風情が生意気な」という低い声と、シャリン、と鈴が鳴るような音がして。空からそちらに視線を戻せば、自然界ではまず溶岩と共存できないはずの氷柱が、赤い鱗の持ち主へと圧倒的な質量で襲いかかるところだった。

「ド、ドラゴンって、お、おも、思ってたより大きいんですね!?」

「騎士団が討伐に出る獲物が何で小さいと思うのよ――っと」

腰を抜かした私をヒョイッと抱えあげた師匠は、そのまま私を岩陰に座らせる。目の前には怒り心頭に発したとばかりに炎の名残を食いしばり、口の隙間から煙をあげているドラゴン。さっきの爆発は師匠の氷と炎がぶつかった水蒸気爆発だったみたいだ。

ドラゴンはうちの城の半分くらいありそうな身体をギラギラと輝かせ、這いつくばった姿勢のまぐうっと息を吸い込む素振りを見せた。灼熱の吐息は体内に充填されるまで数分かかる。だとしたらそれ以外で次にくるのは――。

「師匠、咆哮がきま――」

「吠える暇なんてやらないわよ。そこらの凡人じゃあるまいし」

そう鼻で笑った傲慢さのままに、師匠の構築した魔法陣から発射された巨大な氷の塊が、今まさに雄叫びをあげようと開いたドラゴンの口に突っ込んだ。後方に吹き飛ぶその巨体が天井だけでなく壁面をぶち抜いたことで、もう青空はどこからでも見える状態になってしまったのだった。

――……で。

「鱗って言うからもっとヌメヌメしてるのかと思ってましたけど、意外と綺麗ですね。傷もないですし」

「ヌメヌメはしないでしょ。爬虫類であって魚類じゃないんだから。それに多勢に無勢で寄ってたかって攻撃したら、どんなに強くて綺麗な生き物だって傷だらけにもなるわよ。そもそも一発で力量差を分からせてやれば、ドラゴンは高等生物だもの。余計な抵抗はしないわ」

「それって要はさっきみたいに、一発の威力がえげつない攻撃でもないと駄目ってことですよね？」

「馬鹿ね、ドラゴンを狩りに来るならあれくらいできて普通なの。第一このドラゴンはまだ子供よ」

「そうなんですか？　もうこんなに大きいですけど……」

「まだまだ大きくなるわよ。子供って言っても鱗の感じからして百歳は超えてるでしょうけど。棲みかの選び方が下手だからギルドなんかに目をつけられるの」

師匠と二人並んで他愛のない会話をしながら、横たわったまま微妙に震えているドラゴンの鱗を吟味する。艶々(つやつや)していて微妙に温かい鱗は、一枚が私の胸からお腹までを隠せるくらい大きい。

ただ流石にぴっちりくっついている鱗を剥ぐのは生爪を剥くような感じで痛そうなので、触ってみてちょっとぐらつくくらいのものを選んで剥ぐ。それでも逆剥けを無理矢理剥かれる程度には痛いようだ。

「……選んで剥ぐのも面倒ね。もう丸々剥いてしまわない？」

「剥いてしまわないですね〜。どんな鬼畜の所業ですかそれ」

「ドラゴンなんて素材じゃない」

「残念、生き物なんですよね〜」

物騒な提案をした師匠の言葉にドラゴンがビクリと震える。どうやら知能が高いのは本当みたいだ。言葉の全部を理解しているのかは分からないけれど、一応「大丈夫だよ〜。そんなことさせないからね〜」と声をかけておく。

結果、何故か寝転んでいたドラゴンが起き上がり、自発的に鱗を選んで剥がしてくれた。人間と同じで自分で剥いた方が痛くないみたいだ。カチャカチャと硬質な音を立てて美しい緋色の鱗が床の上に落ちる。その数全部で三十枚。大盤振る舞いだ。

思わず「こんなにくれるの?」と尋ねたら、すっかり従順になったドラゴンはグルルと喉を鳴らして応えてくれて、ついでに物理的に舐められた。魔法陣の膜がなかったら今頃涎(よだれ)でベタベタになっているところだ。

「くれるっていうのなら受け取っておいたら良いんじゃない? 丸裸にすることを考えれば大譲歩よ。あたしは全部剥いだって良いと思うけど」

「まだ言う。駄目ですよ師匠。今日は私の我儘を聞いてここまで連れて来てくれたんでしょう? だったら、もう充分ですよ。ギルドのお仕事を体験できましたし、師匠の格好良いところも間近でいっぱい見られましたから」

「別にあんたの我儘を聞いた気はないわ。単にあんたが師を敬う心が最近減ってきてるみたいだったからよ。依頼では一枚で良いみたいだし、これだけあれば充分でしょう。残りはジークにでも高値で売り付けるわ」

そんなふうにひねくれた物言いをするくせに、頭を撫でてくれる手は優しくて。自分も猫の子みたいに喉を鳴らすドラゴンと、変わらない気分になるのだ。

＊＊＊

ルーカスの弟子のアリアが掃除婦としてギルドに働きに出るようになってから一ヶ月半。ギルドの連中が仕事がしにくいとぼやく夏にまた一歩近付いた六月中旬。

例に漏れず山積みになった書類仕事から逃げ出して、年中適温を保っているルーカスの店に油を売りに来ちまうのは仕方ない。

「いやー、オレは自分の慧眼が怖いぜ。アリアのおかげで前よりも格段に依頼者に品が良いのが交じるようになった。ギルドメンバーも新しく腕の良い掃除人を雇ったオレを敬うしなー」

「そりゃあんなに汚いギルドに金持ちがわざわざ依頼に来るはずがないでしょう」

カウンターに片肘をついて話しかけるオレに向かって、さっきから五分おきに溜息を吐くルーカスが煩(わずら)わしげに正論を突きつけてくる。それでも帰れと言わず律儀に話に付き合うのは、昔からこいつの長所だ。

「そうは言うがな、暗殺の依頼は綺麗なギルドじゃ受け付けてないだろ？　その点見るからに汚れ仕事を受け付けてそうなうちは、ある意味見た目でそれなりに分かりやすい親切なギルドなんだよ」

「あ、そう。じゃあもうあの子が掃除に行く必要はないわね？」

「なーんでそうなるんだよ。お前さんはアリアを構いすぎるぞ。母親かっての。昔の血気盛んな戦闘狂ぶりはどこに行ったってんだ。大体この間お前が急にやる気を出してドラゴンの鱗を採ってきてから、うちに無茶な依頼が増えてんだぞ」

「そんなのあたしの知ったことじゃないわ。暗殺以外の普通の依頼が増えて良かったじゃない」

図星を指しちまったのかこっちの発言にルーカスの片眉が跳ねた。これでも古い付き合いだ。こいつとの会話の引き時は心得ている。これ以上からかったところで出てくるのは、伏せ字になりそうな悪態だけだろう。

勝手に弟子に仕事の斡旋（あっせん）をしたから腹を立ててるんだろうとは思っていたが、まさかここまで根に持っているとは思わなんだ。三年前にアリアの情報が何かないか探るよう依頼してきた時も感じたが、こいつはあの娘に対してやけに肩入れしている。こっちとしてはからかいネタとサボり場所が増えて都合が良いけどな。

「ともかく、経験上あんたが手放しに人を褒める時はろくなことがないって断言できるわ。だからこの話の続きも聞かないわよ。客じゃないならうちの店でサボってないで、とっとと巣（ギルド）に帰りなさい。あんたの見た目は営業妨害よ」

チッ……勘が良い奴だ。せっかくここからアリアをギルド外部へ貸出したいって切り出す魂胆だったのによ。ルーカスがシッシッと追い払うように手を振って見せたところで、折よく店のドアが開いて身なりの良い客が入ってきた。

客は一瞬この店にいるには不釣合なオレに驚いた様子を見せたものの、すぐにこっちをいないものとしてルーカスに向かって微笑みかける。意味深な女の笑みにほんの微かにルーカスから嫌悪感を感じ取ったが、おめでたい頭の客は気付かない。

瞬時に不穏さを拭い去ったルーカスが応じるように無言で微笑めば、女はいとも容易くその頬を染めた。既婚者の証しである指輪が左手に輝いてるってのになぁ。誰もが羨むお綺麗な顔が本人にとってもそうだとは限らない。そう知ったのはこいつの存在のせいだろう。

この世で唯一この気難しい男の顔を褒めて許されるのは、あの暢気な小娘(アリア)だけだ。互いに正反対のコンプレックスがあるから、それともあいつが本心から褒めちぎるからかは分からんとはいえ、面倒くさいが似た者同士で釣り合いの取れた師弟ではある。

「へいへい、そんじゃあ今日はもう帰るとしますかね。話の続きはまた次にな」

「ご冗談。来なくて結構よ。そんなに仕事をサボってたらいつか刺されるわよ」

「ハッハッ、馬鹿言え。流石にオレもまだそこまで腕は鈍ってねぇっての」

「あぁもう、分かったからうちの店内で粗暴な物言いは止めて頂戴。ほら、さっさと帰る」

今度こそ本気の声音で追い出しにかかられたので素直に店の外に出たものの、ドア越しに振り返れば、買い物に来たわりには店内の商品棚には目もくれずに秋波(しゅうは)を送る客と、その視線に対し一分の隙もない接客用の微笑みを向ける店主(ルーカス)。

「けっ……いつか刺されるならお前さんの方だろうよ」

思わず口走った独り言は決して女と長続きしない中年の負け惜しみじゃない。たぶん。

＊＊＊

一日で一番好きな時間かもしれない夕方……の、食堂。

理由は至極単純に師匠が夕飯の材料を買い込んで店から帰って来るからだ。毎日この時間までに汚城での仕事を粗方片付け、余暇で新しい仕分け用の籠を編む。今編んでいる分が完成したら、これまでの記録を上回る大きさになる予定だ。

編み目は手っ取り早くざっくりしたものにしようか悩んだものの、大きいものだとあんまりざっくりしてたら間が抜けて見えるかもしれないので、諦めてちょっと凝ったものにする。たとえ汚城への来客がなかろうが、掃除という文明的な生活を忘れていようが、美的感覚だけはずば抜けている家主のために。

編み目の部分が星形に見える編み方はコツは勿論のこと、指に力がいる。如何にナキタの蔓が籠編みに適しているとはいっても自然物。節くれだった硬い部分は編みやすくなるようにナイフで削ぐのだけど、削いだ分そこがささくれ立つ。

そうしてそんなものを素手で編んでいると、どうしても棘が刺さるのは仕方なかったりする。これも名誉の負傷ってやつだ。でも指の腹や丸い瓶底でしっかり扱きながら編めば、仕上がる頃には多少の艶も出て、衣類を入れた時に引っかかる危険性も減る。

ほとんどが絹製の師匠の服は洗濯時だけでなく、こういうところにも気を使う。ふふふ、できる掃除婦の私でなきゃ見逃しちゃうね――……などと自画自賛しつつ、鼻歌を口ずさみながら黙々と編み進めていく。籠を編むのは好きだ。

まぁ昔師匠が『魔力がなくても何かを形作れるというのは、後々あんたの自信にも繋がるわ。手仕事っていうのは数をこなせば上達もするし、やってみて損はないんじゃないかしら』と言ってくれたのが一番大きな理由ではあるけど。

考えごとをしているような、していないような。世界と自分を透明な膜が隔てるみたいな曖昧な感覚。鼻歌も歌詞を忘れた辺りから、どんどん適当になっていく割に籠の編み目は狂わない。そういえば編める模様って何種類くらいになったんだろう。数えたことないや。

――ザク、シュッ、シュッ、ギュッ。

――ザク、シュッ、ギュッ、ギリッ。

――シュッ、シュッ、ギュギューッ。

何段目かの折り返し地点に差しかかった時、ふと部屋のドアが微かに軋む音に気付いて、手許の籠から視線を上げ、そこに佇む待ち人に向かって駆け寄った。

「師匠！　お帰りなさい」

「ただいま。良い子にしていたかしら？」

仕事終わりの師匠の気怠い声は、普段より低くやや掠れていてドキドキする。店での接客用笑顔で疲れた表情筋が生み出す微笑みも、絶妙な甘さを醸し出していて素晴らしい。

「勿論ですよ。ほら、これ見てください！　次に作る新しい籠は、今までで一番大きくしようと思ってるんですよ。これなら師匠の脱ぎ散らかした服も一網打尽です」

一日でこの声と表情からしか得られない栄養分を浴びつつ、師匠の手から夕飯と朝食の材料が入った買い物袋を奪い取り、ドヤ顔で本日の成果を見せびらかした。

——が。

いつもみたいにすぐに心のこもっていない褒め言葉をもらえると思っていたのに、何故か師匠はこっちを見下ろしたまま微動だにしない。気恥ずかしくなって「師匠？」と呼べば、ハッと正気に戻った師匠が、私の鼻先を摘まんで「すぐに夕飯にするから、テーブルの上を空けといて頂戴」と言ったけど、その指先から店の商品とは違う化粧品の香りがする。

出かける時に着ていた服から用意しておいた服に着替えているところからしても、またお客さんに商品の説明をしてほしいと称してくっつかれでもしたんだろう。お疲れの原因はこれで間違いなさそうだ。ということは——。

「まぁまぁ師匠、それより先にお風呂に入ったらどうです？　もう浴槽も洗ってありますから、魔法でお湯を張ればすぐに入れちゃいますよ」

「馬鹿ね、そんなことしたら夕飯が遅くなっちゃうでしょう。全身胃袋な食欲娘のくせに変な気を回さないの」

「おやおやおや？　聞き捨てならない言い草ですけど、別にちょっと夕飯が遅くなったくらいで餓死しませんってば。第一そんな香水臭い手でご飯を作られたら、どんなに腹ペコでも食欲が失せちゃいます」

「……そんなに臭う？」

「ええ、まぁ。うちの商品じゃないのが分かるくらいには下品な臭いですね。今度は香水をオススメした方が良いと思いますよ。さ、分かったらお風呂に行ってください。その間にこの籠も完成させちゃいますから」

フフンと鼻を鳴らしてそう言うと、やっと師匠も納得してくれたようだ。

「そこまで言うなら入ってくるわ。でもそうね、湯上がりのあたしからどんな香りがすればあんたの気は済むのかしら？」

「やった、今夜の入浴剤は私が選んで良いんですね！　だったらあれが良いです！　前に師匠が調合してた柑橘系のやつで――って、ほら師匠、早く早く！」

最近ダロイオ成分の入った入浴剤の試作品ばかりで嫌気がさしていた私は、さっさと買い物袋をテーブルに置いて。気が変わらないうちに善は急げと、気まぐれ師匠の手を掴んで浴室に向かうのだった。

掃除婦、魔術師の弟子っぽいことに挑戦する

師匠と一緒にドラゴンの鱗を採りに行ったあの日のあの後。城に戻ってしばらくすると、師匠は工房の魔法陣から一人でギルドに直行。依頼通りに鱗を一枚と、もう一枚をジークさんに売り払い、夕食用に上等なお肉とお酒とケーキを買って戻ってきてくれて、非常に贅沢な夜だった。

残りの二十八枚は市場価値が混乱しないように小分けにして売るそうだ。出回る数が一気に増えると値崩れするらしいけど……ギルドに登録しているような人種は皆あの戦闘が繰り広げられる猛者なのだろうか？

私からしてみれば当分市場には二十八枚しか並ばないような気がするんだけど。

たった二枚売っただけでも当面の生活費が余裕でできてしまったので、私はまたも四日に一度の割合でギルドの掃除に行くことになってしまった。なかなか勤務形態が安定しないのは目下の悩みである。

でも休み中もやることは基本同じだから、掃除の腕が落ちるという心配はまったくない。それに今は暇な方が季節的にも助かる。幸い師匠は生ゴミを溜め込む人ではないけど、もしもこの中にうっかり食べ溢しが交じっていたら、黒いヤツが発生する可能性もあるからだ——が。

「うわ……何これ……」

洗濯物を籠に放り込んでいたら、山の底からくしゃくしゃになったシャツを発掘してしまった。しかも乾いているのにヌルッとしたド紫色の何かがこびりついていたやつを。ド紫色のそれからはふんわりと仄かにシャリマの花の香りがしたものの、謎を深める要因にしかなっていない。

「うん、まぁ……当然のように下の洗濯物も侵食してるよね」

シャリマは水色の小花が房状に咲く可愛い植物で、お貴族様が使用する高級な香水にも使われる。もう片やド紫色の何か。色移りしそうだから別洗いは決定事項だけど、師匠の服はどれもシルクの高級品なので、シミが抜けるなら抜いてしまわないと勿体ない。今日は他の部屋の掃除もしたかったのに、これで確実に半日は洗濯に消えるだろう。

若干やるせない思いを胸に抱きつつも被害にあった服をすべて籠の中に納め、当初の目標通り師匠が起きてくるまでの残り時間を腐海の浄化に努めた。

――そして朝食(尋問)の時間。

食事の準備中に手を止めて機嫌を損なわれてしまうと私の胃袋が可哀想なので、全部のお皿がテーブルに並んで向かい合わせに座ったところで、足許の籠から例の服達を引っ張り出し、ティーカップに手を伸ばす師匠の視界に晒した。

「師匠～、これ下の作業室①で発掘したんですけど、何のシミだか覚えてませんか？　ものによっては洗濯する時に手法を変えなきゃならないんですけど」

「…………ああ、それね。たぶん新しい保湿パックを研究しようと思って、スライムで培養液を作ろうとして失敗した時のやつだわ」

「また私が近くにいない時に限ってそういうことをする～。しかも思い出すのに結構間がありましたね？　その日のうちに言ってくれてたらもっと落ちやすい間にどうにかできたのに」

「だって仕方がないじゃない。その後すぐに良い方法を思いついて試していたら忘れてしまったんだもの」

「それ、それですよ。研究中に気分が乗らないとすぐに違う服に着替えるその癖、以前却下されちゃいましたけど、やっぱり一日の回数制限を作りましょうよ」

「だから前も言ったでしょう。却下よ」

「はいはい、知ってましたよも〜。その悩む素振りすらないの格好良い。でもシミの原因はスライムですか、了解しました。だったら……うん、弱めの溶解液を作って、ぬるま湯に溶いて……」

駄目元の提案なのでそれ以上の説得は諦めて、もっちり白パンを頬張りながら食後の洗濯について段取りをしていると、窓の外で何かが反射した。

この城の周辺に光を反射するようなものは少ないのに——と、師匠がティーカップを置いて「朝から面倒なのが入り込んで来たわねぇ」と呟き、窓の方へと視線を向ける。その動きにつられて窓の方を見やると一面の赤が視界に飛び込んできた。

驚いて一瞬言葉を失ったものの、すぐにその正体に気付いて椅子から立ち上がり、食堂の窓辺に近寄るけれど——……まぁ、見違えようもない姿で。窓を開けて身を乗り出し、同じく立ち上がってこちらに首を伸ばしてくるそれに手を伸ばす。

「お前あの時のドラゴンだよね？　どうしてこんなところにいるの？」

別に特にドラゴンの見分けがつくわけではない。ただそういなさそうな生き物だからという発言だ。するといつの間にか背後に立っていた師匠がドラゴンに向かって、

「勝手に侵入するなら流儀があるでしょう、爬虫類。あんたが馬鹿デカイ図体で無理矢理入り込んで来たから、結界が歪んだじゃない。余計な手間増やしてるんじゃないわよ」

——と、やや腹の底から出すドスの利いた声で言った。美人の口から出る重低音の威力はドラゴンにも有効なのか、ドラゴンは「ヒューン……」と子犬のように小さく鳴くと、ブルッと震えて。赤い鱗の表面が僅かに発光したかと思うと、次の瞬間にはいなくなっていた……わけではなく。

師匠が「下よ、下」と言うので視線を下げれば、地面に赤い鱗を持った生き物がいて。両側の翼を広げたかと思うや否や、再び食堂の窓の高さまで飛んできた。体長は大型の猫ほどにまで小さくなっている。

「おお、この大きさだと可愛いですね」

「これが可愛いかは知らないけど、最初からこの大きさで侵入してたら、結界の歪みももっと小規模で済んだでしょうね」

大きさが小さくなろうが師匠の圧は変わらなかった。そのせいで私の言葉に一瞬自慢気だったドラゴンも項垂（うなだ）れてしまう。首を垂らして段々と高度を下げていく姿が哀れさを誘うものだから、ついその身体を捕まえて窓の内側に招き入れてしまった。窓枠にちょこんと座るレッドドラゴン。何か可愛い。

「結局この子は何しにこの森に来たんですかね、師匠？」

翼をたたんで鼻先を私の掌に擦り付けてくるドラゴンの喉をくすぐりつつ、後ろの師匠を見上げてそう問えば、

「あたしがこいつの巣を吹き飛ばしたからかもね。ドラゴンの棲みかは大抵人間が辿り着くには相当危険な場所にあるのよ。そこの風通しを良くしちゃったわけだから、ギルドの依頼を受けた連中が増えたのかもね。その相手を毎日するのが面倒で棲みかを引っ越すことにしたんじゃない？」

「……えっ」

「猶且つ人間にとっては危険で魔物にとって安全な立地を探してたら、偶然この間鱗を剥いだ人間

の魔力を感じたからここに降りてきた。そんなところでしょう？」

窓枠に座るドラゴンは、師匠の言葉に「グウゥ」とご機嫌に鳴いた。尻尾をビュンビュンと振っている。これは犬と同じ反応だと思って良いのだろうか。というか、それよりも問題なのは――。

「あの～師匠……それってつまり、この子の家が失くなったのって、私達のせいってことじゃないですか？」

恐る恐る尋ねた私の言葉に、けれど師匠は笑って「こいつが弱いのがいけないのよ。でもま、一ヶ月に一枚鱗を支払うなら棲まわせてやっても良いわ」とドラゴンにすべての責任を転嫁したうえに、対価まで求めたので。今日からこの森にドラゴンが仲間入りすることになった。


初めて飼うペットがレッドドラゴンというのは驚きの体験ではあるものの、身体の大きさまで自由自在となるとそこまで寝床に頭を悩ませる必要がなかったから、通常の仕事の合間にベッドにする籠を編んであげようと思っていたのに、ちゃっかり私のベッドの一角にクッションを持ち込んでそこを使うことにしたようだ。

こっちが歩くとおっかなびっくり後ろをついてくる健気さや、掃除中にゴミを集める手伝いをしてくれたりする姿に、幼い頃に師匠のあとを追いかけてばかりいた自分が重なって意気投合。結局その日のうちにこの森にドラゴンがすっかり馴染み、翌日にはまるでずっと一緒にいたかのような仲良しになれた。

――が、それは同時に師匠の超理不尽、傲岸不遜、唯我独尊発言に対しての下僕化も同じ速度で

進行するわけで、レッドドラゴンが引っ越してきて三日目の今朝。

短期間で従順な下僕になったレッドドラゴンを前に、師匠は『せっかくドラゴンが手に入ったんだから、使わない手はないわね』と。一ヶ月に一枚鱗を支払うという約束をさせた舌の根も乾かぬうちにそう言った。

いわく『引っ越してきたんだから、引っ越しの挨拶分がまだよ』という滅茶苦茶な内容だったけれど、それが師匠だから仕方がない。師匠がそうだと言えば道理は引っ込むのだ。何なら忠実な弟子の私ですら当たり屋の言い分だと思ったけど、口には出さなかった。

『大したことは言わないわ。あたしの留守中にこの森に残ってるのが、戦闘力皆無のあんただけだと心許ないってずっと考えてたのよ。ちょうど良いし、こいつをガーゴイル代わりにしようかと思って』

その一言で神秘の生物は汚城の番犬と魔力皆無な掃除婦の護衛という、どこまでも残念な居場所を与えられてしまったのだ。

「あ、ちょっと待ってクオーツ。その籠はこっちに下ろしてくれる？」

「ギャウッ」

「良いお返事だ〜。これが終わったら師匠が朝食の支度をしてくれてる間に、一回目の洗濯物を干す紐を張るの手伝ってね」

「ギューーッ！」

でもまぁ本ドラゴンに不満はないようで、こちらの言葉をほぼ完璧に理解してフヨフヨと飛び回る赤い姿に、自然と頬が緩む。忙しい朝は猫でなくドラゴンの手を借りることで大幅に作業効率が上がった。小さくなっても流石は上位種。見た目の大きさとは裏腹に力が強いので、床を覆っている荷物を持ち上げてもらうのに大助かりである。

生き物の名付け親になったのは初めてだったけれど、師匠が『あたしは七年前にあんたの名前をつけたから、それの名付けはあんたがしなさい』と言ったので、丸二日悩んでつけた。私は勿論、彼も気に入ってくれているようだ。

ちなみに初日の実験では小さいままでも私の服を咥えて飛べた。師匠に聞いたらドラゴンは翼に魔力を通して飛ぶらしく、それ自体を羽ばたかせて浮力を得るのではないそうだ。いつか大きな時に背中に乗ってみたい。

おまけに何故かこの子は初日から私に懐いてくれて何をするにもついてくる。普通は魔力の強い人間に懐くものなのに不思議だけれど、嬉しいから問題ないかな。

この城には七年間ずっと師匠と私の二人きりだったから、新しい住人（？）の存在は新鮮でなかなか楽しい。そんなこんなでテキパキと一人と一匹で仕事をこなし、起き出してきた師匠が生み出す良い匂いのもとを確かめるべく食堂に向かう。

戻って来た私達に早速手を洗って配膳を手伝えという師匠の言葉に従い、最後に焼きたてのパンを並べたところで、二人と一匹の朝食が始まった。

「そのドラゴンがあんたに懐く理由？」

「はい。私には魔力がないのに不思議だなーって」

「ああ、成程。そうね……考えられるとしたら、あたしがあんたの傷に流してる魔力が蓄積されてるんだと思うわ」

「でも私は魔法が使えませんよ？」

「蓄積されるとはいっても微々たるものなのかもしれないわね。実際に回復を専門にしている医療魔術師の患者が魔法を使えるようになった話は聞かないもの」

「成程。でもじゃあどうして魔力の直接の持ち主である師匠には、あんまり懐いているように見えないんですかね？」

「それこそ考えてもみなさいな。出合い頭で氷塊を口に突っ込んでくる奴に懐く特殊性癖持ちなんて、ドラゴンでも人間でもそうそういないでしょうよ」

パンをちぎってクオーツの口に運んでやりながら、そういえば師匠に直接聞いてみれば良かったんだと思い立ち、この二日間疑問だったドラゴンの生態について質問してみたものの、まぁ案の定そこまで驚きの回答は得られなかった。性癖の辺りが特に。

話題にされていることが分かっているらしいクオーツも、小さく首を横に振っている。誠に遺憾と言わんばかりの表情だ。謝罪の代わりにソーセージを切り分けて口許に運んであげると、喜んで食らいつく。油でテカテカと光る口の周りの鱗を拭おうとしたら、勿体ないとでもいうふうに素早く長い舌で舐め取られた。

「そっか～……ちょっと残念ですね」

「何よ、あんたも魔法が使いたいの？」

「そりゃあ、私だって師匠という魔術師の弟子ですから。それにほんの少しでも魔法が使えたら、師匠の手伝いだってもっとたくさんできますし」

せっかく魔力を分けてもらっていても、元が魔力皆無だと注ぐだけ無駄だと言われたに等しい状況。やや不貞腐れた気分で豆のスープに匙をつけていると、不意に師匠が少しだけ何かを考え込む素振りを見せた。

こういう時は声をかけられるまでそっとしておくのが、ここでの暗黙の了解。その間にクオーツと一緒にアンズのジャムを塗ったパン、ソーセージと半熟の炒り卵、リンゴのジュースを分け合いながら胃袋に納めていく。

そうして考えが纏まった師匠が「アリア、以前に魔術は魔法とは原理が若干異なるって話はしたわよね」と切り出したのに合わせ、視線をそちらへと向けた。

「はい。確か〝魔術は魔力を自分なりの解釈に則った術式に置き換えて行使する〟でしたよね」

「あら、割としっかり憶えてるじゃない。もう少し正確さを加えるなら〝魔術師は世界に揺蕩う魔力を自らの目で見つけ、座標という形に固定して行使する者〟よ。解釈の数はそれこそ魔術師の数だけあると言っても過言じゃないわねぇ」

話の着地点が分からず首を傾げる私を見て師匠が察しの悪さに苦笑した。この人が時々見せる柔らかい微苦笑は心臓に悪い。外でもそんな表情を迂闊にしているから変な女性に好意を持たれるのではないだろうか……なんて考えていたら、今度は含みのない笑みを浮かべて薄い唇を開いた。

「あんたがやってみたいなら、魔力を感じられるようになる特訓でもしてみる？　もしも仮定通り魔力が蓄積しているようであれば、あたしが固定した簡単な座標を教えて、着火や汲水くらいの生活魔法程度なら使えるようになるかもしれないわ」

師匠の紅茶の香りがする溜息交じりの提案に対し、思わず「やります!!」と食い気味に被せたら、綺麗な顔を思いっきり顰めた師匠に「食事は静かにとりなさいよ」と怒られてしまった。

＊＊＊

魔力操作の基本のキ。自分の持ってる魔力で糸を撚ってみよう！

——ということで、

汚城での通常業務と、ギルドのお仕事の隙間時間（師匠の気分で決まる）にやって参りました森の中。ここでなら練習していても観衆になりそうなのは魔物か鳥か、好奇心旺盛なレッドドラゴンくらいだし、もしものことがあっても師匠が平らにできるので何の心配もない。

故に当然私の可愛い薬草園とはかなり離れている。まぁ、できれば危ない失敗をしたくはないし、森の生態系を変えるのも駄目なんだけど。魔力の放出量を一定に保つための準備である瞑想を終えたところで、師匠がその美女と見紛う綺麗な顔をこちらに向けた。

「さ、それじゃあ昨日のおさらいから始めるわよ」

「了解です師匠！　よろしくお願いします！」

やる気だけは人一倍の返事と挙手の後、指先からそっと引き伸ばした真珠色に輝く魔力の糸を、糸車にかけるようにクルクルと、途切れないように一定の速度を保って巻き取る。

そんな想像をしながら必死で魔力を引き伸ばすものの、こちらの苦労も虚しくそれまで同じ細さだった光の糸は、いきなりドワンとたわんで太くなった。こうなってしまうと集中力が切れたのを誤魔化せない。

「アリア、一旦止めて。また魔力が極太毛糸みたいになってるわよ。絹のレース糸とは言わないから、せめて三本取りの刺繍糸くらいに絞って。あんたの魔力があたしの魔力を蓄積したものなら、そんなに気前良く放出したらあっという間に枯渇するわ」

「はいぃ……！」

すぐに飛んできた師匠の教えに内心無茶なと思いつつ情けない返事をひとつ。目の前にあるたわんだ光の毛糸を引き絞る努力をする。でもこれも駄目だ。上手く魔力糸を撚る感覚が掴めずに乱暴な座標の解釈で引っ張ったそれは、安定するどころか無慈悲に千切れた。直後に小さな破裂音と火花が散る。

パラパラと地面に降り注ぐ光の粒をクオーツが楽しそうに追いかけるけど、不甲斐ない弟子の様子を見ていた師匠は眉間に指先をあてて、悩ましげな溜息をついた。うーん……この顔は卵料理を作ろうとして、卵を爆発させた時と同じだな。物凄く呆れてるね。

「全然駄目。こんなフワッフワな座標見たことないわよ。もう一回分かりやすいように、撚ってある座標を解きながら手本を見せるから、しっかり構築し直すところを観察しなさい」

「は、はひぃ……！」

二日前に意気揚々と魔法を教わりたいと言った自分を殴りたい。元から全然魔力を持たない、見えない、使えないの三無いなくせに、夢だけ大きく持つなど馬鹿だった。でも疲れで目の焦点が合わない私の頬を、師匠が優しくつねった。

「あんたは座学は問題ないんだから、足りないのは実地訓練。今まで実技に興味なさそうだったから見せてなかったけど、簡単なものでも座標を操るならちょっとの油断が命取りになったりするの。意味が分かって簡略化するのでなく、理解できない部分をすっ飛ばして簡略化したら、座標同士の相性が悪くなって暴発することもあるんだから」

敬愛する師匠にそんなふうに言われて奮い立たない弟子がいようか。否、いない。両目を一度ギュッと閉じてぼやけた視界を仕切り直し、師匠の「ほら、よく見て」という声に目蓋を開き、それまでより強く師匠が紡ぐ魔力の糸に意識を集中させる。

綻びも毛羽立ちも一切ない、術者の持つ魔力によって様々な、この世のどこにも二つとない神秘の糸。元よりクモの糸よりもか細いそれらがさらに解け、光の粒子になり、息を殺して見つめる目の前でそれらは揺蕩って、揺蕩って、するりとまた撚り合わされて一本の糸になる。ああ、でも。

その様子を視るだけで目の奥が痛くなってきた。

駄目だ呼吸をしてたら見えなくなっちゃう。

あそっか呼吸に割く集中力も全部使えば良いのかそれならできそうかも「そこまで」えなんでですかできますよこれくらいいしましょう。

「そこまでよアリア。今日はもう終わり」

「――……か、ぁ、ふっ、」

「あんたの集中力が高いのはよーく分かったわ。でも今日はここまで」

「や、みえてた、のに、な、んで、とめるん、です、やだやだやだぁ」

「だってあんた今自分が凄い脂汗と鼻血出してるの気付いてないでしょう？　あと暴れないの。幼児がえりとか勘弁して頂戴。今更あんたを育て直すのは嫌よ」

「やだったらやだ、じゃましないでぇ」

「邪魔じゃない。師匠としての忠告だ。お前の今の魔力量では無理だと言っている。死にたくなかったら聞き分けろ馬鹿弟子」

　まだ見えるのに。まだできるのに。そう訴えようとしたけど、師匠が少し怒ってるのだけ分かって、それ以上の言い訳をしないで口を閉じたら、いきなり鼻を抓まれて地面に身体を横たえさせられた。その瞬間、喉の奥にパッと鮮明な鉄の味が広がる。そうしたら段々と昂っていた気持ちも落ち着いてきた。

　黙って涙で滲んで朧気な視界にぼんやり浮かび上がる師匠を睨んだら、ふっと空気が揺らいで「まったく、本当に頑固で負けず嫌いねぇ」と呆れた声が降ってくる。

　ついでにすぐ傍で「キュー……」と、心配そうなクオーツの声がしたかと思ったら、ベロンと鼻を舐められた。おぉう……これってまさか血の味に飢えてるわけじゃないよね？

「ほら、痩せ我慢してないで休みなさい。特別にこのあたしの膝を貸してあげるから。みっともない鼻血を止めてあげるわ」

　黙ってクオーツにベロベロと顔面を舐められていたらそう言われて。気付けば頭の下はしっとりした青草の茂る地面じゃなく、ちゃんと血の通ったものが支えてくれている。普通に考えればご褒美と言える破格の扱いだ。とはいえ――。

「へへ……師匠って綺麗だけど、ちゃんと男の人なんですねぇ。膝かった。寝心地悪ぅい」

「ふぅん、だったら地面にめり込ませてやろうかしら？」

「嘘ですよ、冗談。良い匂いがして安らげます」

「ったく、調子のいい子ねぇ」

呆れた声音で溜息をつきながら、それでも優しく頭を撫でてくれる師匠の掌に擦り寄れば、その指先が私の顔の左側に残る傷痕に触れる。かさぶたよりもやや柔らかい皮膚ではあるけれど、それでも普通の状態の皮膚に触れられるよりも若干感覚が鈍いそこを数回撫でた指先は、鼻梁を経由して眉間に辿り着く。

ジン、と目の奥が温かくなったと思った次の瞬間には、喉に落ちてくる不快な鼻血が止まっていた。この程度のことに治癒魔法を使わないでもとは思うものの、普段はない特別扱いにときめくくらいありだろう。

膝に頭を預けたままフーッと深呼吸をすると、師匠が「こうしてるとあんたがチビだった時を思い出すわ」と笑った。はて、どのチビの記憶だろう。

一人で寝るのが怖くて師匠のベッドに潜り込んだ際に、おねしょで大陸地図を描いてしまったことか。もしくは食事のお手伝いをしようとして、台所を前衛芸術みたいにしてしまったことか。畑の雑草を抜くはずが器用に薬草だけ抜いたことか。他にも色々あるけど、どれもかなりやらかした記憶しかない。ここは適当に誤魔化そう。

「んー成程、もうチビじゃないけどまだまだ可愛いってことですか」

「うふふ、このお馬鹿はどれだけ自己肯定力が高いのかしら。限界まで無茶をして倒れる単細胞なところが成長しないって言ってるのよ」

　ということは師匠が思い出していた記憶というのは、私が予想してたやらかしではないらしい。まぁ助かったと思うべきかはちょっと微妙だけど。当時からろくなことをしていなかったことだけは確かだな！

「ほほう。私ってば頑張り屋さんですね。もっと褒めてくれても良いですよ」

「会話が通じてない感じがしてがっかりだわ」

「あ、その感覚って毎朝私が師匠に洗濯物の仕分けについて語ってる時に感じるやつです」

　鼻血を警戒して横に向けていた顔を真上に向けたら、顔面に無言でクオーツを置かれた。レッドドラゴンのひんやりしたお腹の鱗が火照った肌に気持ち良いけど、多少息苦しくもある。唇を尖らせ一気に息を噴いてブーッと音を鳴らすと、クオーツが「グルルーウゥ」とご機嫌に鳴いてどいてくれた。ふふふ、勝った。

　今度こそ視界に師匠の顔をおさめたが、普通下から見上げた顔ってどんな美人でも不細工になるものでは？　何でこんなに隙がないんだろ。本当に人類か？

「こら、いつまで起きてるつもりなの。拝観料取るわよ」

「ひぇ、ご無体(むたい)がすぎる。弟子割引はつきますか？」

「残念ながらつかないわね。こちとら一分一秒美が溢れるのを止められないのよ。でもあんたが寝てる間に浴びる分は無料にしといてあげるわ。森林浴でお金は取れないものね」

「わー、さすが師匠。慈悲深い。大自然とタメを張れる御仁」

「そうでしょう？　分かったならとっとと寝ろ」

軽口を叩きあう間もサラサラと肌の上を滑る師匠の指の心地良さに、だんだん目蓋を持ち上げているのが難しくなってきた。こんなに硬い膝で眠気を感じるなんてよっぽど疲れたんだなぁ……と、他人事みたいに感じていた耳に柔らかく「おやすみ馬鹿弟子」だなんて。

おお師匠、あなたのことが大好きな弟子を永遠の眠りにつかせるような行為は、ほんと、お止めいただきたく――。

「次に目を覚ましたらダロイオを釣りに行くわよぉ」

前言撤回。夕方まで寝てやり過ごそう。

豪快に教えを乞う人

「何だお前さん、今日はまた随分と御大層なアイテムつけてるな」

掃除を終えてお給金の中身を確認している最中にジークさんにそう声をかけられて、手許の給与袋から顔をそちらに向けた。

「これのことですか？　師匠が作ってくれたんです」

襟の中に隠れるよう身に着けていた首飾りを指さされ、やっぱり食い付かれたかと思いつつ、パッと見ただけでこれが気になるとは流石ギルドマスターだと少し感心する。あと、どこ見てるんだとも思ったけど。

「そうそれだ。小さいけどドラゴンの鱗だろう？　どこで手に入れたんだよ」

「師匠が『あいつは目敏いから絶対に出処（でどころ）を知りたがるでしょうけど、親しくないオッサンの質問になんか答えちゃ駄目よ』って言ってました。なのでジークさんには教えてあげません」

「あーはいはい。そう言うだろうと思ってたよ。お前さんは本当にあいつの言うことに忠実だよな。ったく、オレは一応雇い主だぜ？」

こちらの返答にぶつくさ言うジークさんが目敏く見つけたのは、私の着けている小さいドラゴンの鱗でできた首飾りだ。緋色の貝殻のように輝きを放つ全部で七枚連なっている鱗の表面には、それぞれに転移の魔法陣が描かれている。

ただし私が飛ぶのではなく、鱗の持ち主であるクオーツが私のいる場所……師匠の言を借りるなら座標に喚ばれる仕様になっていた。私の胸元に揺れる首飾りもその契約の一環である。

「雇い主だろうが何だろうが、私にとっての一番は師匠だけですからね～。世間知らずの私から見ても非常識なジークさんの入り込む余地はないんです」

「三年経ってもアリアはオジサンに対して容赦がない。悲しいね」

「オジサンに対してというか、師匠に面倒事を持ち込むジークさんに対してですよ。私には知り合いらしい知り合いはいませんから」

理由としては記憶がないからというのもあるけれど、主にこの顔に残った傷痕のせいで私が外に出たくないからというのが大きい。

「そういやそのルーカスに聞いたんだがよ、アリア。お前さん豆粒ほど魔力持ちになったんだって？」

表現力に若干引っかかりを感じなかったわけではないけど、純粋に師匠がジークさんにそのことを伝えていたことに喜びを感じる。だって豆粒程度の魔力とはいえ、やっと魔術師の弟子を名乗って良さそうになったんだから。

「そうなんです。七年間ずっと師匠に傷を治療してもらってたから、その副産物だろうって師匠は言ってました」

ドヤッとした顔で言ってはみたものの、実際のところはこの一週間ほど師匠が暇な時に魔力の使い方を教わっているけれど、未だに紙に火すらつけられない。当然のことながら火力調整もお手のものなクオーツの方が上手だ。でも大事なのは魔力の有無なので！　零と五なら絶対後者の方がマシってものですし？

「ほお、あのルーカス・ベイリーの魔力をね。面白いこともあるもんだ。そういう事例はないこともないが大抵は兄弟や親子なんかで起こる現象なんだが……」

「記憶は失くしてますけど、師匠と私が兄妹である可能性が皆無なのは顔の時点で証明されてますね」

「そりゃ確かに違いねえな！」

自分で下げたのだからこの反応も当然なんだけど、ここまで全肯定されるのも地味に腹立つなぁ。

そんなだから女の人にモテないんだと思いつつ、ゲラゲラと笑うジークさんに呆れた視線を送っていたら、まだギルドが開くには一時間も早いというのに、誰かがエントランスホールのドアを叩く音がした。

随分せっかちな人もいるものだと思っていると、ジークさんも同じことを思ったらしい。面倒そうに「この間ルーカスの奴がドラゴンの鱗を持ってきてから、若手の一部がえらくやる気になっちまってよ」と頭を掻いている。

その言葉に若干誇らしい気分になると同時に、人間の埒外(らちがい)にいる師匠と張り合おうとしたらいくら命があっても足りないので、即刻身の丈にあった努力をしてほしいと切に思った。

でも何にせよ他に人が来てしまったのなら、私はさっさと退散すべきだろう。元から目深にかぶっているフードをさらに深くかぶり直し、掃除道具を手に魔法陣の方へと戻ろうとしたその時。

『マスター、いるんでしょう？　今日という今日こそはルーカス様に取り次ぎしてください！　わたしをあの人と組ませて!!』

——というまだ若い女性の声で不穏な言葉が聞こえてきたので、何事かとジークさんの方を見やれば、彼もまた珍しく微妙な表情を浮かべている。こちらと目が合うと、意外にも無言のまま魔法陣の方を指さされた。

どうやら言葉の内容から以前言っていた魔法使いの女の子っぽい。触らぬ精霊とお貴族様に祟りなし。その指示に頷いて掃除用具置き場の方に身を翻そうとしていたら、相手側はさらに『どうしても出てこないつもりならここをぶち破ります。ああ、安心してください。修繕費は払いますわ』

と、かなり乱暴なことを言い出した。

そもそも修繕費を払ったからといって、ギルドのドアを破壊していいことにはならないのでは？

というようなことを考えていたのがいけなかった。

「まずい、避けろアリア！」

直後に宣言通りギルドのドアが爆風で吹き飛び、巻き添えをくった観葉植物の鉢がやけにゆっくり私の方に迫ってくるように見えて。

フードを押さえることに必死になっていたせいで回避行動が遅れた私の胸元で、師匠お手製の首飾りが眩く輝いた。


真っ暗な場所――……ではない。

見上げた先には、星が見える。

ということは、屋外だ。

耳鳴りがする。

ゴウゴウともビュウビュウともつかない。

『　　　!!』

どこかで誰かの声がした。ひきつれるような声。

悲鳴をあげすぎて掠れたあれは……誰の。

違う、あれは………【　】の、声。

＊＊＊

非常に悲しいことだが出勤直後に、オレの爽やかな朝は失われた。

理由は以前からルーカスと組ませろと言っていたギルドメンバーの暴走だ。まったく、浅はかなことをしてくれたもんだ。

血の気の有り余っている馬鹿が多いからギルドで爆発騒ぎが起こることは少なくない。だから対策としてギルド保険組合に依頼して、安くはない防音、防火、防風、防水の結界が張ってある。

結界の四重がけをしているところなんてのは相当珍しいそうだ。今朝の騒動も日頃の小競り合いも、この結界のおかげで内々に処理できたわけだから無駄ではないが……今回はちょっと相手が悪すぎた。

「ルーカス。頼むから一旦落ち着いてくれ。気絶してはいるが、お前さんの護符のおかげでアリアは無傷だ。吹き飛ばした犯人も確保済みで本人に抵抗の意思もない。反省してる」

「だから？」

「だから、絶対に殺すな」

「何故？」

「相手がまだ先のある若者だからだよ。オレはハーヴィーのギルドマスターとして、うちのギルドに登録している連中を守る義務がある」

「それは妙な話だな。その理由で良いなら今回の犯人よりもアリアの方が若く、こちらには師としてアリアを守る義務がある。違うか？」

何ならたった今説得に失敗して、明日からの朝も約束されない身になっちまった。傭兵時代の情とかいうのはないらしい。深紅の双眸は極上の宝石のように美しいが、それが填まっているのが生身の人間だとそうもいかないもんだ。こいつの元から作り物めいた見た目がさらに化物じみてきやがる。

「ああ、ああ、そりゃあ勿論お前さんの言う通りだよ」

「ならそこを退けどけ。この部屋にいるのだろう。以前から会いたがっていた人物が直々に会いに来てやったんだ。お前も会わせたがっていたじゃないか」

そう言って冷たく微笑む様は目を見張るほどの色気に満ちている。背中を冷たい汗が滑り落ちる緊張感なんてここ十年以上ご無沙汰だ。まだ幸いなのは、護符から飛び出して来たレッドドラゴンがここに加わっていないことか。

気絶したアリアの傍を離れない忠犬ぶりに、ドラゴンの使役は案外容易いんじゃないかと誤認しそうになる。そしてそれはこの男にも言えた。

アリアは魔力を持っていない、掃除だけが得意だとしょげていたが、とんでもない。あいつには天性の猛獣使いの才能があると思う。掃除婦どころかうちに入れば一ヶ月もしないうちにランカーになれる。それぐらい尖った才能だ。尖りすぎて使いどころが難しいのは否めないが。

「そんなに殺気を漲らみなぎらせてる奴には会わせられねぇ。うちはよそが受けない危ない仕事が多いんでな、その分他ギルドより欠けた人員の補充が難しいんだ。今回ばかりは矛ほこを収めてくれ。頼む」

「やけにこのドアの向こうにいる人物に肩入れしているらしいな」

「あー……まぁ、そこそこの訳ありだ。少なくとも魔法使いとしての筋は悪くない。もう三、四回大きい仕事をさせりゃあ化ける可能性もある奴だと思ってる。おまけにまだ若い」

「それだけの理由で庇うのか。お前は昔から変わらず甘いな」

「自覚はあるさ。だがギルドマスターとしては後進の育成も大事なんでな。そういうことでここは退けねぇ」

　ギルド内で派手に揉めた連中をぶち込むための〝反省室〟のドアを前に、一触即発の睨み合いをこの歳でこいつとすることになるとは、実に運がない。全盛期ですら勝てる見込みがなかったってのに、今となっては逆立ちしたって無理だ。

　最悪目を覚ましたばかりのアリアに仲裁を頼む羽目になるか。そんな算段をこちらがつけていると、不意にルーカスが目を細めて考え込むように顎に指を這わせた。

「……見返りは？」

「あ？」

「見返りはあるのかって聞いてるのよ。加齢で耳が遠くなったの？」

　ふっと殺気を消していつもの口調に戻ったルーカスは、皮肉っぽい笑みを浮かべて唇を歪める。老若男女を問わない見た目も中身を知っていれば、この後の無茶振りを警戒してしまう。若い頃に散々な目に遭った記憶がまざまざと甦って胃が鈍く痛みやがる。

「まだそんな歳じゃねぇっての。見返り、見返りな……オレの力の及ぶ範囲でできることなら、三回までは無償で協力する。労力や規模は問わん。それでどうだ？」

「五回よ。それ以上は現金で顔面をぶん殴って手伝わせてあげる」

「五回は……多くねぇか？」

「あらそう？　だったら交渉は決裂。このギルドに張られた子供だましな結界が弾け飛ぶだけね。高い授業料だこと」

ふざけた口調にそぐわない威圧感のある笑みを浮かべるルーカスを前に「五回な。任せろ」と食い気味に頷いたその時、アリアを寝かせている部屋の方からレッドドラゴンが飛んできて。生きた心地のしない時間を終わらせてくれた伝説級の生き物を指して「これはただの赤いトカゲ。分かってるでしょうけど」と脅しをかけられちまった。

＊＊＊

――……後頭部にフカフカとした枕の気配を感じる。

朝の仕事を一段落させた気持ちでいた分、かなり落胆しながら目蓋を持ち上げたのだけど……枕元にいたのは、やや厳しい表情をした師匠だった。

「おはようアリア。どこか痛むところはあるかしら？」

「………………」

私はまだ寝ているのかもしれない。そうでないと師匠より起きるのが遅かったことになってしまう。考えの纏まらない頭で無言を貫くと、師匠が表情を緩めて熱を測るように額に掌を当ててくれた。変な夢だけど役得かもしれない。

そんなことをチラリと考えながらぼんやりとされるままになっていたら、不意に「ギュグー」と声がして。次いでお腹にポフッと何かが飛び乗ってきた。視線を師匠からお腹の方に動かしてみると、何かの正体はクオーツだった。

「……師匠」

そして思い出されるこうなる前に見た最後の映像。こちらに向かって飛んでくる観葉植物の大きな鉢植えだ。痛みがないということは直撃は免れたらしい。そう思いつつお腹の上のクオーツを下ろしてベッドから起き上がると、微かに顔の傷がひきつれて痛んだ。

「そうよ。こんなに美しい顔の人間がそうそういるはずないでしょう。あとね、あたしはあんたに〝痛むところはあるかしら?〟って訊いたのよ。答えなさい」

続く師匠の圧を感じる発言にすぐにこれが現実の出来事なのだと考えを改め、ここが自室でもなければ城でもないことを尋ねるより先に「顔の傷がひきつれて痛いです」と、素直に自己申告をする。

その直後に鋭い舌打ちをされてしまい、謝ろうとしたところで「あんたに向けたわけじゃないの。それは後で処置してあげる。他には何があったか思い出した?」とさらに問われた。

「師匠の追っかけの女性の魔法に巻き込まれて、鉢植えが吹き飛んできたと思うんですけど……私、無傷っぽいですね?」

ジークさんの必死な声を聞いたことも相まって、間違いなく当たったと思った。だというのに顔の傷痕が痛むのはどういった状況だ。すると師匠は私の腕の中にいるドラゴンと胸元で揺れる首飾りを指して、何でもないふうに「それならクオーツが消し炭にしたわ。流石はあたしね。術式は完璧よ」と言った。

鉢植えといえども一応ギルドの所有物。致し方なかったとはいえ器物損壊をしてしまったということは、給金からの天引になるのだろうか。

その可能性にゲンナリしていると、まるで見透かしたように師匠が「あんたは被害者なんだから、加害者側に弁償させたわよ」と言って笑った。腕の中ではクオーツが「ギャウッ」と鳴いて胸を張っている。撫でろというように頭を差し出してくるので応じながら、ベッド脇に座る師匠に質問をすることにした。

「師匠、あの人はどうなるんでしょう？」

「勝手にあたしに夢中になって、挙げ句の果てにギルドの玄関ドアを魔法で破壊。他人のあんたに怪我をさせるところだった。最悪ギルドから除名されるかもね。馬鹿な子よ」

吐き捨てるような冷たい声音だ。炎の色をした双眸まで同じくらい冷たい。ジークさんとの会話以外で、あまりこういう声を聞くことはないので驚いた。

それに同情するわけではないけれど、相手の女性は師匠のことが好きすぎて暴走しただけだし。私は汚城の掃除婦として同居しているけど、仮に同じ立場だったら、会いたさに過激なこともするかもしれない。だから少しだけ、好きな人にこんなふうに言われる彼女を思って悲しくなった。

でも師匠は迷惑しているわけだから……と、不意に傷のある方の前髪が除(よ)けられて。朝の再来とばかりに師匠の唇が触れた。ジワジワと体温が上がるのは、分け与えられる癒しの魔力のせいか、それとも——。

「おーい……お取り込み中申し訳ないんだがよ、医務室とはいえここ一応ギルド内なんだがなー」

「はあぁぁあぁい⁉」

「うるさいわよ、馬鹿弟子っ。あんたはあたしの鼓膜を破る気なの？　ジークも気配遮断とか使ってないでノックくらいしなさいよね」

「つってもお前さんはオレの接近に気付いてただろうに」

「あたしはそうでもこの子は分からないのよ。ほら、治療は終わり。さっさと立ちなさいアリア。帰るわよ」

耳を押さえた師匠に軽く額を叩かれてそう促され、クオーツを抱え直してベッドから立ち上がる。その私の腕の中にジークさんの視線が注がれた。

それを察した師匠が「これはただのペットのトカゲよ。良いわね？」と滅茶苦茶な先回りをしたけれど、意外にもジークさんは肩をすくめただけだった。絶対に鱗の二、三枚寄越せとか言われると思ってたのに。

ただその代わりに廊下へ向かって誰かを呼ぶような仕草を取ったジークさんに、師匠が胡乱な表情を浮かべ——……おずおずと現れた人物の姿に対して、さらに盛大に眉を顰めて見せたのだった。

＊＊＊

街道を走る馬車の中。

普段はギルドと汚城の行き来しかしていないので、馬車の窓から見える外の景色の移ろいに、ついそわそわと身体を揺らしてしまう。

本日はギルドの事故での謝罪と、師匠から彼女が今後一切私達に接近しないという約束を取り付けてもらうために、お貴族様達が保養を目的として別荘を構えている一角へと出向いているのだ。

ちなみにクオーツは連れて歩くには目立つから、可哀想だけど今日は森でお留守番中。

目映(まばゆ)い夏の陽光が小川や木々の緑にぶつかって照り返す。本当は顔の傷にはあんまり強い陽射しを当てては駄目なんだけど、それを気にして綺麗な景色を見逃すのは勿体ない。何より師匠とこんなふうに馬車に乗って出かける機会なんてそうあるものではないのだ。

この贅沢な時間を満喫しないと――……と、思っていた矢先。ずっと不機嫌そうにしていた師匠が窓のカーテンを半分引いた。

「あ、師匠は焼けたくないんでしたね。気がつかないでごめんなさい」

おっとっと、一人で浮かれすぎてた。私は今さら日焼けを気にしたところで程度の見目だけど、師匠はそうもいかない。慌てて全部閉めようとカーテンを引っ張ったら、いきなり師匠に手首を掴まれた。

「……閉めきったらつまらないわ」

「良かったぁ。同じこと考えてたんですよ」

分かり難いけどこれはたぶん師匠なりの優しい嘘だ。でもここで〝さっきから全然外の景色なんか気にしてなかったの、知ってるんですよ〟なんて言うのは野暮ってもの。カーテンを引っ張っていた手から力を抜いたら、師匠も手首を離してくれた。

「この辺りの道って全然分からないんですけど、今どこら辺なんでしょうか師匠」

「呼び出された場所が貴族達の保養地だから、あと一時間くらいよ」

「へ～、街から結構遠いんですね」

「保養地が街から近かったら保養にならないでしょう」

「そっか、それもそうですね」

成程、納得な理由だった。呆れ顔の師匠からまた視線をウッキウキで窓の外に向けてさらに一時間半後。無事こぢんまりとした可愛いお屋敷前に到着した。そうして馭者（ぎょしゃ）さんに指し示された趣味の良い屋敷の玄関先に立ち、呼び鈴を鳴らすこと数回。

突然お屋敷の中から小さな悲鳴が聞こえてきた。師匠と二人で何事……？　と顔を見合わせたものの、悲鳴からややあってドアノブが無事に動き、中から若草色の瞳に深い紫色の髪の女性――先日暴走したレイラさんが現れた。

彼女はこちらを認めるや否やカーテシーをしようとして……やめた。それはこちらが貴族ではないからという以前に、彼女の今の装いでしたところで格好がつかないからだろうと予想がついてしまう。

仕立てこそ良いものの町娘のようなワンピース姿は少し奇妙に思えたけど、事前にジークさんから聞いていた話のおかげで顔に出さずに済んだ。

「あの、本日はいらしてくださってありがとうございます。奥へどうぞ」

ドアを開けるなり視線を下げるこの人物が、三日前と同一人物だと誰が信じられよう。というよりも、内装は壁が見えないほど本や巻物が室内を圧迫していて、すでに帰宅していたのだろうかと思える既視感を感じた。

師匠だけの奇癖かと思っていたけれど、魔術師界隈は皆こうなのかもしれない。戸惑いつつ屋敷内に足を踏み入れたのだけれど――。

「あ、空いてる場所におかけになってくださいませ。お茶の用意をして参りますわ」

「そうは言ってもね……座れる場所なんてあるの？　仮に座れたとしてもお茶ができるようには思えないんだけれど」

咄嗟に脊髄反射で〝どの口でそれを言うんですか師匠〟と突っ込まなかった自分を褒めたい。完全におま言う案件である。しかし口には出さずとも釘くらい刺しても良いんじゃないだろうかと思い直し、隣の師匠をじっとりと見上げて……。

「え、師匠がそれを言います？　あるじゃないですか。ソファーに三人座れそうな場所が。テーブルの上も積んであるものを平らにしたらお茶のトレイを置けますよ。それに本が多いのは勉強熱心な証しです。ギルドの仕事をしながら勉強なんてなかなかできませんよ」

やっぱり口も出てしまった。だって黙ってられんでしょう、こんな己を見直してもらえる好機に。急に話を振られたレイラさんは驚いたように瞬きをし、やがて小さく「ありがとう」とお礼を言ってくれた。

「いえ、本当のことですから。これって魔術師になるための勉強ですよね。すでに魔法が使えるのにまだ上を目指すのは、とてもかっこいいです」

「貴女……本を見ただけで分かるの？」

「師匠の蔵書にも似たような題名のものがありましたから。魔法使いの人向けというより、魔術師の人向けなのかなと思ったんですよ。ほら師匠、これなんか見覚えありませんか？」

そう言って雪崩（なだれ）を起こしていた本の中から一冊の本を取り上げ、師匠に寄越す。表表紙と裏表紙を見てもすぐには分からなかったが、背表紙の題名には見覚えがあった。

「これの改訂版って出てたのね」

「ね？　そうでしょう？」

「ええ、そうね。その通りだわ。それじゃあこれを慰謝料代わりにもらっていこうかしら」

「え!?　あの、それは――」

「大人気のないこと言わないでくださいよ師匠。凄い付箋の数じゃないですか。大事にしてるんですよ」

「それくらい見れば分かるわよ。大切にしてないものを慰謝料代わりにもらってどうするのよ」

「分かってて言うのは尚更悪いですってば。すみません、レイラさん。こういう人なので気にしないでください」

「魔力もほとんど持ってないお人好しのお馬鹿のくせに、師匠に向かっての口のきき方がなってないわねぇ。ま、良いわ。それよりも今日ここに来たら、もう二度とあたしに付きまとわないと言ったわね。魔道契約を交わすのかしら？」

魔道契約とは文字通り魔力を持つもの同士が結べる最も強制力の強い契約のこと。師匠達のような者にとって魔力は血と肉のようなものだから、それを反発し合うように特殊な呪いを当人同士でかけあう。

交わしたからといって直接命にかかわることはないものの、近付けば加害者側の身体にかかる魔力負荷が激しい吐き気やら眩暈となって現れる。被害者側は当然何も負荷はない……だったかな？　物騒極まりないし、今回の件に対して罰が重すぎる。

見つめる先で彼女は項垂れ、可哀想なくらいしおらしく「はい……お二人には、ご迷惑をおかけしました」と頭を下げた。その姿から疲れているからだけでなく、本来は大人しい人なのだと窺わせる。

「ジークに聞いたわ。貴女、一方的に婚約解消されたそうね。その時からずっとあの汚いギルドに入り浸って仕事を受けていたそうだけど、だとしたら元婚約者への未練を吹っ切るためにあたしに執着したのかしら？」

はいはいはい、出ました師匠の敢えて空気を読まない強攻撃。すでに充分反省してる人間に追い打ちで飛び蹴りを食らわせるような悪の所業。この悪癖のおかげで素直に優しい人だと敬い難いのだ。当たり前ながら普通の感性の持ち主であるレイラさんは、唇を噛みしめて震えながらワンピースの裾を握りしめている。

「と、とにかく！　喉も渇いてきちゃったことですし、お茶にしましょう！　でもまずは先にちょっと片付けかなぁ？　あは、あはははは!!」

少々無理矢理ながらも、何とか最悪な場の空気を変えようと腕まくりをしたら、レイラさんもハッとした顔で動き出してくれた。

取り敢えず奇跡の角度で崩落を免れた本を平らにならすことに三十分。

それが済んだら私が台所で発掘したティーセットを使い、師匠の淹れた紅茶を家主が受け取るという謎環境を整えられた。

まだ相変わらず気不味い雰囲気ではあるものの、小声で「こんな茶器、うちにあったのね」と少し嬉しそうに漏らす彼女を盗み見て、師匠の淹れてくれた美味しい紅茶で徐々に緊張がとけていくのを感じる。

隣に座る師匠は「屋敷の中はこんなだけど、茶葉の趣味は悪くないわね」と、またしても自分を棚上げにする発言をしていた。簡単には普段の自分を見直すつもりはないらしい。でもさっきまでの不機嫌さは薄れているので、この隙にまずは情報を一度整理してみよう。

彼女の名前はレイラ・ウォーカー、二十一歳。身分は子爵令嬢だという。

若草色の瞳に赤みがかった茶色の髪の美人さん……なんだけれど。瞳は充血していて目の下はクマができているし、きっと本来は綺麗なのだろう髪も今はごわごわだ。美人は疲れていても美人と言うけど、これは限度がある。

馬車で一時間半以上かかる街のギルドで依頼をこなし、帰ってからは魔術師になるための勉強。貴族の令嬢が日課にするには厳しすぎる内容だと思う。

加えて私の顔が三日前の事故でできた傷ではないかと思っていたそうで、その心労でさらにくたびれている。

　事件のあった日は起き抜け直後に平身低頭謝られてしまったが、風魔法で火傷を負うはずはないのだけれど、それくらい気が動転していたらしい。どうして師匠もジークさんも、私が気を失っている間に否定してあげなかったんだ。

　しかも何故か師匠は私を拾った日のことについては一言も語ってくれず、自分で分かる範囲で教える羽目になってしまって居たたまれなかった。彼女の反応からも顔に傷があるというのは、やはり外の世界では就職で大きな不利になるようだ。

　けれど私の傷を心配してくれるレイラさんの左手には不格好に包帯が巻かれていた。師匠が脅すまでもなく、彼女は今日魔道契約をするつもりだったのだろう。書類に添える魔法陣に、加害側本人の血が必要だから先に準備していたのかもしれない。

　チラチラと観察しているこちらの視線に気付いたのか、彼女は儚げに微笑んで「あの……少しだけ、話を聞いていただいてもよろしいでしょうか？」と言ったので、返事をしない師匠の代わりに頷く。ついでに師匠の脇腹に肘鉄砲を打ち込むのも忘れないが、行動を先読みされて掌であっさり防がれてしまった。

「大まかにはすでにギルドマスターからお聞き及びになっていると思います。わたしは貴族の娘です。とはいっても、家の末席を汚す落ちこぼれなのですけれど」

　ゆったりとした口調で語り始められた内容はこうだった。

　貴族の娘が魔法など極めて何になる、はしたない、婚約者を立てろ、挙げ句の果てがお前のような可愛げのない女と結婚などあり得ない、婚約は解消すると一方的に婚約者に告げられたこと。

でもその男はその後すぐに新しい婚約者を迎えてしまったこと。彼女は両親から不名誉な噂が消えるまでここで療養するよう勧められ、社交界からも家からも締め出されたこと。そうしてそれは貴族としての実質流刑だということ。

どこか他人事のように淡々と語る彼女は、そうすることで精神と肉体を切り離しているように見えて。たぶん話しながら自分が泣いていることにも気付いていないんだろう。

その上で彼女はまだ幼い頃から婚約関係にあったボンクラ子爵家の男に心を残している。師匠を追いかけ回していたのは、魔術師としての才に憧れを抱いたのは勿論、初めて自分を認めてくれた人だからだと告白した。

自棄になってギルドに加入し、師匠と一回だけ組んだパーティーで『あら、あんたなかなか筋が良いじゃない』と言われ、その一言に救われたことや、魔法への強い思いだけは捨てられなかったことも洗いざらい。もう一度パーティーを組むことができれば、自身の地に堕ちた価値もマシになると思ったからで。

その小さな自己満足を胸に、もうまともな縁談は期待できない自分に今後実家から新たに宛がわれるだろう、高齢な貴族の後妻話を受けるつもりだったそうだ。とんでもないな、貴族社会。それはあれだけ必死にもなるだろう。

そして顔に一目惚れされたのではないと分かってからは、師匠も皮肉ることなく話を聞いていた――……が。やっぱりそれで終わらないのが師匠である。

案の定レイラさんが話し終えたところで手にしていたティーカップを本の上に置き、嫌みなくらい長い脚を窮屈そうに組み直して口を開いた。

「よーく分かったわ。要するにあんたは相手のクズ男にも、頭の古い両親にも何も言い返せず泣き寝入りした挙げ句、あたし達に迷惑をかけたのね？」

本日二度目の遠慮なし発言に、レイラさんの表情が今度こそ完全に消え去った。代わりに手にしているティーカップの中身が動揺を表すように飛び散り、大事な本の上に降り注いだ。

「しーしょーうー！　話を聞いてましたよね？　彼女の非は師匠につきまとったことと、ギルドのドアを破壊したことくらいですよ。それを何でトドメを刺そうとしてるんです。鬼なんですか？」

「大きな声を出さないで頂戴。第一あんただって結構トドメを刺してるわよ」

さも鬱陶しそうな表情で指摘され、師匠の視線を辿った先には、本の上にほぼティーカップの中身をぶちまけきったレイラさんが突っ伏していた。ええ……何で？　私ったら何かグサッとやっちゃいました？　バラけた髪が紅茶を吸ってみるみるうちに膨らんでいく。それを見た師匠は「正論で殴られる方が痛い時もあるのよ」と澄まし顔でのたまった。

「ま、でもウジウジしたあんたがやるべきことが今決まったわ」

そう言うや否や、師匠は本の上に散らばったレイラさんの髪を掬（すく）い上げる。

死にそうな表情で顔を上げた彼女は「魔道契約への署名ですか？」と震える声で言った。でも師匠はこれ以上ないほど魅力的で蠱惑的な微笑みを浮かべて首を横に振ると、そのままの表情で口を開く。

「お馬鹿。まずはとっととそのしけた顔と格好をどうにかするわよ。ジークには話をつけてあげるから、あんたはこれまで通りバンバン依頼を受けて名を上げなさい。あたし達に直接的な迷惑をかけたのはあんただけど、間接的な迷惑をかけてきた男と親に吠え面をかかせてやるわよ」

その言葉を聞いた彼女は「そんなこと、わたしにできませんわ……」と悲しげに笑い、すぐに俯こうとしたけれど、それを許す師匠ではない。

「あのねぇ、何事もやってみる前には可能性しかないわけ。そこにいるアリアは卵を爆発させるくらい料理音痴なのに、それでも料理をしてたら周りをウロウロして何か手伝いたそうにするし、魔力の欠片もないくせに魔法が使いたくてあたしに教えを乞うわ。できないことを即決する前に、やりたいかどうかを決めなさい」

半分くらいは私への誹謗中傷だけど、師匠のこういうところは昔から嫌いではなかった。この人はいつも何をするにも〝やるな〟とも〝できっこない〟とも言わない。何よりやられたらやった元を断つのがこの人の流儀。サラッと彼女の左手に魔術を行使したのか、雪の結晶のような魔法陣が浮かび上がる。

それを見届けた私はひとまずこの屋敷のどこかに埋まっている掃除道具と、まだ着れそうなドレスを発掘するためにソファーを立った。

汚城から汚屋敷に出張掃除とは泣けるけど、レイラさんの瞳に光が宿ったので良しとする。どうせ師匠の美容指導で彼女の興味がこっちに向くこともないだろうし、私は私でお留守番中のクオーツを助手として召喚しようっと。

その後、打倒クズ男話ですっかり和解した私達はざっくりと今後の作戦を練り、窓の外の陽が傾き始めたのに気付いて席を立った。思いのほか長居してしまったみたいだ。

師匠に促され、作戦会議中は暇を持て余して寝ていたクオーツを突いて起こし、来た時と同じくゴミを避けながら玄関へと向かった。

「本当に帰りの馬車を呼ばないでも良いのですか?」

そう言うレイラさんの視線が、私の腕に抱かれて鱗についた埃を落とされている最中のクオーツに注がれる。クオーツはクオーツで初顔合わせが最悪だったレイラさんのことを快く思っていないのか、舌をちらつかせて彼女を威嚇していた。

でも私がその鼻面をコショコショとくすぐってやると、すぐに「グルルル」とご機嫌に喉を鳴らす。その姿にドラゴンの威厳は皆無だ。可愛いから良いけど。

「ええ。どうせここにはまた来ることになるでしょうし。そうしたら次からは馬車でチンタラ来るのも面倒だから、空間転移の魔法陣を考えておきたいのよね。そうなると上空から俯瞰して全体を掴む必要があるの」

しれっと決定事項のように言う師匠の脇腹を肘でつつけば、お綺麗な顔を不満げに顰めて「何よ」と言った。何よじゃないんだよナー。毎回のことながら、自分に恋愛感情的な好意がないことが分かると途端に判定がおかしくなる人だ。

……まぁ、だから私は七年間もずっとそういうふうに接しているのだけど。弟子の心師匠知らず。それで良いのだ。しかしレイラさんはそうではない。クズとはいえまだ元婚約者を想っている婚前のお嬢さんなのだから。

「師匠……普通はその前に家主である彼女に、敷地内に魔法陣を作っても良いか聞くもんですよ。うら若き女性の一人暮らしなんですから」

「面倒ねぇ。でもまぁ、一応聞くわ。作って良いわよね？」

「は、はい、勿論ですわ」

「圧力をかけろとは言ってないんですよ師匠。レイラさんも流されちゃ駄目です。あの初対面でギルドのドアを破壊した勢いはどうしたんですか」

「ま、魔法を使っている時は気分が高揚してるから……何でもできる気がするの」

ややこけた頬に手を添えてフフフと暗黒微笑を浮かべるレイラさん。クマの目立つ顔でその笑い方は黒魔法使いっぽかった。どうもこの人は魔法を使っている間だけ無敵感があるらしい。魔術師にはまともな人種はいないのだろうか。

というか、元婚約者のところにあの勢いで突っ込んでやれば良かったのではとも思ったものの、惚れた弱味とか乙女心とかあるんだろう。そう考えたら彼女の元婚約者の顔は知らないけどムカムカしてきてしまった。

「あの、レイラさん」

「はい？」

「うちの師匠はこんな人ですけど、魔術と美容に関しては本当に凄い人なんです。だからここに転移魔法陣を作っておいたら色々お得ですよ。うんと綺麗になって、元婚約者――いえ、そのクズに勿体ないことしたって後悔させてやりましょう」

握った拳を二、三度突き出して元婚約者のことを殴る格好をすると、彼女は一瞬だけ目を大きく見開き、今度こそ柔らかく「そうね」と笑った。こちらがつられて笑ってしまうような、そんな穏やかな笑顔。

師匠に逢う前の記憶がない私には、ジークさんと師匠以外で初めて見る他人の笑顔だ。顔の傷痕を見てもこんなふうに笑ってくれる人がいるとは思ってなかったから、何だかむず痒い気持ちになる。

急に恥ずかしくなってきたので師匠の後ろに隠れて、クオーツに大きくなってほしいと耳打ちすると、クオーツが心得たとばかりに鼻息荒く上空に舞い上がり、瞬き一つの間に巨大化して降り立った。

大きくなったクオーツの背中に乗るのは初めてのことなので、先に師匠が登り、差し伸べられる手を取って引っ張り上げてもらう。見下ろした先でレイラさんが一度何かを躊躇う素振りを見せた。けれどクオーツが翼に魔力を送り込み始めたことに気付いたのか、意を決したようにこちらを見上げて口を開いた。

「こんなに迷惑をかけてしまったあとで言うのは烏滸(おこ)がましいと分かっているの。でも……あの、アリアさん。わたしとお友達になって……いただけない、かしら？」

終わりに近づくにつれて徐々に聞き取りにくくなっていく声。その言葉の意味を咀嚼する間に翼に魔力を充填したクオーツが軽く翼を振るう。皺だらけのワンピースの裾がはためき、地面から離れる浮遊感にハッとして「私でよければ！」と返した。

彼女が嬉しそうに目を細めるけれど、直後にグワッとクオーツの巨体が浮かび地面に堂々とした影を落として地上が遠ざかる。手を振ってくれるレイラさんの姿があっという間に豆粒ほどの大きさになった。

今まで感じたことのない重力が全身にかかって、足の下に地面がないことに本当の意味で恐怖を感じる高さまできたのに、そのことが些細なことに感じるくらい心臓が騒がしい。

「し……師匠」

「何よ」

「ど、どうしよう、友達ができちゃいました……」

「良かったじゃない。イケてない同士気も合うんじゃないの？」

「そこは歳が近い同性で纏めてくださいよ」

「あんたくらいの歳頃であれだけ手入れしてない子はそうそういないわよ。類友ができて良かったわね」

素直じゃない。一言も二言も、何なら会話内容の半分くらいは余計な言葉のことも多いけど。この人なりのひねくれた優しさを知っている。たぶん。だから――。

「はい。私、同年代の友人ができるなんて思ってなかったから嬉しいです。出会い方はあれでしたけど、きっかけをくれてありがとうございます師匠」

もう屋根の色と形でしか判別がつかなくなった〝友達の家〟を眼下に、クオーツの背中で師匠を見上げてへらりと笑えば、背後で支えてくれる師匠が呆れた声で「締まりのない顔ねぇ」と言うから。もっと締まりのない顔で笑いながら、汚城までの空の旅を楽しんだ。

高嶺の美貌も一歩から

人生でたぶん初となるお友達申請を受けた五日後。

前日からクオーツにお留守番を頼んで不興を買ったものの、帰ってから鱗に入り込んだ埃を取ってあげるからと言い含めて待つ閉店後の師匠の店。何度目かの時報を気にしていたところで時間外の来客を報せるベルが鳴った。

「ほ、本日よりお世話になりますわ」

「いらっしゃいませ、レイラさん」

「よく来たわね。それじゃあ早速だけど奥の方で簡単な質問と、現在のお肌の調子を見せてもらおうかしら」

簡単な挨拶を交わした後、緊張した面持ちのレイラさんを衝立の向こうに設けた応接用の区画に案内する。使い込まれたダークグリーンのソファーとダークブラウンのテーブルは、私と師匠のお気に入りだ。

片方のソファーに師匠と私、向かいのソファーにレイラさんと対面方式で座る。師匠は彼女がしっかりソファーに座ったのを確認すると、無遠慮に向かい側からじっくりレイラさんの顔を眺めた。

そして――。

「あー……やっぱりね。地がすでに全っ然なってないわ。睡眠、栄養、油分に水分、どれもまったく足りてないわね。まあね？　化粧をして討伐に出ると化粧が落ちるのは大前提なのは分かるわ。しかもどこかで化粧を直すような暇がないこともね。でもだからって素っぴんで良いわけじゃあないのよ？」

「ええと……これでも化粧水と乳液くらいはつけてますわね」

「頻度と量はどれくらい？」

「頻度は……夜の寝る前に一回で、時々疲れていたらせずに寝ます。量は、あの、掌にこれくらいですわね」

「はい、おブス決定」

「私より俄然ちゃんとしてますよ？」

「あんたが何もしなさすぎなの。この子もかなりサボってるけどあんたは論外。あたしが作ったご飯を食べてるんだから肌が綺麗なのはそのせいよ」

何と……すでに師匠の魔法（美容に良い食生活）を半分くらいかけてもらっていてこれなのか、私。だとしたらサボりすぎなくらいサボっていることになる。

美味しいものをお腹一杯食べて、適度に働いて（肉体労働）筋肉もあるし、睡眠もよっぽど調子を崩さない限り充分取れているから――レイラさんと同列に並ぶのも烏滸がましいのでは？　七年越しの事実に大反省だ。

「まず化粧水と乳液は最低でも朝と夜に一回ずつ。朝はテカるから乳液は少なめで良いけど、その分化粧水はたっぷりめに。値段は安いもので充分だから、浴びるくらいの気持ちで使いなさい。掌で温めて使った方が肌の吸収が良いものもあるから説明書はしっかり読むのよ？」

手許の顧客用聞き取り書類に症状を書き込みながら話す師匠の言葉に、レイラさんも懸命に頷きながらノートを取る。何だか昔の私の授業風景に似ているような気がして、こっそり師匠の横顔を盗み見た。

すると視線に気付かれたのか紅い双眸がちらりと私の方を見て、今日は夕日色のニエラの花で作った口紅で彩られた唇が弧を描く。次いで「見惚れてないで、あんたも聞いておきなさいよ」と人差し指で頬を突かれた。

「次にあんたの頬の艶と血行の悪さも気になるわね。ああ、ほら。唇なんかやけに冷たいもの。朝ご飯はちゃんと食べる方？」

「いえ、出勤に時間がかかるので、パンと牛乳だけですわ。夜は街のカフェで適当に食べています」

普通はいきなり女性の唇に手の甲を当てたら案件だろうけど、下心の一切ない師匠が相手だといやらしさがまったくない。事実唇に触れられたレイラさんも少しも意識した様子がなく受け答えをしていた。

「確かにサラダは手間がかかるものね。それにあんたの場合は胃腸が冷えてるから、夏でも朝に冷たいものはなるべく避けた方が良いわ。牛乳とパンの代わりに温めたヨーグルトに蜂蜜とナッツ、ドライフルーツを入れたものを食べなさい。あれならお店で買う時に配分を決めて一緒に詰めてもらえばすぐよ」

「ドライフルーツとかナッツはどんなものが良いのでしょうか？」

「ドライフルーツはベリー系や、シシリーの実なんかが良いわね。基本そのまま食べて少し酸っぱい果物がお薦めよ。それからナッツ類はかさついた肌や髪に艶を出すのに必要な油分を持ってるから、これは好みのものを使いなさい」

そう言うや否や即座に出てくる美容に良い食べ物リスト。

パッと見ただけで三十品目は優に超えている。色ごとに分けられているので意外にも見やすいけど、一気に憶えるのはとても無理そうだ。

レイラさんもそう思ったのか、必死に書き出していっている。私も彼女を見習ってできるだけ憶えようと思う。

「あとは髪や肌に艶が出てきたらナッツ類の量は少し減らして。同じ量で食べ続けると吹出物や脂性肌の原因になるわよ。因みに温めたヨーグルトは吸収されやすくて、弱った胃腸の調子を整えてくれるの」

聞き取りと食生活の改善方法の説明が一通り終われば、今度はお客に化粧品を売りつける前にお試しをする鏡の前にレイラさんを連れていき、彼女を椅子に座らせてから数色あるスカーフを手にした師匠が背後に立った。

急に背後を取られて何をされるのかと怯えるレイラさんに「怖いことはしないですよ」と笑うと、彼女はぎこちなく微笑んで俯く。まるで鏡の中にいる自分を直視したくないとでもいうように。

その気持ちがよく分かるだけ、彼女が元婚約者や両親に投げかけられた言葉で傷ついたのだと知った。でもまぁ、そこはうちの師匠なので——。

「今日から人や自分の視線から逃げて俯くたびにおブスになると思いなさい」

相変わらずのバッサリ感。言葉を選ばない強者の発言に顔色を失くしたレイラさんが「どうして、ですか？」と弱々しく口を挟んだ。

「あんたが自分で自分に呪いをかけてるからよ。ここでこうしているのに、内心では〝どうせ私なんて綺麗になれない〟とか思ってるでしょう？　あんた達はちゃんと自分に似合った綺麗を持ってるの。それを他の人間にどうこう言われた程度で見失ってちゃ駄目よ」

「でもそんなこと——」

「魔法使いが自分に魔法をかけられないはずがないわ。かけられる。かけるのよ。あんたは魔法をブッ放して高笑いしてる時の方が綺麗だわ。だったら誰がどう言おうと、あれがあんたの綺麗の形なのよ」

……どんな状況で見られる綺麗なんだろうか、それは。

気になりつつも不安げな視線を鏡越しに向けられたので、取り敢えず力強く頷いておいた。元より美容についてはほぼ何も口出しできない。

「それからあんたは今日家に帰ったら、沈んだ寒色系の服は全部捨てなさい。見て、この色とかだと貧相に見えるでしょう？　その代わりにこの色の方が肌に合ってるの。分かる？」

手にしたスカーフをあてがう師匠と、言われてそーっと視線をあげるレイラさんと、どれどれと近付いて覗き込む私。三者三様の動きを映し出す鏡にはご苦労様と言ってあげたい。

——と、確かに後ろから見ていただけだと彼女に強すぎるように見えた色が、ちょうど良い感じに顔色を明るく見せることに気付いた。

「本当だわ……でも、こんな色、着たことはないのだけど」

「本当ですね。私も漠然と知的なレイラさんには、絶対寒色系か暗色系が似合うと思ってました」

「似合いそうと似合うは別物よ。分かったら残すのは淡い色と明るい色のものだけで良いわ。化粧も魔法を使ってる時のあんたに合わせるから、服も強そうな色と形のものがいるわね。適当に知り合いの店を幾つか教えておくわ。その中の好きな場所で選んでみなさい」

その言葉に汚城の籠に今日も大量に放り込んだお高い服がよぎる。

あれを基準に店を選んだ場合の彼女のお財布事情が気になったけれど、やや明るさを持ち始めた表情で頷くレイラさんを見ていたら水を差すこともないかと思い直した。

「確か次に顔を合わせそうな機会は、双方の知り合いの誕生日の席だったかしら？」

「は、はい。十月ですわ」

「そう、あたしが教えるなら充分な期間ね。途中でダレたりしないようにうちのおブスを学友として貸してあげる」

うーん、この。最後の一言がなかったら最高にかっこよかったはずなんだけど……それがうちの師匠らしさなので。苦笑する私を鏡の中から微笑ましそうに見つめているレイラさんに、下手くそに片目を瞑って見せた。

＊＊＊

六月の残りは駆け足に過ぎて、昨日から暦は七月になった。

今年は四月からこっち、社会学習に出たり、ドラゴンの鱗をむしりに行ったり、衝撃的な出会い方をした女性と人生初の友達になったりと慌ただしい。まるで今までひっそり師匠と森にいた七年間を一気に塗り替えていくみたいな日々だ。

この頃はレイラさんの頬もふっくらとしてきたし、唇も皮が剥けたりしていない。頑固なクマだってほぼなくなった顔は、流石に貴族の娘さんといった気品に彩られている。私も恩恵に与る形でやや髪と肌の艶が良くなった。でもまぁ、左の顔に残った傷痕は相変わらず。師匠が褒めてくれない代わりにレイラさんがたくさん褒めてくれる。

元の静か（？）な生活も充分に楽しかったけれど、新しい日常も楽しい。師匠はお給金を全部は受け取ってくれないから、私の手許にも〝自由になるお金〟というものができた。まだ明るい時間帯に街に出かけるのは怖くて無理だけど、いつか師匠に何か贈り物を買いに行きたいという新しい野望を抱きつつ――。

「おはようございます、ジークさん。お給金ください」

特にやることは変わらない。欠伸を噛み殺しながら出勤してきたジークさんの前でズイッと両手を差し出すと、ジークさんは「うーい、ご苦労さん。その挨拶はいい加減どうにかならんのか」とお酒臭い溜息交じりにそう言った。

とはいえギルドマスターという責任のある立場についていながら、翌日に残る勢いで飲んだ人に言われたくない。

袋をひっくり返して中身を確認しながら「無理ですね。私はお金のためにここに来てるので」と答えれば、彼は頭を掻きながら「うちのギルドの奴等と同じようなこと言いやがる」と笑ったけれど、私はそんなジークさんよりも壁に新しく設けられた黒板に釘付けになった。

黒板にはギルドに登録してある人の名前と、請け負った仕事の内容と件数、最短依頼達成と最長依頼達成の表記、得意な依頼や苦手な依頼、顧客の再依頼率、それらすべてを考慮したギルド員の順位などが細かく記載されている。

「それよりもコレを設置してから皆さん凄いですね。こういうふうに業績を可視化するのってやっぱり大事なんだな～」

「だろ。オレもルーカスの野郎に言われた時は半信半疑だったが、コレをつけるようになってからギルドの奴等の働きが活発(かっぱつ)になったんで驚いてる。目に見えて評価されるってのが良いのかもしれねぇな」

「そりゃそうですよ。誰が褒めてくれるわけでもないなら、自分で頑張ったなーって一目で分かるものがあった方が嬉しいですもん。でも師匠の提案を聞き入れといて正解だったでしょう」

――というのは半分本当で半分嘘だ。

実際にはレイラさんの名前が広がって、ご両親や元婚約者のクズに届けば良いという目論見である。それでもこれを導入したおかげで皆のやる気が上がっているのなら、きっと遅かれ早かれ必要になったものだと思う。

事実師匠が言うには他の風通しの良いギルドではすでに採用されているらしい。今までここになかったのは、単にお行儀の悪い人達があっという間に汚すか破壊するからだというのは、掃除婦として働いている私が一番よく知っている。

「ふーん……オレは金が入りゃあ何でも良いがね。ま、何にせよお前さんのお友達はガンガン上がってきてるぜ。このまま行けばうちの看板の一人になれる」

そう最初に気のない返事を挟みはしたものの、どこか面白がる声音でジークさんが黒板を軽く叩く。そこにある名前を見て思わずにんまりしてしまった。それと同時にようやく火口に安定して火を点せるようになった自分を比べて、成長の遅さにややがっかりしてしまう。

でも元から魔力がないんだから、ここは比べて落ち込むだけ無駄。師匠も『爪の大きさ程度とはいえ、座標が結べるようになっただけマシね』と言っていたから、たぶん成長はしてるんだ……と思いたい。

「本当だ。レイラさんこの一週間でさらに四つも依頼をこなしたんですね」

「おう。それも魔物討伐ばっかりな。自信がついてきたのか、仕事もどんどんえげつなくなっていってるらしいぞ」

「それは……良いことです？」

「少なくともうちのギルドじゃあ良いことだな。組みたいって奴が増える。あの子はちょっとここで浮いてたからな。その点最近はお育ちの良さが全く感じられん。オレ達の界隈で人気がある血の気が多くて戦闘力が高い良い女になったよ」

これがジークさんなりの最上級の褒め言葉だというのは分かる。分かるけど世間で言うところの良い女像からは離れていっている気がしてならない。

しかしそこを目指しているのは当の本人だし、けしかけた私達でもあるので〝まぁ良いか〟に落ち着く。その時裏口のドアがノックされ、ジークさんが「噂をすればなんとやらってやつだな。そら、おはよーさん」と笑いながらドアを開けた。

現れたのは、あまりヒラヒラしない素材の真っ黒な服に身を包んだレイラさんだった。師匠に言われたお化粧方法を実践しているらしく、垂れ気味で短い優しそうな眉を、キリリと太めに描いている。目蓋の縁に入れた赤い線がかっこいい。

「あ、レイラさん、おはようございます。四日ぶりですね！　今ちょうどレイラさんの話で盛り上がってたんですよ」

「ま、まぁ……アリアさんに朝イチで会えるなんて嬉しいわ。それにギルドマスターもおはようございます。何のお話で盛り上がってたのかしら……？」

「また順位が上がってるから凄いなって話をしてたんです」

「そーそー。もうすぐうちの看板張れる一人になるんじゃないかってな」

私達が二人で口々にそう褒めると、彼女は「ありがとう」と嬉しそうにはにかんだ。太めの眉が下がると何だか可愛い。でも残念なことにそこでちょうど八時半の時報が鳴ってしまった。

「あ〜、時間切れ。私はもう帰りますけど、レイラさんも無理しないでくださいね」

「ええ。今日もまた閉店後にお邪魔させていただくわ。その時にちょっと耳に入れておきたいこともあるの」

「はい。それじゃあ師匠と一緒にお待ちしてますね〜」

控えめに手を振るレイラさんと適当に手を振るジークさんに手を振り返して、淡く輝く魔法陣に乗ってギルドをあとにした。

——……そうして、朝の約束から九時間半。

夕暮れ時でもまだ夜の闇には程遠い夏場の六時。

師匠を狙って抜け駆けを目論むお姉様方の姿がないか、表の人目を気にしつつやって来たレイラさんが、コンと軽くステンドグラスのはまったドアをノックする音を聞きつけ、直前までダラダラと師匠としていた下らない話を切り上げる。

フードを目深にかぶってドアに近付き鍵を開けると同時に、素早くドアの隙間からレイラさんが身体を滑り込ませてきた。最早板についた動きだ。

「いらっしゃいませ、レイラさん」

「こんにちは……いえ、もうこんばんはかしら？　お時間をつくってくださってありがとうございます、ベイリー様にアリアさん。お邪魔しますわ」

これも同じくお馴染みとなった言葉を交わして微笑み合えば、カウンターの向こう側の師匠が「いらっしゃい」と気怠く応じる。さっきまで如何に今日来たお客に気力を吸われたか聞いたところなので注意できない。

けれどそれも織り込み済みなのか、レイラさんは片手に持っていた紙袋を持ち上げて「これ、美味しいと評判だったから一緒に食べたくて」と嬉しい提案をしてくれる。街の流行りに疎い私と違って敏感な師匠は、彼女が手にした紙袋の絵を見るなり唇を笑みの形に持ち上げた。

「あら気が利くじゃない。この時間でも結構並んでたでしょう?」

「ええ。でも実はこのお店の店主とは実家が懇意にしていたので、家名を使って取置き注文してしまいましたわ」

「良いわねぇ、やるじゃない」

「私達と一緒に過ごしたせいでレイラさんが不良になってしまった」

「ふふふ、このくらいのことで不良になれるだなんて初めて知ったわ。それに良い子でいた頃よりもずっと刺激的で楽しいの」

入口付近から奥の応接セットのある衝立の向こう側に移動しつつ、そんな軽口を叩き合う。気軽な仲になってからのレイラさんは、貴族のお嬢様でない顔で良く笑うようになった。以前の沈んだ表情しか知らない元婚約者が見たら驚くだろう。

ワイワイとしながらお客に出すティーセットの準備をし、お持たせのお菓子の箱を開ける空間は、男性が一人交じっているとは思えない圧倒的女子会感がある。むしろ女子でないのは自分の方かと誤認するくらいだ。

そして紅茶の蒸らし時間を待つ間に選んで取り分けられたケーキを前に、レイラさんが「それではそろそろ本題に入りますわね」と、今日ここを訪れた理由について切り出した。

「今回依頼先で他のギルドメンバーと一緒になることがあったのですけれど、ミスティカの森の上空を飛ぶレッドドラゴンの目撃情報が出ていまして……もしかして、クオーツちゃんのことではないかと思って」

「あ～……間違いなくうちの子ですね。時々私がギルドに掃除に出かけてる間に古巣の山に行って英気を養ってるみたいで。ね、師匠」

「ああ。生態系を無視してうちにいるけど、レッドドラゴンは本来火の精霊が多いところの方が好きなはずだもの」

彼女の言葉に師弟揃って頷き返したものの、そのことの何が問題なのか分からず首を傾げた私に対して、隣に座っている師匠が馬鹿な子を見る視線を送ってくる。そして残念ながらその視線より温かみはあるとはいえ、不憫がるような色を宿した目でレイラさんが私を見つめてきた。

「ええ、それでその本能に準じた行動を目撃されて、鱗が欲しいから森に降りられる前に捕まえたいと言っていたのです。捕まえるというのは冗談にしても、鱗を採るために攻撃を仕掛けることは考えられますわ」

言いづらそうに言葉を紡ぐ彼女を前に、すっかり忘れかけていたクオーツの種族の稀少価値を思い出す。毎朝洗濯物の紐を張るのを手伝ってもらったり、籠を運んでもらったり、荷物を寄せてもらったりしていたせいで忘れていたけれど、あの子は由緒あるレッドドラゴン様だった。何ということでしょう。

自分のお気楽暢気な世間知らずさに頭を抱えていたら、横で脚を組み直した師匠がわざと私の脛(すね)

を爪先で蹴った。

「そこまで心配しないでも平気よ。今この街のギルド内で登録している連中の中で、ドラゴンを相手にできる奴等なんてほとんどいないわ。いてもそれだけ強いなら場数を踏んでる連中だから、ドラゴンを相手にして利益を得ようだなんて採算に見合わないことはしない。しばらく森から巨大化して出なければ良いだけの話よ」

おたつく私の隣でさして面白くもなさそうにそう言った師匠が、私のケーキからオレンジ色に熟したペルミの実を取り上げて口に運ぶ。最後に食べようと思って残しておいたものだけど、今はその言葉に救われたのでよしとしよう。

レイラさんにしてもほぼ同意見だったようで、師匠の言葉で納得したのか軽く頷いて微笑んでくれた。ついでに自身のケーキから黄緑色のホムベリーを私のケーキの上に置いてくれる。優しい。けれど彼女が「悪いお話は今のでおしまい。次は楽しいお話ですわ」と前置いて手を打ち合わせたのだけれど――。

「は？　ギルド内で私にファンがついてる……ですか？」

「ええ。前までの魔術師協会や魔法学園の教員室のようだったギルドが、アリアさんが来てからというもの本当に綺麗になりましたもの。きっと心の美しい女性なんだろうって、ギルドメンバーが話しているのをよく聞くわ」

成程。さっぱり意味が分からない。そもそもどうして影すら見たことのない相手にそんな夢が見られるんだろう？　という私の疑問は、師匠の「単に片付けができない連中が母親代わりを欲しがってるだけじゃない？」といった完璧な解の前に霧散した。

「その言葉そっくり師匠に返してあげますね～」

「餌付けはあたしがしてるんだから、母親代わりはこっちの領分よ」

言うと思った。でもやはり師匠にはそっちの願望があるのか。分かっていたからそこまで落ち込まないものの、仕事量から察するに領分は折半（せっぱん）なのではないかと思う。ここまで豪快な手柄の独占は酷い。ここは皮肉の一つでも言ってやらねば。

そう思って「そっちがその気なら、明日からお母さんって呼びますよ？」と言ったら、師匠はそんな私の言葉を鼻で笑って「昔はよく眠れないってベッドに潜り込んできたものね？」と打ち返してきた。

レイラさんには私の生い立ちについてふわっとした説明をしていたけれど、それはあくまで拾われたことくらいだったのに！

お育ちの良いレイラさんが「あらあら、まぁまぁ……」と、ちょっぴり頬を染めているのが居たたまれない。あれは断じて頬を赤らめる同衾（どうきん）的なものではないです。

確かに当時のあれは拾ってもらっておきながらコイツ、くらいは思われていてもおかしくなかった。捨て直されても文句を言えない立場のくせに何ということをしたのか、当時の私。

その後、頬を染めて「仲が良いのね」と理解のある表情をされて。涼しい顔でケーキと紅茶に舌鼓を打つ師匠を横目に、必死に「そういうのじゃないです」と否定し続ける羽目になってしまった。

＊＊＊

アリアさんとお友達になってからまだ日も浅いのに、これまでの自分の後ろ向きで鬱陶しい性格を見直そうと思えるようになった。

最初の出会い方が最低なものだったにもかかわらず、彼女は全てを水に流してくれるどころか、わたしに『私も美容関連はからっきしなんですけど、一緒に頑張れる学友ができて嬉しいです。師匠は気分屋で厳しいけど仕事は一流なんですよ。安心して綺麗になって元婚約者と両親を煽り散らかしてやりましょう！』とまで言ってくれた。

その言葉通りベイリー様は厳しいけれど、とても分かりやすくわたしの食事改善や、生活習慣の見直すべき点、肌にあった化粧品や服の流行など多岐に亘って面倒を見てくださる。今まで勉強してこなかった分野を憶えるのは大変だけれど、隣で一緒に頭を抱えて唸ってくれる学友（アリア）さんがいることが嬉しくて。

二人して憶える内容が異なるものの、わたしの持っているドレスの中で彼女に似合いそうなものを見繕ったり、逆に彼女が持っている活溌そうな印象の服の中から、わたしが着られそうなものを見繕ってくれたりもする。

ふとした瞬間に顔に傷があることを気にする彼女。そんな彼女に『自意識過剰ねぇ。あたしみたいに人目を気にする美女になるには百年早いわよ。レイラもそう思うわよね？』と嘯（うそぶ）いて、こちらを笑わせてくれるベイリー様。

二人の何気ない軽口と前向きにさせてくれる言葉のおかげで、この間は初めて女性用のレザーパンツを購入した。ギルドに仕事をもらいに行く時に穿いてみたら、何だかうんと強くなれた気がして年甲斐もなく心が躍ったわ。

見慣れない格好のわたしを見て、ギルドマスターが『お、良いねぇ。強そうじゃないの。女っぷりが上がったぜ』と笑ってくれた。

今まで頭からかぶっていたローブも仕事中に視界を遮るのでやめた。そうしたら自分の攻撃魔法の及ぶ範囲を確認しやすくなり、撃ち漏らしも減って自信に繋がる……と。ずっと俯いていた顔をほんの少し上げる努力をした結果、物事を見る視野も広がったのだと思う。

もっと早くこうしていれば、彼から婚約解消をされることもなかったのかもしれない。幼い頃から要領が悪いわたしの手を引いて、色々なことを教えてくれたあの人に恋をした。婚約解消の際、どれだけ失敗しても根気強く遊びに誘ってくれた理由が、自身の優秀な兄達と比べられる鬱憤晴らしだったと打ち明けられても。

出来が悪いせいで両親からの関心を引けず、引っ込み思案で同年代の友人がいないわたしには、足繁く屋敷に通ってくれる彼だけが世界の全てだった。どんな思惑が彼にあったとしても、あの楽しかった幼い頃の日々を忘れるのは難しい。けれど……それでも。

アリアさんを見ていると、恋とは切なくても楽しいものなのだと。彼女がベイリー様に向ける視線から、仕草から、言葉の端々から、幸せを感じている姿を見てそう気付いた。

わたしが彼に向けていたものはただの妄執だったのかもしれない。ベイリー様に向けていたものは、彼の代わりにわたしに価値があると思わせてくれたことによる執着。誰かにもたれかかっていないと立っていられない弱虫な自分。そんなわたしに寄り添ってくれる彼女に、今度こそもたれかかったりしないで友人として対等に接したい。

そのためにできることをと頭を悩ませた末、森から頻繁に出てこられない彼女の心配事を減らす手段として、ベイリー様の周辺に以前までのわたしのような人間がいないか調べようと、仕事がない日は時々こっそり遠目からお店を覗くことにした。

するとたった数日で、わたしのようなものの予備軍の多さに驚くことになったのだ。ベイリー様のお店は貴族のご婦人方の間では有名なので、訪れるお客のほとんどはわたしも社交の場で見たことがある人ばかり。

さらには呆れたことに既婚者も婚約中のご令嬢も大勢いた。そしてそんな彼女達は遊びの恋の相手としてベイリー様を狙っている様子なので、そこまでアリアさんの邪魔にはならなさそうだと思えたものの――。

「あの方……やはり今日も……」

ここ最近他のご令嬢よりも熱心に通っている方がお一人いらっしゃる。

他のご令嬢達と違って見目が地味な、どちらかといえばわたしとよく似たお化粧や服の流行を知らない方。社交場でも見かけたことがないことから、そういう部分でも半分隠居生活のわたしに似ていると思う。

それだけならばあまり目に留まることもなかったのだけれど、彼女は毎回人の少ない時を見計らったように、手土産を持参して来店するのだ。勿論それは偶然わたしが居合わせてしまっただけの勘違いかもしれない。

「自分がそうだったからといって、誰もが同じだと思うなんていけないわね」

けれど彼を見上げる彼女の横顔に、ふと以前の自分を垣間見るような気がした。

＊＊＊

レイラさんがクオーツのことで注意した方が良いと助言をくれた女子会から一ヶ月。特にギルドで見初められるといった甘い出会いがあるでもなく。

八月の気候は汚城の掃除と洗濯と畑仕事と細々した薬の調合に加え、現在二日に一度のギルドの掃除に精を出す私の体力と気力を奪っていくが、最近ではさらにそれとはまた別の試練が私を突き動かしていた。

それが現在相対している身体の九割が水でできたスライムである。

スライムといえばギルドではお馴染みの低級魔物……と、戦闘力のない私にはとても言えないけど。奴等の特技は忍び寄ってからの強襲。

ドプンとあの九割くらい水なんじゃないかという身体で呑み込んだら、あとは獲物の穴という穴から自身の一部を流し込み、窒息死させる。それから獲物の大きさによっては二時間から一日ほどかけて消化するのだ。

以前小型の魔物を呑み込んで消化されて白骨化する前の、半分肉が残った状態のやつを見てゾッとしたことがある。師匠にもらった護符のおかげで魔物に感知されないと分かっていても怖い。

しかも目の前にいる個体はさっきしくじったせいで、他の個体と合体して今や牛くらいの大きさに成長してしまっていた。

「ほらほら、どうするのアリア。あんたがさっき二重目の座標の組立をしくじったせいで、またそいつが大きくなったわよ。次に仲間を呼ばれて合体されたら手におえなくなるんじゃない？」

「わ、分かってます。えっと……十六、五十三、十五、引くこと三十……それから四十四の、じゅう……じゅう……」

術者の迷いを感じ取るように淡い輝きを放つ雪の形の魔法陣。その中でも一番弱くて小さい角板が私の唯一操れる術式なんだけど……。

「対象物が大きくなった場合は座標を重ねて結晶の枝を増やしなさい。今のだと威力が足りないわ。それからクオーツはアリアを庇おうとしないの。あんたが倒したら特訓の意味がなくなるでしょう」

師匠にぴしゃりと怒られて、私の足下で援護をしようとしていたクオーツが「グギュー……」と不満げに鳴いた。不甲斐ない相棒でごめん。私も泣きたい。でも眼前にはグニグニと奇妙に形を変えて触手を伸ばしてくるスライム。早くあの核に届く攻撃をしないと呑み込まれる――！

「じゅ、十二、四百飛んで九十七、重ね十五の……ああもう！　然るに放ち、これにて留まれ！」

自棄糞になって叫んだ瞬間小さな角板が一つから三つになり、その中心から柱状結晶群が勢い良く噴き出した。だけど弾力のある表面に弾かれて核に届かない。焦って一度下がろうとしたら、いきなり背後から肩を引かれて。

気がついた時には樹枝六花（じゅしろっか）の魔法陣から放たれた氷柱（つらら）が、こっちに触手を伸ばしていたスライムの核を貫き通していた。核を失った途端にドロドロと形を保てなくなって解け出すスライム。

その光景に緊張の糸が切れて腰が抜けそうになった私を、師匠がグイッと引き上げて立たせてくれた。膝が完全に笑っている。

「あんた本当に座標の組立てが下手くそねぇ。今のだって最後まで構築しきれてないじゃないの。スライムの餌になるような弱い弟子とか嫌よあたし」

「ごめんなさい師匠……」

「まぁ元々スライムと初級の氷魔術は相性が悪いし？　今回はスライムの粘液が必要だったから核を狙わせたけど、本来は火をぶつけた方が手っ取り早いのよ。あとは敵と対峙する時に怯えない。戦闘は目を逸らした方が死ぬ。今の感覚を憶えて次に活かせば良いわ」

そんな師匠の言葉を聞いて、クオーツが知っているとばかりに小さく炎を吐く。戦闘力があるのに数に入れてもらえなくてご立腹みたいだ。擦り寄って慰めてくれるクオーツの頭を撫でれば、ツルリとゴツゴツの中間、冷たいと温かいの間の手触りがした。

何で掃除婦が戦闘訓練の真似事なんかしなくちゃならないんだとは思うけど、レイラさんの持ってきてくれた話の翌日から、クオーツが大きくなれない時や傍にいない時のことについて二人で話し合った結果がこれなのだ。

私としても知らず識らずのうちとはいえ、今まで師匠にもらっていた魔力が蓄積されているなら有用に使いたかった。だから師匠ほどの魔術師に魔力を分けてもらっていても実力が全然伴わない自分の無能さが悔しい――……と。

「それよりも今みたいに座標を叫ぶ方が問題ねぇ。もし森の外であたしの組み立てた芸術的な座標をばらしたりしたら破門よ。は・も・ん。だからさっさと無詠唱で魔法陣の構築ができるようになりなさいね？」

何気ないふうを装ったつもりでしょうが師匠、弧を描いてる唇と違って目がちっとも笑ってないです。けれどビクつく私のことなんてすでに師匠の眼中にはなくて。地面に吸い込まれ始めたスライムを前に膝をつき、服のポケットから小瓶を五、六本取り出すと、スライムを掬い取って瓶詰めにしていく。

あれの使い道が以前師匠が失敗した美容パックレシピ改良版に活かされるということと、その最初の被験者になる我が身の不幸。

要するに殺されかけた魔物の成れの果てに良い香りのする香油をぶち込み、美容パックとして生まれ変わらせたものを顔面に塗布するのだ。ひんやりしてて、この時季にぴったりの目玉商品になるのは分かっている。

実際にお肌の状態もとても良くなるし、レイラさんの十月の予定までにさらに彼女を磨く手伝いもしたい。

分かってるんだけど……好奇心旺盛で更には努力を惜しみます、九月の昇格試験の勉強をしながら仕事にも手を抜かない努力家な彼女にあれの原材料を聞かれたら、どう答えれば良いものだろうか。

そんな悩ましい思いを抱える私を振り向いた師匠は「あんたも早く掬いなさい。次は泥スライムを狩りに行くわよ」と。

無慈悲にそう言う師匠は、ええ、とても。とても輝いて見えたのでした。

森上空より不審者来たりて毒を吐く

「今日は店が終わった後レイラと今後の打ち合わせをしてくるから、あんたはクオーツとしっかり留守番しておくように。もしもおかしなことが起こった場合は、憶えたての魔術を過信しないで、クオーツと一緒に城に隠れていなさいね？」

「も～……子供じゃないんだから分かってますってば」

白い絹のシャツと長い脚をさらに長く見せるスラックスを颯爽と着こなし、髪を緩く纏めた師匠は今朝も靴下を探し回らせたくせにそう保護者ぶった。今日は目蓋にのせた極淡い水色の化粧とサファイアの耳飾りで夏らしさを演出している。

その手には昨日あれからささっと完成させてしまった美容パックの完成品。恐るべきことにスライムパックは皮膚の表面に残った不純物だけを綺麗に溶かし、必要な部分はかぶれもしない夢のアイテムだった。

私の傷痕の表面は常に少しがさついているのに、スライムパックを一晩我慢してつけたところややしっとりとしている。これなら原材料を知らなければダロイオと同じく売れ筋商品になること間違いなしだろう。だから――。

「自分から申告するのは子供の証拠よ。ほら、良いからこっちにいらっしゃい」

口調の割に有無を言わさない感じで引き寄せられて、その唇が魔力を流し込むために傷痕へ触れて。いつもなら師匠の唇に傷がつかないかと冷や冷やするけれど、今朝はしっとりとしているから安心だ。まぁスライムのおかげというのが素直に喜べないけど。

時間にして三分ほど。じんわりと感じていた熱が離れて「じゃあ行ってくるわ」と言い残すや、こちらの答えも待たずに師匠は工房に行ってしまった。

残された私の溜息と「人の気も知らないで……」という呟きを聞いていたのは、テーブルの上に残ったソーセージを囓るクオーツだけだった。

その後はすっかり人間のご飯に慣れ、ドラゴンとしての食生活を忘れたクオーツを急かして食後の後片づけと、やりかけだった第二図書室を掃除し、日が真上からややずれた頃に汚城で出た生ゴミとあるものを手に外へ出た。

誰も見ていないのを良いことに前髪をスッキリ上げて、傷の残る顔を八月の陽射しの下に晒す。正常な肌と異常な肌が平等に晒せるこの森は、やっぱり私にとって特別な場所である。

「えっとねクオーツ、ちょっとこの紙を見てくれる？」

足下に立っていたクオーツが私の言葉にどれどれとでもいうふうに伸び上がり、簡単な図を描いた紙を覗き込んでくれる。しばらくその黄色い瞳がキョロキョロと紙の上を行き来して、やがて理解を示すように「ギュッ」と鳴いた。賢い子だ。

「ん、見たね？　それじゃあ早速お願いなんだけど、今から大きくなってあの木から……あっちの木までの間にある雑木を尻尾で薙ぎ払ってほしいの。師匠が帰ってくるまでにある程度形にしておきたいから、一緒に頑張ってくれる？」

手を合わせてお願いの格好をすれば、クオーツは「ギャウッ！」と元気良く返事をしてから一度その場で蹲り、陽炎のような光を纏い始める。その間に私は近くの木の根元に座り込み、猫くらいだった体躯が遠近感の狂う変化を遂げて再び立ち上がるのを見ていた。

元の大きさよりほんの少し小さいくらいの大きさになったクオーツが、地上を見下ろして私の居場所を確かめる。

こっちも見つけてもらいやすいように木の根元から出て大きく手を振って見せると、クオーツは一つ頷き、次いで太い尻尾を使って地面を掃いた。それだけで人間の木こりが数ヵ月かけてこなしそうな仕事が、一瞬で終わるのだから凄いものだ。

空を飛ぶなとは言われたけれど、森の中で暴れてはいけないとは言われていないし、できれば化粧品には普通に草木系の材料を使いたい。

ベキボキと凄まじい音を立てて倒れていく木々。飛び立つ小鳥に交じって魔物もチラホラ。その轟音と土煙から私を護ってくれるのは、師匠にもらった耳飾り形の護符である。これがなかったら鼓膜が破れて土煙で肺をやられているところだ。師匠に感謝。

「良いね～、かっこいいよクオーツ！　それじゃあ次は薙ぎ倒した木を一ヶ所に集めてその立派な爪で樹皮を剥いたあと、ついでに地面を抉ってほしいな～？」

現場監督にしかなれない私は、森の中にある畑のさらなる拡大作業に着手するべく、無垢なレッドドラゴンをおだてて土木作業を頼む。まず必要なのは生ゴミを堆肥に作り替える穴と、その手助けをしてくれる腐葉土作りだ。

本当なら岩盤にも穴を開けられそうな爪で地面に穴を掘り、そこに生ゴミと掘り戻した土を混ぜ込む。

器用に座り込んでベリベリと生木から樹皮を剥くクオーツと、籠編みに向いている樹皮の選別をする私。けれど急に手許が暗くなって顔を上げれば、隣でクオーツが翼を広げて私を庇うようにして、空を見上げたまま喉の奥で唸り始めた。

翼の下から少し顔を出してクオーツの睨む先を見上げると、森の上空にワイバーンらしきものが一頭大きく旋回している。キラキラ光る様から何か金属的なものをつけている可能性大。ということは背に誰か乗せているっぽい。

「ね、クオーツ。何か分からないけどまずい感じがするから城にもど――」

〝ろう〟と続ける前に、上空を旋回していたワイバーンが一声大きく啼いて。その直後にカパッと開いたクオーツの口から上空に向かって巨大な火柱が上がった。

＊＊＊

昼の十二時まではまだ三十分ほど残っていたものの、今日も今日とて持ち込まれるギルドの連中が依頼中に壊した機材、建物、人間関係、その他諸々の始末書や請求書なんかの処理で、もう腰も精神もボロボロだ。何で頼んだ仕事の報酬よりも被害総額の方が多くなるんだうちの連中は。脳筋しかいないのか？

ギルドマスターとして己の健康は大事な飯の種。それを守るために早めに昼休みに入るのは褒められて然るべき行為だ。ということで、ギルドの連中と真面目なレイラに鉢合わせしないように、こっそり窓から執務室を抜け出そうとしていたら、運悪く控えめなノック音に首根っこを掴まれちまった。

「あー……誰だ」

『お忙しいところをすみません。レイラです。お耳に入れておきたいお話があるのですが、お時間よろしいでしょうか？』

「おぉ、そうか……分かった。入れ」

真面目ちゃんな奴からの〝耳に入れたい話〟は面倒でしかない。でも聞いてやらねぇともっと面倒なことが起こるのは、これまでに無視して痛い目を見た過去からも自明の理。内容としては報酬持ってよそのギルドにトンズラしたり、メンバー内の色恋の仲裁を断って刃傷沙汰になったり、メンバーと金の分配で揉めて殺し合ったりだ。

ろくでもない記憶にこめかみを押さえている間にドアが開き、おずおずと遠慮がちにレイラが入室してきた。今日はレザーパンツにコルセット？　とかいう、これもまた同素材の装備だ。以前までのヒラヒラした動き辛そうな格好よりよっぽど良い。

――と、いかんいかん。

ジロジロ女の装備を見てたらアリアに何を言われるか分からねぇ。レイラに向けていた視線を執務机の書類に落とし、無言で手招く。それに従って執務机の前に立ったレイラは、元から短いタレ眉をさらに下げ、唇を引き結んでいる。

「どうした。そんな辛気くさい面して。何かあったんなら、この優しくて頼りになるオジサンに話してみろ。正直解決できるかは分からんが、聞くだけなら聞いてやる。勿論解決できそうなことなら多少は手も貸してやるぞぉ」

思い詰めた表情の相手から話を聞き出すには若干ふざけた方が良い。椅子にふんぞり返ってやる気のない声でそう言ってやると、レイラは肩に入れていた力を抜いて「まぁオジサンだなんて御冗談を。ですが、ありがとうございますギルマス」と微かに笑った。

そうして良い感じに緊張がほぐれたレイラが語り始めた内容は、確かにこの娘からしてみれば少々戸惑うものだっただろう。ただギルドマスターなんてまともじゃない職に就いているオレからしてみれば、そんなに珍しいことでも驚く話でもなかった。

「ふぅん、母校の図書館で試験に使えそうな本を探してたら、魔導協会に所属してる教授達が、ルーカス達の住んでる森に国からの調査が入ると話していたんだな？」

「不法占拠者がいた場合は強制排除も視野に入れているとか……」

「その話自体は数年に一回くらい持ち上がるんだが、実際にあそこに巣食ってる魔物を退治しながらの調査ともなると、そうそう現実的じゃねぇんだわ。うちにも依頼がきたことはあったが全部蹴った。割に合わねぇんでな。だから何回も話題に上がってはポシャっていやがる」

「そ、そうなのですね。わたしったら早とちりしてしまって、お恥ずかしいですわ。お仕事の手を止めてしまい申し訳ありません」

「いい、いい、それくらいアリア達が心配だったんだろ。こう見えて友達思いの子は嫌いじゃねぇのよ、オジサン。あそこはかなり危険だが一攫千金に値するものがウジャウジャある。連中はそれが喉から手が出るほど欲しいんだよ。ま、わざわざまたそんな話題が上がったってことは、多少何か使えそうな手でも見つけたんだろ」

「ええと、使えそうな手というか、人材でしょうか。はっきりとは聞き取れなかったのですが、派遣されるのはかなり優秀な方のようでした」

「ははぁ。連中の言う〝かなり優秀な人材〟ってのは、潰しておきたい若手のことだ。誰かは知らねぇが運のない奴には違いねぇな」

勝手に手柄を焦って有望な若手が死ぬ脳筋な一般の冒険者ギルドとは違って、頭でっかちな魔導協会の連中は、将来有望そうな若手潰しに〝調査依頼〟を出す。

無事に調査から帰ってきたらそれはそれでめっけもの。駄目なら優秀な人材はそこで死んで退場し、自分達を脅かす存在は去る。魔導協会に所属する奴等の全員が全員そうだとは言わないまでも、半分くらいはそういう連中の集まりなのだ。

魔導協会に所属するのは強制ではないし、入会にも魔術師の資格保有者が優先されるので、所属しないものも多い。ギルドに所属しないで仕事をする輩もいるしな。どっちにしても手数料や加入できる保険の問題が大きいから、所属する方が楽なのは楽だ。

けど縛られるのが嫌だと抜かす連中も一定数いる。これはどんな業種でもあるあるだろう。

「それでお前さんはこの話をルーカスのとこに直接持っていかずに、オレに話しに来たのはどうしてだ。言っちゃあなんだがよ、オレができることはないだろ？」

「それは……あの、し、信用してもらえるか、怖くて」

「ああ？」

「ルーカス様はあんな凶行に及んだわたしにも親切に接してくれる方ですが、それはアリアさんが間に入ってくれるからかもしれなくて、それで、もしも――」

「あー、成程な。この話を直接持っていったとしても、ルーカスの奴が〝まだ自分を信用してくれていなかったらどうしよう〟ってことか？」

なんだそりゃ。今さら過ぎるだろ。あいつはどの道誰も心から信用したりしない。しないでも付き合えるのは奴がとんでもなく強いからだ。

だから人間関係で信用されていないから云々は、あいつに説くだけ、期待するだけ無駄なのだ。

とはいえそんなことを教えてこの娘の気遣いを潰すのもなぁとは思う。まだまだ真っ直ぐに伸びられる人間に現実を突きつけるような嫌な役は、オレ以外の誰かがしてくれればいいってもんだよな。

「よぅし、そういうことなら手伝ってやれそうだ。ちょうどもうすぐ昼休みだしよ、ちょっと早いがルーカスの店に顔を出しに行くか」

「ありがとうございます‼」

というようなことで話が纏まったので、今度は窓から抜け出すようなことはせずに、堂々とギルドの表玄関から出たものの――。ギルドの連中から「若い子に悪いこと教えないでよ～」「レイラちゃん、ギルマスなんかとデートするなら俺としよ」「どうせだからさ、何か臭い消しとか見繕ってやってよ」「ついでに何か貢がせろ」などなど。

すれ違う度にかけられる優しい言葉に「てめぇ等、次に器物破損したら全額自腹だからな」と言い残し、ルーカスの店に向かった。

道中隣を歩くレイラの方から忍び笑いが聞こえてきたものの、さっきまでみたいな悲愴な顔をされてるよりはマシだ。昼休みだけでは時間が足りないだろうから、昼飯とご機嫌取りの菓子も購入した。これで午後の仕事もサボれる。今日は久々に直帰だな。

そんなことを考えているうちにいつの間にかルーカスの店の前に立っていた。無意識に来られるくらいにサボりに来てんのか。反省する気は全然ないが。

誰が来たのか一発で分かるように無遠慮に叩けば、ぼんやりとガラス越しに透けて見える輪郭に「壊したら弁償させるわよ」と投げかけられて、ドアへの暴行を止める。錠が外れる音と同時にドアから不機嫌な面が出てきた。

「おうルーカス、邪魔するぞ」

「営業中に失礼しますベイリー様」

「ジークはいつも邪魔しにくるけど、レイラはいったいどうしたの？　今日の約束は確か閉店後だったわよね？」

オレはともかく一緒にいた人物が意外だったのか、ルーカスの顔から怒気が薄れる。その当然の疑問に緊張しているレイラに合図をしてやると、頷いたレイラが不安そうに口を開いた。

「先程わたしの母校の図書館に試験で使えそうな記述のある本を借りに行ったのですが、そこで教授達が話している会話を聞いてしまったのです。その内容が少し気になったのでお耳に入れておこうと参りましたわ」

彼女の声音の硬さにルーカスが黙って続きを待っていたその時。何かオレ達には見えないものを感じたらしいルーカスが、ほんの一瞬目を見開いた。

＊＊＊

突如至近距離で上がった火柱の熱と迫力に呆然としたのは一瞬。恐怖で気絶してしまったのか、地上にいたこちらに向かって雄々しく啼いたワイバーンは、クルクルと錐揉み（きりも）しながら墜ちてくる。

その背中には鞍らしきものに必死にしがみついて手綱を引いている人の姿。ワイバーンの正気を取り戻そうとしているみたいだけど、あれではもろとも地面に激突してしまう。

「クオーツ、あのワイバーンごと受け止められる!?」

「グルル……」

「危険人物っぽい人だったら食べちゃっても良いから！」

「ギャウ！」

物騒だけど短いやり取りの直後。クオーツが本来の大きさに戻り、ご機嫌で墜ちてくるワイバーンの確保に飛び立った。ワイバーンは魔力を持たないため、墜ちる速度はそのまま重さとして換算される。その勢いを殺すのは至難の業だろうが、クオーツは地面に激突する前に手綱や鞍を留める金具ごと鉤爪に引っかけ、体勢を崩すこともなく受け止めた。

宙吊りの状態になったワイバーンとその飼い主を、クオーツがそのままブラブラと揺らしながら降りてくる。絶対にわざとだ。左右に揺られるワイバーンは無反応だけど、手綱を身体に巻きつけている乗り手は何か叫んでいる。たぶん〝やめろ馬鹿〟とかそんなふうな内容だと思う。

降りてくる前に上げていた前髪を撫でつけながら下で待っていると、ようやく気が済んだらしいクオーツが降りてきた。その姿たるやまさに捕食者。手に持ってるお土産感よ。さっきまで元気に叫んでいた背中に乗っている人も、気絶したのかぐったりとしてしまっている。

クオーツは私の前にベッとワイバーンと乗っていた人を捨てた。完全にどうでもいい荷物の扱い方だ。中身が壊れてないと良いけど……お高そうな紫紺のローブに身を包んだ不審者はピクリともしない。

「ご苦労様。咥えて降ろしてくる時にこの人のこと齧ったりした？」

「クルルル……ギュー？」

「してないか。偉い偉い。お前は本当に器用で賢いね～」

言われる前に開墾作業時の大きさまで戻り、得意気に鼻面を擦り寄せてくるクオーツを撫でつつ、取り敢えず安否確認のためと、武器の所持の有無を確かめるために、そーっと近付いて爪先でローブをなぞる。

するとやや予想はついていたものの、爪先で探るローブの中。腰の辺りに硬い感触があった。爪先でその部分のローブを払い除けると、そこには華美な剣帯に繋がれた細剣が。そこで思わずさっき掘ったばかりの堆肥作り用縦穴に視線が向かう。

幸いにもまだ目撃者は私とクオーツだけだ。明らかに面倒事を持ち込んできたらしい人間一人くらいなら、当初の約束通りクオーツに食べさせてあげようか？

それとも埋めて堆肥の原料にしてしまうか、迷う。でも考えてみたらクオーツが人の味を憶えてしまっても困るのか……ということは。

「懐の深い森に召し上がっていただくしかないかぁ」

「ギャウウゥ……」

「人間なんて大してお腹に溜まらないって。師匠が帰ってきたらもっと美味しいもの食べさせてくれるから」

猫なで声で説得を試みると、すっかり師匠の作る人間のご飯に胃袋を掴まれてしまっていたのか、クオーツは案外あっさりと納得してくれた。話も纏まったし、それじゃあ早速とクオーツがワイバーンの首根っこを咥え、私がローブの人物の両脇を抱えたその時、目の前に良く見知った魔法陣が浮かび上がって――。

「そこまでよ馬鹿弟子と馬鹿ドラ。今すぐその抱えてる侵入者を離しなさい」

「え、えへへ？　え～と……師匠、随分お早いお帰りです……ね？」

「あら、あたしの留守中に森の結界に大穴が開いた気配がしたら、普通に帰ってくるわよ。当然でしょう。それにもしもあたしが帰って来なかった場合、その侵入者はどうなってたのかしらね？」

言葉は質問の体を取っているけれど、視線は堆肥作り用に作った穴の方へと向けられている。隣でクオーツがワイバーンの首根っこを離して、いつもの猫くらいの大きさへと縮んだ。それを見た私もゆっくりと不審者の両脇から腕を引き抜く。

すると師匠はそんな私達を見て呆れたふうに眉根を寄せ、でも怒ってはいない声音で「よく留守を守ったわね」と言ってくれた。そのことが嬉しくて頬がだらしなく緩む。けれどそれも次に師匠の口から出た言葉で凍りつく。

「本当、あんた達が埋める前に間に合って良かったわ。レイラが教えてくれた情報だと、その不審者一応それでも宮廷のお抱え魔導師の一人らしいから」

面倒の桁が想定よりさらに三つほど上っぽい謎の人物は、頭痛を感じ始めたこちらの気も知らないで、視界の中で暢気に一つ寝返りを打った。

聞けば、師匠は店でレイラさんにちょうど宮廷魔導師の噂を聞いていたところ、森の結界の揺らぎを察知して飛んできたそうだ。

ひとまず気絶したワイバーンはクオーツに見張りを頼み、不審者を日陰に引っ張り込んで暑苦しそうなローブを剥ぐと、中から現れたのは随分不健康そうな顔色をした青年だった。真夏なのに日焼け一つしていないというか、日に当たったことがあるのかという色白さ。

常時気怠げなのに美しい師匠とは違って、どことなく影のあるくせに目を引くのは、珍しい夜の宵闇に近い紫紺がかった髪と、夏にもかかわらずしっかり首の上まである襟の下にチラリと覗いた刺青（いれずみ）だろう。

刺青が気になっていた私を追い立てるように、師匠が近くの水場まで水を汲みに行けというから従って、さらに汲んできた水でお高そうなローブの端を濡らして顔を拭ってあげたのだけど——。

「いきなり攻撃をしかけてくるなんて……非常識だ」

起き抜けのその掠れた第一声に呆れて溜息をついてしまった。

何だこいつ。

でも何だこいつと思っているのはお互い様なのか、濡らしたローブを見て微妙な顔をされてしまった。すぐ腰の剣帯を探って、そこに剣がないことでまた睨まれる。

師匠が「危ない玩具はあたしが預かってるわよ」と自身の後ろから取り出して見せると、無言で唇を噛む。非礼なのは絶対に突然上空から来た方なのに。

「それは悪かったですってば。でも先にクオーツを馬鹿にしたのは、たぶん貴男(あなた)が乗ってきたワイバーンの方ですよ？」

「何故そんなことが言い切れる。君はドラゴンの言葉が分かるのか？」

小馬鹿にするというのではないけれど、一から十まで筋の通った論理とかを求めてきそうな人だ。

隣で立て膝をして座っている師匠の顔を見上げれば、師匠は「質問されてるのはあんたよ」と笑った。それは確かにそうなんだけど、ほんの少し距離を置かれたみたいで心細く感じてしまった。

でも敵の前で気弱な素振りを見せちゃ駄目だ。傷痕のある方の前髪をしっかり押さえたまま毅然と口を開く。

「分かりませんよ。単にクオーツはこの森に来てから、自分で何かに襲いかかったりはしていないから憶測です。宮廷魔導師だか何だか知りませんが、この森に人が住んでないと勝手に思い込んで、押し入ろうとした状況なのはそっちですよ」

頑張った。レイラさんと知り合ってからマシになったとはいえ、元人見知りとは思えないくらい頑張った。なのに――。

「貴重な動植物をあんなふうに粗末に扱う君に言われる筋合いはない。僕が今日ここに来たのは、この森の生態系の可能性に興味が湧いたからだ。それに調査許可は国と魔導協会に得ている。不法占拠者はそちらの方だ」

バッサリ一刀両断だった。この人の言う〝あんなふう〟とはあの畑にしようとした一帯のことである。立て板に水な屁理屈に今日一番イラッときた。

第一今までだって森はここにあったのに、今日まで放置しておいて不法占拠者呼ばわりとは何たる言い様だ。

「へぇ。そんなこと言って、単にこの森に棲んでいる魔物を怖がって今まで手が出せなかっただけでしょう。多少開拓して住みやすい土地になったからって横取りしに来たんですか？」

「はいはい、そこまで。落ち着きなさいなアリア。一応彼の言い分には筋が通っているわ。不法占拠者はあたし達の方よ」

まだまだ言いたいことは山程あっても、師匠にそう言われてしまっては流石に引き下がらないわけにもいかない。私が口を閉ざせば、今度は師匠が無礼な侵入者の彼に向かってにこりと微笑みかけた。その表情であっと思う。

一見優しげに見えるその微笑みには、師匠が私の勉強を見てくれている時の愉悦が交じっていたからだ。

「うちの弟子が失礼したわ。でもね、貴重な動植物だとかどうだとか、そういう建前は良いのよ。あんたが狙ってるのはこの森の魔物でしょう。だってあんたはテイムの魔術に特化しているものね？」

師匠のその言葉に驚いたように目を見開いた彼は、観察する私の視線に気付いてすぐに俯いたものの、苦々しげに「何故分かった」と言った。すると師匠は自身の首をトントンと叩く。小首を傾げてとる小さな動きすら、いちいち芝居がかっていて綺麗だ。

「あんたの身体に入ったその刺青よ。この子に水を汲みに行かせている間に怪我がないか診るためにひん剥いたの。そうしたらクオーツがあんたのそれを見て酷く嫌がったわ」

ひん剥いた云々はまぁ置いておくとして、クオーツが嫌がったということが気になって「テイムに特化してるはずなのに何で嫌がったんです？」と訊くと、師匠は授業をしてくれる時のようにゆったりと頷いて続ける。

「簡単なことよ。一般的な魔導師――いいえ、人間の持つ魔力程度では、ドラゴンみたいな長命で知能の高い魔物はテイムできないの。でもその他の魔物なら方法によっては可能よ。こうやって隷属性の魔術を構築することができればね」

そう言った師匠の表情に感情の揺らぎは見られない。かなり道徳的に問題があるように思えるけど、たぶんまたいつもの〝魔術狂い〟な人種にしか分からない何かがあるのだろう。そう思ってやや悔しい気持ちになった私の心情を察してか、師匠の手が優しく頭を撫でてくれた。

「まぁ何にしても、この森を出ていけと言うのなら出ていってやらなくもないけど、その場合は宮廷魔導師を十人は使って結界を維持することね。勿論あんたが一人で支えても良いのよ？　最年少宮廷魔導師のエドモント・オルフェウス殿」

居丈高で、慇懃無礼にかっこよく。相手を最大限に小馬鹿にした笑みを含んだ師匠の発言に、エドモントと呼ばれた彼が明確な敵意を向けてくるのが分かったけど。言い返せない弟子の腹立たしさを代弁してくれた師匠の姿にドヤってしまう雑魚な私なのである。

＊＊＊

真夏の青空からやってきた不審者との邂逅から三時間後。穏やかな世界から目覚めて震えるワイバーンと、悠々とその背中を尻尾で押さえつけるクオーツ。

私はそのクオーツの鼻の頭を撫でながら木陰で膝を抱え、目の前で繰り広げられる光景を興味深く眺めていた。彼の魔法陣は黒い蔓植物のように歪にうねり、空に向かって伸びる先から透明になって、ガラスが砕けるように粉々になって消えていく。本当に魔術の形は師匠が言っていたように人によって違うらしい。

師匠が監督する結界張り直し現場で手伝えることのない私は、黙って二人の作業風景を見つめることさらに一時間後。

「変ね……そこまで無理難題を言ったつもりじゃなかったんだけど、口ほどにもないじゃないのこの子。今の宮廷魔導師って広範囲の結界を張ったりするのは得意じゃないのかしら」

顎に指先を添えてそう言う師匠の前には、焚き付けられて結界を修復しようとした不審者、もとい若い宮廷魔導師様が倒れている。もっとすかした人かと思っていただけに、魔力切れまで頑張って倒れてしまったのは意外だ。

そしてやっぱり師匠は化物並の魔力を持っているということも分かった。宮廷魔導師といえば引きこもりの私でも本で読んで、海をレンズ状に凹ませて津波を止めたり、三ヶ月も居座った雨雲を蒸発させたりという〝超人〟として記憶している。

「またまた師匠ってば昔を知ってるふうな言い方しますね〜。というか、どうするんですかこの人。自力で帰らせるのはもう無理っぽいですけど」

熱中症ではないにしても、夏の陽射しの下で魔術を酷使して魔力切れを起こしている彼の顔をハンカチで扇ぎつつそう言えば、師匠は「あてがあるから大丈夫よ」とにっこり笑うや中空に魔法陣を展開させて。あっと思った時には、淡く青白い輝きがクオーツとワイバーンをおいて私達を包み込んでしまった。

――で、その転移先といえば……。

「すみませんジークさん。勤務時間中にお邪魔します〜」

「おー……昼に店を閉めて帰ったっきりだったたってのに、急にギルドマスターの部屋に直接訪問か。ったく、お前さん達が暗殺稼業に手を出してたらとんでもない商売敵になってただろうな。ただな、こっちだって仕事ってもんがあんだぞ？」

どっしりとしたオーク材製の書き物机に片脚を乗せ、もう片方の脚を組んだ上に書類の束を抱えていたジークさんは、突然何もない場所から現れた私達を見てさして驚いた様子もなくそう言った。

師匠はこんなふうに受信する魔法陣がなくとも、師匠がはっきりと像を結べるほど憶えている場所に行くことも可能なので、実のところ特に時間帯について問題らしい問題もなかったりする。

「いつもサボりに来るくせに急に真面目になったふりはやめなさいよ。昼間の情報提供助かったわ。ついでにちょっと預けたいものがあるから持ってきたの」

そう言うや師匠が小脇に抱えていた彼を床に転がした。師匠は細身で魔術師なのに意外と力持ちなのが解せない。

「あのなぁ……いくら何でも引き受けるのが売りのうちのギルドでも、流石に宮廷魔導師の死体処理は請けてねぇんだが」

「大丈夫です。ちゃんと生きてますよ」

「あ？　そうなのか？　じゃあ何でこんなにぐったりしちまってんだよ」

手にしていた書類を机に置いて席を立ったジークさんが、こちらにやってきて気を失った彼を覗き込む。その説明のために口を開こうとした私を師匠が手で制して「森の結界を破ったから、その弁償をさせたのよ」とザックリと説明してくれた。

それを聞いたジークさんがさも呆れた様子で「あのお前さんが張った頭がおかしい魔力量の結界を一人でか？」と言うのに、師匠は悪びれた様子もなく「最年少の天才宮廷魔導師様ですもの。あれくらいできて当然よぉ」とのたまう。天才の言うあれくらいの範囲は広くて深い。

「気絶した奴見せられて言われてもな。そんで、何でオレがこの魔導師様を預からなきゃならねぇんだ？」

「ギルドマスターじゃない。それにあんたが前からにおわせてた面倒な仕事って、大方魔導協会の案件でしょう？」

「そこまでバレてんなら仕方がねぇか。でもま、オレはちゃんと断ってたぜ」

「でも結局来たんだもの。防げてないわ。一般市民の安全を守れてないじゃないの」

胡乱な表情でジークさんが「一般市民」と言うと、師匠が私の方を指さして「これ」と答える。指をさされた私が「善良な一般市民です」と頷いて見せるも、ジークさんは眉間に苦々しい皺を刻んだ。

もう一押し説得力が必要そうだったので「師匠みたいな超人と並べたら、一般的で善良な市民です」と胸を張れば、ジークさんは舌打ちと溜息を交互にくれた。

「一応目を覚ますまでは預かるが、こいつがまたお前さん達のところに行くっつっても、オレには止められねぇぞ。魔導協会の連中に目をつけられるのは面倒だ」

「それで良いわよ。今のところはね。じゃあ、後は頼んだわ。あたしとアリアはボロボロでツギハギだらけの結界を直しに戻らないと」

そう言ってやや強引に話を打ち切った師匠が「ほら、帰るわよ」と手を差し伸べてくれる。私は一瞬だけ床に転がったままの彼を視界に入れたけれど、すぐに興味を失くして師匠の手を掴んだのだった。

＊＊＊

ゴツゴツとした厳つい石造りのテーブルの上。レイラさんの白い指先から生み出されたレース編み用の絹糸のような魔力が、術者である彼女の意思を介して編み上げられ、宙に芸術的に構築されていく。

溜息が溢れそうな繊細な輝きを放って編まれていた魔術だけれど、その途中で絡まって動きを止め、構築された時のように宙に解けた。レイラさんは煙か飴細工のように消えてしまった魔術の名残を切なげに眺めると、こちらに視線を寄越して微苦笑を浮かべた。

「せっかく意見を聞こうと思ってお呼びしたのにごめんなさい。また駄目だったわ。どうしてもここから先の座標を思いつかなくて」

「私は仕事のついでだし、師匠も少し早い出勤くらいの話だから大丈夫ですよ。それに今の魔法陣も途中までは本当に凄く綺麗でしたよ。ね？　師匠」

「そうね、悪くはないわ。今みたいな美しい術式は好まれるし、試験官によってはこのままでも通す可能性はあるわね。でもあんたはそれだと納得できない、と」

「はい。できれば本番までに確実に形にしておきたいですわ」

疲れの滲む、けれど充実した表情を浮かべて頷く彼女の肩口から、ここ最近輝きを取り戻し始めた赤みがかった茶色の髪が流れ落ちる。

先週作ったばかりの森林スライム製髪用パックの効果恐るべし。

あのワイバーンに乗った宮廷魔導師に襲撃されてから三週間。あれから何の動きもないのは不気味だけれど……今はもっと大事なことが目前に迫っているのでひとまず保留にしている。

何と言っても八月も残すところあと四日しか残っていないから、本日はレイラさんたってのお願いで、九月十日の魔術師昇格をかけた試験に向けて、最後の追い込みに付き合っている。

顔用に使えたんだからと直後に髪用に転用した師匠は流石だ。同じものの被験者になった私とレイラさんでは元の素材が違うのは致し方ない。

このまま師匠の言っていた食生活を続けていけば、十月までに彼女の美貌は取り戻されることだろうと考えていたら、ふと目が合った師匠がニンマリと口角を上げた。瞬時に激しく嫌な予感が背中を走る。

「ふぅん？　良い心意気ね。煮詰まってる時は違う人間の構築するところを見てみると閃くことがあるわ。というわけだから、アリア。あんたが何か一つやって見せてあげなさい」

……ほらね。だがしかし長い付き合いだから、これくらいの予測はついているので驚きませんとも。ちょっとしかね。

「も～……師匠のことだから絶対何か無茶なことを言い出すと思ってましたよ。でも残念、無理です。お粗末な私の魔術構築なんかよりも、師匠の完璧なやつを見せてあげれば良いじゃないですか」

「あんたはこのあたしの弟子なのに、いつまで経ってもお馬鹿ねぇ。完璧なものを見せたって、手直しをする箇所を思いついたりできないでしょう。こういうのは不完全なものを見せて自分ならどうするかを分析させるものなのよ」

師匠のしれっと自身の有能さをひけらかすところが好きだ。私達のやり取りを聞いていたレイラさんはちょっと驚いた表情をしたけれど、すぐにただじゃれているだけだと気付いたのか「わたしからもお願いしたいわ」と笑う。

そう言われてしまっては俄然ヤル気が出たので、笑いを取るつもりで最近クオーツを相手に披露していた魔法陣を見せようと思ったのだけれど、そこに待ったをかける人物が現れた。

「おーい……ギルドの営業前にここで魔術談義をするのは構わんがな、時計はしっかり見ろよー？ 他の奴等に見つかって困るのはお前さん達の方なんだぞ。特にあの宮廷魔導師の坊っちゃんとかな」

「うわぁ、止めてくださいよジークさん。せっかく向こうが接触してこないのにそういうこと言うの。言霊(ことだま)って怖いんですよ？」

「へいへい。つってもなぁ、お前さん達があの坊っちゃんを置いていったあと、本当に死んでるみたいに眠りっぱなしだったんだぞ？ おかげでオレは自宅に戻れないで二日間ここで泊まり込みだよ。文句くらい言わせてくれってくれっての」

そう言いつつ苦々しい表情で頭を掻くジークさんに対し、師匠が間髪を容れずに「どうせ自宅に戻ったって中年男の独り暮らしなんだし、別に良いじゃない」「オレは睡眠には質を求めるたちなんだよ。職場で寝たところで疲れなんて取れるわけがねぇだろ」とかやり始めた。何だろうね、この長年付き合いのあるお店の売れっ子と常連感は。

簡単に割って入れない二人の関係性（昔一緒にパーティーを組んでた）に若干嫉妬し、レイラさんの隣に並んでこっそり舌打ちをする。それを聞きつけたレイラさんに「今度舌打ちの仕方も教えてね」と言われ、簡単に人前で舌打ちをするのを控えようと思った。

結局最後は「ほらほら、お喋りは終いだ。時間だぞ」というジークさんの言葉に追い立てられ、師匠の「しょうがないわね。後で見てあげるから、またうちの閉店時間に来なさい」というグダグダな感じで、それぞれの仕事の持ち場に散ったのだけど——。

森に戻ってクオーツと畑の手入れに精を出して。ついでに朝レイラさんに披露しようと思っていた魔術構築を練習中の頭上に、三週間前と同じ影が降ってきたのは、それからたった四時間後のことだった。

上空でこちらを見下ろすワイバーンは前回の子とは違うようだけど、乗っている人物はほぼ間違いなくあの人だ。

でも今回はワイバーンの口に口輪のようなものをはめてあるから、前回みたいなことにならないようにという配慮は窺えた。単に前回みたいに撃ち落とされたくないからかもしれないけど。

というか、そもそも結界をぶち破ったことについては私もクオーツも師匠にこってり怒られたので、もう一度あれを試す気にはなれない。普段の美食に馴れていたから、じゃがバターだけの食卓は想像以上に辛かった。

「うーん……ねぇクオーツ。あの人ってさ、師匠がいない時間を狙って来たんだと思う？」

「ギャウ！」

「あ、やっぱりそうだよね。クオーツの炎に頼れない私ってそこまで雑魚だと思われてるんだ」

「ギャウー……」

「違う違う、クオーツのことを責めてるわけでも自分を卑下してるわけでもないよ。ただ単に現状を把握してるだけ。でもそうだとしたら、あの人また性懲りもなくこの森に押し入ろうとか思ってるのかな～」

私の言葉にしょぼくれて項垂れるクオーツの顎を片手で持ち上げつつ、もう片方の手で太陽光を遮りながら影を落とす人物を見上げる。新しいワイバーンの手綱を持ち、こちらを見下ろす彼の表情は逆光でよく分からない。が、たぶん良い印象を持てる表情はしていないだろう。

こちらの言葉を理解しているクオーツとは違い、不思議と私も言葉が通じなくてもクオーツが何を言っているのか大体分かる。何でなのかはまったく原理が分からないけど、こういう時にはとても便利だ。師匠に言ったら『もう少し物事を深く考えて生きなさいよ？』と呆れられたけど。

あの時の師匠の言葉に倣い、ひとまず考えようと地面にどっかり腰をおろして、上空の影を無視したまま猫の大きさになっているクオーツを膝に抱き上げ、思案する。どのみちあの後師匠の手によって厳重に張り直された結界に、彼の魔術が通用するとは思えないし。

考えうる一番の可能性としては恥をかかされたお礼参り。宮廷魔導師なら在野の魔術師に負けるのはかなり腹立たしいだろうから。でもそれだったら師匠に直接喧嘩を売りに行けばいいだけだから、わざわざ師匠の留守を狙うのは変だ。

次いで考えられるのは鬼の留守中を狙っての森への侵入。ただしこれは可能性として低い。何てったって彼はこの森に張り巡らされた結界の脅威を身を以て知っているわけだから。

最後にあり得そうなのは、師匠の横でドヤッた私への報復。格の違いを見せつけてきた相手は畏怖の対象になるだろうけど、その横にいた腰巾着には殺意しか抱かないはず——って、おっと？

最後に挙げたこの可能性が一番濃厚そうだ。でもまぁ、そういうことならこっちの取る方針は決まった。

「よし。それじゃクオーツ、今日はもう帰ろっか！」

強い敵に自らぶち当たりに行く気はさらさらない。勇敢と無謀は全然違う。そう思っての言葉だったのに、膝の上のクオーツは「ギャウッ!?」と驚いたように鳴いた。その反動で口から小さな炎が出る。ビックリ炎の火力で数千度。取り扱いに注意のいる子だ。

「いや、だってさ、この結界の中にいれば絶対に私達の身の安全は保証されてるわけだし。危ないことして師匠にまた怒られるのも嫌じゃない？　ジャガイモは嫌いじゃないけど、またジャガイモばっかの食卓になるのはさ～」

不満顔なクオーツのちょっとしっとりしている鼻面を指先でうりうりしつつ、何とか穏便にこの場をやり過ごそうと思っていたその時。上空で口輪を外されたらしいワイバーンが吼えた。直後。

真っ赤なクオーツの身体が膝から浮き、次の瞬間凄まじい速さで上空付近まで飛び立ったかと思うと、猫の子大の身体のまま結界とワイバーンに乗った彼ギリギリの距離で炎を噴いた。

極限まで絞られた炎の一閃。地上からは赤い毛糸のように見えたそれは、寸分違わずワイバーンの片翼を貫いた。血の一滴も降ってこないのは、高温過ぎる炎が傷口まで焼いたから。

浮力を失って悲鳴を上げながら結界に激突するワイバーンと、背中に乗ったままの彼。

結界に開いた穴が小さ過ぎてそこから破られることはないけど……あのままだと結界の外に墜ち

てペシャンコだ！

宮廷魔導師を墜落死させたら師匠が捕まるかもしれない。そう考えた時に、咄嗟に結界の外側を滑り落ちる彼等を追って駆け出した頭の中に、魔術が構築されていく感覚があった。それはさっきレイラさんに披露して見せようとした術式の完成形のようだった。

今までは不完全だったもの。上手く組み立てられないかもしれない。失敗した時の想像に血の気が引く。それでも――！

「えーと、えっと、十八目、三十六目、飛んで六十四目に……二百五目……編み目を封じ、彼の者達を掬いて留めよ!!」

力の限りに叫んだ先で、突然地面から伸び上がった魔力が不格好な籠を編み上げていく。ただその魔力で編み上げた籠に引きずられるみたいに、ゴッソリと身体の中から魔力が抜き取られていく感覚があって。

駆けていた膝がグニャリと力をなくして顔から地面に突っ込みそうになった。けど、幸いそうはならなかった。若干首吊り状態になったものの、服の襟を咥えてくれたクオーツが「グウゥ」と申し訳なさそうに唸るのが聞こえて。

霞む視界の中で愚かなワイバーンと、もっと愚かな宮廷魔術師が急拵えの魔力の籠に受け止められるのを見たところで、意識が途切れ……たかったけど、その前に奴を一発殴らないと気が済まない。ついでに捕まえて師匠の前に引きずり出してジャガイモの食卓から逃れるべく、折れかけていた膝に力を込めた。

――……が。

「前回も思ったが、君は安い挑発に乗るうえにお人好しだな」

私の編み上げた籠の中でワイバーンの傷を癒しながら、そんなふうに皮肉を口にした彼は、呆気にとられた表情の私に向かって「君の師匠に、君の地力を確かめるよう頼まれた」と。耳を疑うようなことを言ったのだ。

＊＊＊

ふと目の前で棚に商品を並べていたルーカスが手を止めた。伏し目がちになると長い睫毛が頬に影を落とす。その表情から大凡（おおよそ）の内容は察せられた。

「結界が反応したか？」

「そうよ」

「あーあ……なぁんか騙し討ちしたみたいで気分が悪ぃな」

「何よ、雇っている間にアリアに情でも移ったの？」

「まぁな。あれだけお前に懐いてる姿を見てりゃそういう気にもなるし、オレは直接仕事の依頼を持ちかけて給金払ってる。多少は情も移るだろうが」

「あら意外。金にがめつくて弱い奴はさっさと切り捨てるって有名なハーヴィーのマスターがそんなこと言うなんて。ねぇ？」

「言ってろ言ってろ。帰った時のアリアの反応が楽しみだぜ。大好きな師匠に騙されたとなりゃあどんな顔するかね」

あの娘の保護者枠を気取るわけじゃねぇが、ほんの少しばかり今回の件に関しては片棒を担がされたことにモヤッとしたので、思わず唇をつき出してそう皮肉れば「オッサンが可愛い子ぶらないでよ、気色悪い」と悪態をつかれたので「お前に言われたかねぇよ」と悪態をつき返した。

事前に今日の予定の打ち合わせはしていたものの、つい次の仕事の時にアリアが向けてくるに違いない軽蔑しきった視線を想像して、下手な芝居を打っちまった。元々あの年頃の娘ってのは、オジサンを虫系の魔物かなんかだと思ってる節があるからな……。

「大体何で宮廷魔導師を脅してまでアリアの能力を確かめる必要があるんだ？ あいつに元々魔力がないのは師匠のお前さんなら知ってるだろ。ましてお前さんの魔力が多少蓄積されたくらいじゃ、掃除婦の仕事以外に就ける職なんてないぞ。下手に魔術師になれるかもなんて希望を持たせるのは残酷だ」

邪険にされる覚悟で頭を掻きながらそう言ったが、ルーカスはこちらの訴えに軽く考える素振りを見せた。人の話を煙に巻くこいつにしては珍しい。そして適当な答えに辿り着いたのか、飄々とした様子で口を開いた。

「あたしは別にアリアがこのまま掃除婦を続けようが、魔術師に憧れようが、そこは別に何でも良いのよ。ただ自己評価の低さは看過できない。いつまでも師匠のあたしの背中に隠れていれば良いってものじゃないわ。アリアに自信をつけさせたいし、同年代に負けて悔しいって感情を植え付けたいのよ」

要するにあのガキを自分の弟子の踏み台にしようって魂胆だが、その言葉はあんまりにも普通で、こいつから最も遠い場所にある人間らしさだと思った。おまけに同年代に負けて悔しいと植え付けるために使うのだ。最年少宮廷魔導師を。

何が別に何でも良いだ。これだとアリアの自己評価を上げてやりたいのか、完膚なきまでに叩き潰したいのか分かったもんじゃねぇ。

しかしだったらアリアが一方的にやられっ放しになるかと言えば、答えは否だ。どうせこいつが選んだというのなら、宮廷魔導師のガキには何らかの制約が設けられてるだろう。それこそ破ったら命に関わるか、それ以上のものが。

オレが昔馴染みの危ない一面に改めて顔を顰めていると、店の前で馬車が停まった。

するとそれまで薄っすらと笑っていたルーカスが馬車の方を見て身構えたように思え、つい気になって同じ方を向いたものの、馬車から降りてきたのはここでサボっている時に何度か見た貴族の女だった。再び視線をルーカスの方へ向けるが、こちらも身体から余分な力が抜けている。妙だな……気のせいか？

歳のせいか戦場での勘働きが鈍ってきたのかと首を傾げていると、ルーカスが扉の向こうから手を振ってくる女に手を振り返す。胡散くさいが非の打ち所がない微笑だ。これにコロッと騙される奴等の暢気さが羨ましいぜ。

「嘘の片棒を担いでくれて助かったわ」

「おう、そう思うなら今度酒でも奢ってくれ」

店のドアが開かれる直前のこのやり取りに頷きつつ、接客用の微笑みを浮かべながらカウンター下で中指を立てるルーカスに追い立てられて店を出た。

＊＊＊

「ひっっっどいですよ師匠、あんな迷惑な人を私に相談もなく手引きするなんて！　報連相って言葉知ってますか⁉」

帰宅後の師匠に向かって大音量で苦情申し立てをしたら、耳を塞ぐ仕草でそれを回避された。腰に手を当てて立腹しているのだと見せつける私の隣では、クオーツが「グルルル！」と同意するように牙を剥いている。

「あの宮廷魔導師の人、また勝手に来たのかと思ってうんざりしてたら懲りもせずにクオーツを挑発するし！」

でも師匠に無言で荷物を差し出されると悲しいかな、素直に受け取ってリビングに運び込んで、今夜の夕飯に使う材料と備蓄分を仕分け、備蓄分は手際よく棚に片付けてしまう我が身を呪う。最早私の意識が介入しているというよりは、長年の経験から自動でそう動くようになっているのだ。

ひとしきり荷物の仕分けと片付けを終え、いつの間にか背後でくつろいでいた師匠に再び向き直って口を開いた。

「こっちが必死で魔力を構築して助けてあげたら『三十点。構築に甘さと粗さが目立つ。咄嗟の判断としては悪くなかったが、最善ではない。あれだけの魔術師に師事していてこの程度となると、君は元の魔力がほぼない人種のようだ』とか……本当に何様なんですか？」

やりたくないと思いつつあの屈辱を知ってほしくて一人芝居をしたけれど、思い出すだけでも腸（はらわた）が煮えくり返るのにそんなことをしたものだから、自家中毒を起こしてしまう。

身ぶり手ぶりを加えて話す私を見て、クオーツもワイバーンの翼を撃ち抜いて墜落させる場面と、墜とされたワイバーンの両方を演じてくれる。その後に自家中毒を起こすところまで同じだ。流石は相棒である。

しかし私達の迫真の演技を見た師匠はそれとは全然別のことが気になったらしい。

「ふぅん？　今のあんたの話を聞く分には、あの魔導師のことを助けた魔力の構築座標は籠……と言うか、ザルみたいな形状だったのかしら？」

「そ……そうですよ。だから馬鹿にされたし、今朝も言ったじゃないですか。どうせ私にはろくな魔力構築はできないって」

身ぶり手ぶりで伝えようとしていた情報を纏めた師匠に、自分が構築した魔術の形を言い当てられて項垂れる。ザルみたいな形状。確かにあれはそう例えられても仕方ない出来だった。私は稀代の天才ルーカス・ベイリーの弟子なのに。

床から飛び立ったクオーツが顎を持ち上げてくれなかったら、そのまま座り込んで膝を抱えてしまっていたかもしれない。親愛の情を込めてクオーツの眉間を指で引っ掻いてやると、気持ち良さそうに目を細めた。最早レッドドラゴンの威厳はどこにもないけど、可愛いから何の問題もないのだ――と。

「違うわよ。咄嗟だった割にはまともに考えて構築したから驚いてるの。確かにあんたの編む籠の出来は良いわ。そんなあんたがあたしの模倣でなく自分で魔力を構築するとそうなるのね。使う時のイメージはあるの？」

不貞腐れていたところで急にそう言われて戸惑いながらも、あの時のことを思い出しつつ問いかけへの答えを考える。きっとこういう時は長く悩んでも仕方がない。だからフッと閃いた直感を頼りに口を開いた。

「え……今回はちょっと本来の用途とずれましたけど、たぶん防御、ですかね。こう上からカポッと被せて外からの攻撃から護るような感じの」

「成程、良いわね面白い解釈よ。でもだとしたら術者を覆うための深さが足りないわね。もっと厚みのある構築をしないと、このままだと壁みたいにして横からの攻撃を防ぐ防御壁にしかならない」

「は、はい」

「それでくくりの公式は何を使ったの？」

くくりの公式というのは、駆け出し魔術師の手引き書に載っている、数式の証明問題の求め方的なものだ。これを使えばどの術式に当てはめたか分かりやすくて想像しやすくなる半面、あてにしすぎると独自性にかけた面白味のない魔術師になる……らしい。

「最初は〝故に此れを貫く刃は在らず。溶け落ち果てよ〟にしようかと思ったんですけど、何となく〝編み目を封じ、彼の者達を掬いて留めよ〟って出てきてしまって。失敗したんだとしたらたぶんあの時だと思います」

クオーツのせいで俯けなくなった視線を師匠に向けて答えを待つ。すると師匠はこの上なく素晴らしい微笑みを浮かべて――……。

「ちょうど良いわアリア、あんたもこの際レイラと一緒に今度の魔術師昇格試験に出てみなさい。記念受験よ」

馬鹿みたいにとんでもないことを、さも当然のように、決定事項として提示したのである。

付き添いで、記念受験と洒落込みます

やってきました、レイラさんの自由への道第一関門である九月十日。しかし何故か私までレイラさんと一緒に魔術師昇格試験の会場前に立っている。

二人でお互いの身許を保証してくれる師の紹介状を受付に提出し、会場の中に足を踏み入れれば、今日の受験者達が硬い表情で最後の問題集確認をしている姿が目に飛び込んできた。

パッと見た感じ顔の半分を包帯で覆い、目深にフードをかぶっている私を気にする余裕のある人はいなさそうだ。というよりも、チラホラ似たような格好の人達もいる。きっと私と同じ枠での受験者だろう。

キョロキョロと落ちつきなく周囲を見回していたら、クスクスと楽しそうに笑う声がして。振り向くとレイラさんが微笑みを浮かべながらこちらを見つめていた。

「ああ、笑ったりしてごめんなさい。でも今日は貴女ここに来られたことが嬉しくて。やっぱりね、一人だと不安だったの」

ちなみに今日までの集大成が発揮できるとウキウキしているレイラさんとは違い、付け焼き刃の私はガチガチだ。今すぐにでも帰りたいことこの上なしである。しかし私に撤退の二文字は許されていなかった。

「は、ははは……そうですね、レイラさん。お、お互いに頑張りましょう」

「ええ。試験教室は違うけれど、筆記試験が終わったらここで落ち合ってお昼を一緒に食べましょうね」

そう言ってはにかむ彼女の表情に少しだけ勇気づけられ、ついでに鞄を重くする要因になっている師匠お手製のお弁当にも鼓舞された。無事に筆記試験を終えて美味しく楽しいお昼にすることを心に誓い、互いに軽く握手をして振り分けられた教室へと向かう。

『魔術師昇格試験にも抜け道というか、飛び級制度みたいなものはあるから。師事している師匠の手伝いとして実働五年以上魔術に関わっていれば、一定の技術と知識を修得したことになるの。師匠が証明のサインと紹介状を書けば学校に通ってなくても会場に入れるわ』

師匠の思いつき癖はいつものことだけど、今回のこればかりは正直無理だと思った。記憶のない状態で拾われて途中から勉強しだしたうえに、魔術師適性どころか魔法使いの適性すらないのにそんな馬鹿なと。でも――。

『あたしの授業を受けてきたあんたなら、筆記試験はそう難しくないと思うわ。今から磨くとしたら実技ね。当日までに座標を口にしないでも籠が編めるところまで持っていくわよ』

その言葉に逃げ道を塞がれたのもある。けれど続いた師匠の『あたしの名前で紹介状を書くんだから、みっともない点数取るんじゃないわよ』と言われた時に、思わず背筋が伸びた。だってこれって考えようによっては、正しく師匠の弟子として送り出されたということだ。

振り分けられた教室の前まで辿り着いて中を覗き込むと、私と同じような経緯で送り出されたのかもしれない受験者達が席について、各々古ぼけた本を手に最後の暗記に勤しんでいた。

そんな光景に気圧されつつ、一般の受験者よりも人数が少ない社会人向けの教室の一番後ろの席に陣取って、師匠の蔵書の中でも特にお世話になってきた本を開く。頁をめくる音だけが満ちる教室に程なく試験官達が入室してきたところで、馴染んだ本とは一旦お別れだ。

彼等に配られた問題用紙を伏せて待つ耳に「それでは始めてください」の声がかかり、一斉に紙が表返される。その問題にザッと目を通した瞬間、机の下で拳を握りしめてしまった。だって……全部バッチリ分かる問題しかないのだ。

鬼のように厳しかった師匠の授業に感謝しつつ問題に取りかかり、その中に問題と解答の噛み合わないものが交じっていたので、それを試験官に尋ねたりと充実した受験者気分を味わった。どのみち次の実技試験で馬脚を露わしてしまうのだし、今この筆記試験くらいは出来の良い弟子でいたい。

満点までは無理だろうけど、せめて試験開始前に試験官から説明があったように、この受験者達の中で実技に多少加点が入るという五指枠を目指した。

——……で、何だかんだと順調に筆記試験が終わり、待ちに待ったお昼休み。

約束通りレイラさんと朝別れた会場の入口で落ち合って、午前中の答え合わせに躍起になる受験者達の隣を刺激しないように通りすぎ、二人で人気の少ない日陰が多い中庭の端にある蔦が絡まる石造りのベンチに落ち着いた。

私は師匠から持たせてもらったお弁当を。レイラさんは師匠から教えてもらった美容食材で自ら拵えたお弁当を取り出し、膝の上で包みを広げる。

そうしてお互いにお弁当を口にしながら、午前中の筆記試験の出来映えについて意見交換と答え合わせをしてみた。一問だけ師匠手持ちの本の内容が古かった問を除けば、概ね正解だろうという結果に胸を撫で下ろす。

「今の答え合わせの分だったら私もレイラさんも合格点ですね」

「ええ。筆記試験の結果発表はたぶんお昼休み中に終わるわ。でもそうなればいよいよ実技試験ね……不安だわ」

「レイラさんの実力なら大丈夫ですよ。ギルドマスターのジークさんが認めたんだから、実技は通ったも同然です。むしろ心配なのは私の方ですよ。この日に合わせて付け焼き刃をしただけなんですから」

「まぁ、そんなことないわ。アリアさんの魔術構築はベイリー様のお弟子さんらしく、短期間で習得したとは思えない見事な出来だもの」

なんて讃えあって。ほんの僅かな時間でも学生生活を味わえるというだけで充分気分が高揚したまま二人、午後の筆記試験結果の張り出しを告げる鐘が鳴るのを待った。

――そして。

「あ、ほらあそこにありますよ、レイラさんの名前！」

「あちらにアリアさんの名前もあるわ！」

ついにお昼休み終了の鐘が鳴り、レイラさんと一緒に張り出された午前中の筆記試験の結果を見に行き、無事に午後の実技試験に進むことができることにひとまず手を取り合って喜ぶ。私の順位は実務経験受験者達の第四位。何とか実技試験でちょっとだけ色をつけてもらえる五指に滑り込めたみたいだ。

そんな私達のような人は他にもいて。けれど当然肩を落として掲示板の前から去っていく人達もいた。無神経に騒いでしまったことを恥じつつ、慌てて掲示板の前から移動した私の視界にこれまで二度顔を合わせておきながら、ろくに建設的な会話をしなかった人物が映り込んだ。

――というか、映り込まない方が無理。だってかなりな人だかりだ。中身があんなに無礼な人でも顔と才能があれば人気者になれるらしい。すると私の視線の行方に気が付いたレイラさんが「ああ」と何かを納得したふうに頷く。

「エドモント・オルフェウス様ね。たぶん彼は今日の実技試験の試験官に選ばれたのではないかしら。才能の問題が大きいけれど、史上最年少の宮廷魔導師の肩書きは夢があるもの」

そう言うレイラさんにとっても憧れの対象なのか、少し頬を染める横顔が可愛い。しかし私にしてみれば彼が実技試験の試験官だなんてゾッとする話だ。これまで二回しか顔合わせをしていないけど、私と彼の相性は最悪だと思う。絶対に凄まじい酷評をしてくれるだろうことが今からすでに予想される。

けれどまぁ、彼女の憧れと私と彼の禍根はまったく無関係なので、下手に心配させるようなことは言わないでおこう。

「成程。有名な広告塔を連れてきて、この試験に挑む人達を活気付けようって魂胆なんですね」

「分かりやすく言えばそうね。市井の魔法使いはなかなか魔術師に昇格しようとする人は少ないの。普通に魔力があってそれを行使できるだけでも仕事には困らないから、変に束縛されて自由を失うのは嫌みたい」

レイラさんのその言葉に、考えてみれば確かにそうだなと思う。誰だって重たい鎖に繋がれるのは嫌だ。多くを望まないで身の丈にあった生活と自由が手許にあるならそこで満足して良いんじゃないかと。勿論個人の自由だし上昇志向があるのはいいことだけども……と。

一瞬だけこちらを見た彼と視線がぶつかった。でもそれだけ。顔を顰めるようなことはなかった代わりに、その他の感情も何もない。けれどそれはこっちにしても同じこと。できればこっちの実技試験の試験官が彼でないことを祈りつつ、午後の試験開始の鐘が鳴ったので、レイラさんと帰りの約束を交わしてそこで別れた。

――だがしかし、嫌な予感というのは往々にして当たるもので……。

「これから行う実技試験は二人一組になってもらい、互いに魔術を構築してぶつけ合ってもらう。ただ分かっていると思うがこれは私闘ではない。過度な攻撃性を見せた者には相応の処置をとる。では先程掲示板に張り出された成績順に組んで」

講堂に立ってそう告げるのは、当たったら嫌だな～と思っていたエドモント・オルフェウスその人だった。おまけに説明する間に何故かこちらを数度チラチラと見てきたことを鑑みるに、過度な攻撃性の持ち主だと思われているのだろうか。だとしたら心外な。侵入者の排除に攻撃性を見せない人間なんていないだろうに……。

私を含めて三十人の受験者に対し試験官は六人。筆記の時よりも人数が増えているのは、実技がそれだけ危険ということだ。五組に分かれたあとの実技の披露は成績順なので、最初は下位の人達から。

見取り稽古のつもりで受験者達の技を眺めて順番を待つ。流石に五年以上の実務経験者の集まりとあって激しい。迫力はたぶん普通の受験者よりあるけれど、誰もが最初の注意事項を守って技をぶつけ合う。

防戦一方という人。攻戦一方の人。両方上手くこなすけど決め手に欠ける人。捕縛に長けた人。変わったところだと相手の操作に長けた人などもいた。皆師事している先生の特徴らしきものを術式のどこかに持っていて面白い。けれどその違いを楽しんでばかりもいられない。

どの受験者にも言えるのは元から持つ魔力量の多さだ。見取り稽古といっても元の魔力がゼロで、師匠の魔力を蓄積しただけの私とは違う。

勿論試験に挑むことになってからも毎日師匠の魔力はもらっている。師匠は言わないけれど、きっといつもより多めに注いでくれていた。彼等、彼女等の戦い方をしていては、私はあっという間に魔力切れを起こすだろう。

加えて私の組む相手は三番目の成績の人だ。筋骨隆々の魔術師というよりは戦士寄りの体型をした若い男性。左手を何らかの理由で欠損したらしく、義手だった。でもそれを補ってあまりある筋肉。連続して術式を練れる体力もあるに違いない。

戦い方を考えないと制限時間の二十分よりも前に倒れてしまうだろう。考えている間にもどんどん順番は近付いてきて、いよいよ私の出番が回ってきてしまった。

「次、三番と四番、前へ」

この試験の最高責任者はエドモント・オルフェウスらしく、鋭い声で呼ばれて広く場所を空けられた部屋の中心に進み出る。そこで両者相対して一礼。彼の「始め」の声がかかった直後、対戦相手の放った火球が私に襲いかかる。

それを師匠直伝の雪の魔法陣から構築した氷柱で相殺。見学中の受験者達の間から歓声が上がる。大量の水蒸気に遮られた視界の向こうから新しく魔術を構築する気配を感じて、なるべく魔力消費の少ない魔法陣を構築していく。

次いで飛んできた炎の鞭には氷の盾。構築の範囲はできるだけ小さく密度を持たせて。今度はこちらから氷の飛礫。難なく炎の壁で溶かし尽くされた。攻防一対。相手側の方が属性的にも能力的にも有利。

そんな結構絶望的な状態なのに――……ああ、変だな。こんなにも師匠を近くに感じて楽しいなんて！　唇の端が笑みの形に持ち上がる感覚をどこか他人事のように感じながら、私は自分の術式を発動させて構築していく。

勝てるかな。勝てたら良いな。師匠の弟子として胸を張りたい。そんな思いが編み込まれた術式を「残り制限時間三分！」という声を意識の片隅に聞いて、全力で相手に放った。

＊＊＊

「ひとまずは二人ともお疲れ様。あとは二週間後の結果待ちね」

「たぶん私は落ちてますすけど、本来魔力を持ってないのに師匠の魔力を借りてのズルイ受験生ですから問題ないです。でもきっとレイラさんは受かってますよ！」

陽気にそう笑って何度目かの乾杯をして、一気にビアマグを傾けた。中身は極薄い果実酒だけど、何杯も飲めばほんのりふわふわと心地好い酔いが回ってくる。

試験後は朝の打ち合わせ通り師匠の店に顔を出し、早めに店を閉めてもらってご苦労様会の席を提供してもらった私とレイラさん。首飾りからお留守番だったクオーツも喚び、店の応接用テーブルの上に並べられた果実酒と師匠特製のご馳走を食べて、ここにいる全員がご機嫌である。

「あら、そんなことないわよ。筆記試験四位の結果はあんたのこれまでの努力によるものでしょうが。あたしの魔力を借りていようがいなかろうが、筆記でふるい落とされたらおしまいよ」

「その通りよアリアさん。まだ魔力の構築を始めて数ヵ月しか経っていないのに、貴女の考えた籠形魔法陣の効果はとても面白かった。自身を覆って防壁にするだけでなく、敵にかぶせてその力を奪い攻撃を軽減させる。もしわたしが今日の試験官だったら通してしまうわ」

レイラさんの言う面白い魔法陣の効果というのは、ほんの僅かにしか発動しない吸収（ドレイン）のことだ。

魔力量が少ないからこその情けない発想だけど、実技試験で最後まで膝をつくことがなかったのはこの属性付与のおかげである。三番手の義手の男性から魔力を少々いただいたのだ。

「え、え〜？　二人とも褒めすぎですよ〜」

「その割にニヤニヤしてるじゃない？」

「褒め言葉は自身を成長させる糧になりますわ。貯蓄だと思って受け取って頂戴」

尊敬している二人からそう言われて満更でもない私の膝の上で、クオーツまでもが「ギャワワウウウー!!」とご機嫌に鳴いた。その口の周りはソーセージの油でテカテカと輝いている。すっかり街っ子なレッドドラゴンだ。

構築練習の過程で副産物として得た吸収の能力。師匠との練習の時に偶然〝魔力が多くて羨ましい〟という感情が座標として現れ、それが何の座標かも分からずに組み込んだところ、師匠から『ふぅん？　あたしから魔力を奪おうだなんて生意気じゃない』と笑われて。

直後に視界が真っ暗になった。それが肉体に収まりきらない魔力の過剰摂取のせいだと知ったのは、丸一日寝込んだあとだった。師匠の魔力を注がれるには私の小さな器は役立たずで、収まりきらない魔力を注がれたことでそうなったらしい。目を覚ましたその日に枕元で、

『諸刃の剣ね、この能力。あたしと同等の魔術師か、あんたより魔力量の多い理詰めの奴には使わない方が良いわ。女のあんたが敵前で気絶したりすれば、その間に何されるか分かったもんじゃないもの』

――と、微苦笑を浮かべた師匠に言われてしまった。一応女性扱いをされたことに喜んだのも束

の間。私が気絶していた一日の間に城の中はもれなく腐海と化していた。ちなみに今も靴下四足の片割れが行方不明だ。度し難い。

「あ、そういえばその魔力吸収のことで気になってたんですけど、普通はあんまり使われない術式なんですか？」

私程度が使っても魔力不足で失神しなくなるくらいしか恩恵はない。むしろ師匠やレイラさんのように強い人が使った方が絶対に恩恵は大きいはず。なのに今日の実技試験では相手をしてくれた三番手の人を含め、結構驚かれてしまった。

すると私の質問に顔を見合わせた師匠とレイラさんの二人が笑う。何かおかしなことを聞いたかと思って首を捻っていると、そんな私を見ていたレイラさんが口を開いた。

「ええとね……魔力は一旦体内に取り込んでしまうと、個人を割り出せるくらい術者の肉体に根付いてしまうの。血液や肉と同じ扱いなのは知っていると思うけれど、兄弟や親子間だとたまに適合することもあるわ」

返事をして頷こうとした私の口に、膝に乗ったまま忘れ去られていたクオーツがフォークで器用に抗議の肉団子を突っ込んでくる。師匠が作ってくれた肉汁たっぷりの肉団子は美味しいけど、予想より中が熱くて舌を火傷した。仕返しにクオーツの鼻に細切りセロリを突っ込んだ。

クオーツからさらなる仕返しにディップを頬に塗り付けられたので、無言でパセリを口に突っ込んで応戦したところで師匠に「食べ物で遊ぶんじゃないわよ」と、喧嘩両成敗デコピンをくらった。お馬鹿な私とクオーツのやり取りを見て顔を手で覆い隠し、肩を震わせて笑うレイラさん。お酒が良い感じに回っているのだろう。意外と笑い上戸なのかとジト目で見ていたら、師匠が「あたしが引き継ぐわ」と笑いの収まらないレイラさんの代わりをかって出てくれた。

「要するにただ奪う方法だと思いつく魔術師はいるけど、その能力で得た魔力を自分のものにできる魔術師は稀なのよ。普通は自分の中に持っている魔力と融合させられない。他者の魔力っていうのは本来水と油のように弾き合うの」

「ええ？　でも現に私は師匠の魔力をそのままずっと蓄積できてるんですよね？」

「そこが不思議なのよねぇ。よっぽどあたし達の魔力の相性が良いのか、どんな魔力でも節操なく吸収できるあんたの体質が特殊なのか……」

眉間に皺を寄せて顎に手を当て、悩ましげに小首を傾げる師匠。節操がないという表現にひっそり傷ついていたら、笑いの発作から解放されたレイラさんが「節操がないだなんてとんでもない。師弟愛が為せる技ですよ」とフォローをしてくれた。そのことにほんの少し慰められていたら、クオーツまでもが小さく炎を吐いて抗議してくれる。

レッドドラゴンと良家のお嬢さんに責められた師匠は、新しいワインのコルク栓を抜きながら苦笑して。これ以上絡まれる前に潰してやろうという魂胆見え見えの体で、私達に最高級のワインを記憶が飛ぶまで飲ませてくれた。

＊＊＊

何だかんだで楽しい思い出となった魔術師昇格試験から二週間。

ちょうど師匠のお店が定休日だったので、せっかくだから師匠のお店前で待ち合わせて三人で試験の結果発表を見に来たのだけれど――。

「おめでとうレイラ。これであんたも今日からこの国の魔術師の一人ね」

「ありがとう、ございます。これもお付き合いくださったお二人のおかげですわ」

「何を言ってるの。努力したのはあんたでしょ。あたし達は発破をかけただけよ。それに今回は残念だったけど、あんたも良く頑張ったわアリア。付け焼き刃でここまで構築が上達したんだから大したものよ」

「ありがとうございます師匠。師匠の鬼のようなしごきに耐えた甲斐がありました。それからレイラさん、昇格試験合格おめでとうございます」

受験者でごった返す視線の先に掲げられた合格発表の掲示板に私の番号はない。当然の結果なので驚きはないのだけれど、当の私よりもレイラさんの方がしょんぼりと項垂れている。私のことで落ち込んでくれるのは若干嬉しいけれど、せっかく合格したのに勿体ない。

そんな地面を見つめているレイラさんを挟んで師匠と目配せ。こんなことになるだろうと思って用意していたとっておきをポケットの中で軽く握り込み、明るい声音で「レイラさん」と彼女の名を呼んで、ゆっくりと顔を上げる彼女の前に拳を突き出す。

「これ、師匠と私から。合格祝いです」

「え？　でもわたしは何も――」

「あたしは加工を担当しただけよ。ほとんどはアリアの頑張りね。何にも考えずに受け取ってやって頂戴」

師匠の付け加えた最後の一言で、咄嗟に辞退しようとしかけていた手を、申し訳なさそうに受け取る形にしてくれた。水を掬う形に揃えられた両の掌に私お手製の小さな蓋付きの籠を乗せる。視線で開けるように促すと、彼女はそっと壊れ物を扱うみたいに蓋を開けて。次の瞬間息を呑んだ。

彼女の細い指先が摘み上げたそれは、私が採取して師匠が加工してくれたドロップツリーの樹液でできたブローチ。台座はプラチナの蔓形で、据えられた樹液はその模様をそのまま活かした。

ドロップツリーの樹液は百年ほど経つとダイヤと同じ硬度を持つようになる。おまけに魔力も含んでいるので魔装具品として有名だ。効果は魔法陣構築時の魔力消費量減少。

薄いピンク色の樹液は固まった時代の差で濃度が変わり、何重にも連なった花弁の如く形成されるとあって大変市場人気が高い。加えてドロップツリー自体が結構強い気根系モンスター。うちの森の奥地にしか生息しないうえに個体数も少ない。

要約すれば〝超稀少品〟である。地面から私を突き殺そうとしてくる気根を、クオーツの背に乗ってやり過ごし、空からドロップツリーの本体真上に籠を構築。全体までは覆えなくても、本体の魔力を吸収して気根の動きを鈍らせるくらいならできた。そのうえで樹液を奪取したのだ。

「こんな――……こんな稀少なもの、とてもいただけませんわ」

「でもレイラさんがもらってくれないと、それジークさんにあげちゃいますよ」

「そうね。それであっという間に飲み代に消えるわ」

勿論嘘だ。そんなに容易くあげたりしない。私も師匠も慈善事業者ではないので、市場に出回るより多少お安く売り付ける。あくまでも多少。ギルドマスターの月給を四ヶ月分ほどいただくけどね。

だけど本来ギルドに入るようなお育ちではないレイラさんは素直に「はっ……ええ？　こんなに稀少で美しいものを飲み代にですか？」と戸惑い顔だ。よーし、あと一押し。

「流石に全部ではないと信じたいですけど、あの人のことだから飲み代にはすると思いますよ。ね、師匠？」

「間違いなく、迷うことなくするわね。あの馬鹿なら。たぶん〝稀少だろうが何だろうが、アイテムで腹は膨れねぇ〟くらいは言うと思うわ」

ジークさんなら絶対言う。むしろ言う姿しか想像できない。二人でたたみかける要領で追い詰めると彼女はようやく納得したのか、表情を硬くして「慎んで頂戴致しますわ」と強く頷くと、おずおずと服の胸元にブローチをつけてくれた。

飾り気の少ない強そうな衣装のそこだけが乙女の色合いに染まって、非常に可憐である。大満足な装いになった彼女に「思った通り似合ってますよ」と言えば、レイラさんはほんのりと頬を染めてはにかんだ。

「さてと、それじゃあもうここに長居する必要もないわね。アリア、次はあんたへのご褒美の番よ。三人で何か甘いものでも買い食いしましょう。この間裏通りに新しくできた店があるの。穴場だから人もそこまで多くないわ」

「外で食べられる甘いもの！　しかも人目が少ないってことは……」

「前髪だけ気をつけてたらフードは脱いでても大丈夫ってことよ」

「ですよね。やった〜！」

「あの、わたしもご一緒してよろしいのですか？」

「良いわよ。勿論あたしの奢り。あんたも十月目前で体重が気になってるでしょうけど、今日くらい好きなだけ食べなさい」

そんな感じで午後の予定が決まり、さてそれじゃあ出発しようかと三人で受験者達の人だかりから離れかけたその時、不意に掲示板の方が騒がしくなった。師匠が背の高さを活かして、陽射しを手びさしで遮りながら状況を探ろうとしてくれる。

宝石みたいな紅い双眸が眇（すが）められるだけでも美の暴力。それを下から見上げつつ「何か見えました？」と私が尋ねると、こちらを見下ろした師匠が微妙な表情で「ちょっと面倒なことになるかもしれないわねぇ」と言う。

何のことかとレイラさんと二人で首を傾げれば、師匠の口から「今ね、掲示板に新しい情報が足されたのよ」と続き。その言葉にさらに二人で頷くと、俄（にわか）に周囲の受験者達が戸惑いながら口にする数字が耳に入ってきた。

ふとついさっきまで手にしていて、もう必要がなくなったのでポケットにねじ込んだ受験票が頭を過る。

「アリア、あんたいったい何したの？」

麗しの師匠にそう悩ましげな溜息と共に聞かれましても、私にも身に覚えがないのですが。たぶんそんな困惑の表情が浮かんだんだろう。師匠は一瞬考え込む素振りをした。

「本当に試験官や受験者達に目をつけられるようなことをした覚えはないのね？」

「してませんよ〜。初めての場所で右も左も分からないのに」

「それに受験の追試というのもおかしな話ですわ。普通は来年度の昇格試験まで待たなければならないのに……」

掲示板に新たに書き足されたのは、私の受験番号と明日にでも魔法学園に追試に来るようにとの内容だった。勿論追試をされるような心当たりはまったくない。

ひとまずあのままあそこにいても、同じ教室で受験した人に見つかれば妙なやっかみを買いそうだという師匠の言葉で、当初の目的通り穴場の甘味どころに場所を移し、可愛らしいケーキをつつきながら思案顔でのお茶会となった。

せっかく受験の重圧から解き放たれて美味しい甘味を食べに来たのに、いまいち素直に楽しめない。誰が何のためにわざわざあんな追記をしたのか分からないものの、水を差されて腹立たしいことこの上ないぞ。

「ま、本人に覚えがないなら話は簡単ね。今回の受験はそもそもあたしが弟子のあんたの成長を知りたくて、あの宮廷魔導師の坊やをけしかけただけだもの。そのおかげで今のあんたの力量も大体分かった。後はあんたが魔術師になることに興味がないのだったら、もうあの呼び出しに応じる必要はないわ」

「レイラさんの前でこんなことを言うのは失礼かもなんですけど……魔術師になることに特に興味はないですね。それよりも師匠の言葉をそのまま受け取るなら、招集を無視するってことですか？

そんなことしても大丈夫なんです？」

「ええ。アリアさんはまだ国に登録される魔術師としての縛りがない状態だから、あの呼び出しに拘束力はないわ」

「そういうこと。分かったらもう情けない顔をしてないで、おかわりでも注文なさい。クオーツのお土産もあんたが選ぶのよ？」

二人から心強い答えをもらったことで安心した私は、汚城で留守番をしてくれているクオーツのためと、しばらく街に出てくることのない自分のために、師匠が呆れるくらい大量のお土産を注文したのだった。

＊＊＊

——三日後。

ひとまず無視したところで何の音沙汰もなく無事に日が過ぎたので、例によって例の如く早朝ギルドの掃除に励んでいる。しかし毎日不思議なくらい新しい汚れが見つかるものだ。おかげで掃除用具の消耗の早いこと早いこと。

先日経費でデッキブラシを新調してもらっていなかったら、また毛の少なくなったたわしで床を磨かないといけないところだ——と、大まかにスライム溶液で床石の血の染みを溶かしてデッキブラシで磨きながら思う。

「あ、クオーツ。血の臭いがするからってバケツのお水飲んじゃ駄目だよ。時間が経ってるやつだとお腹壊すかもしれないから」

「クルルル……」

「うわ不満そう～。冗談だってば。毎日師匠の美味しいご飯食べてるんだから、血の臭いがする程度でバケツのお水は飲まないよね～」

「ギャウギャウ！」

心配性な師匠の依頼を受け、護衛としてついてきてくれたクオーツをからかったら、クオーツは縁をおさえて覗き込んでいたバケツから顔を上げて抗議してくる。でもちょっぴり舐めようと伸ばしていた舌がしまえてませんよ。

「今夜は久しぶりに師匠に頼んで未調理の生肉でも食べてみる？」

「キュー……ウウウ！」

「あはは、一瞬悩んだけど嫌か～。本当に街の子になっちゃったね～」

なんてことを話しながら目地(めじ)に残った血液汚れを雑巾の端をスライム溶液に浸し、指に巻き付けて拭っていく。

多少指先が溶液に溶かされてピリピリするものの、希釈してあるからすぐに洗い流せば大事にはならない。二日ほど指紋はなくなるし、細かく傷ができるから料理はできなくなる。まぁ……私の場合は傷がなくても食材に触らせてもらえないけど。

いったいここで何があったんだ、まさか殺人ではあるまいなと思いつつ黙々と錆色の床を磨ききり、掃除道具を元の場所に片付けきったところで柱時計が鳴り、まるで見計らったように裏口のドアノブが回った。

けれどいつものように両手を給金袋が置きやすい形にしてドアに近付くより早く、クオーツが私の襟首を咥えて魔法陣の方へと引きずろうとして。その奇妙な行動に怪訝な表情を浮かべながらも従うと、薄く開かれたドアの向こうから思いがけない二人組が姿を現した。

「ほらよ。まだ誰もいねぇだろうが。ったく、宮廷魔導師様だかなんだか知らんがな、こっちの就業時間を無視するのはやめてもらいたいもんだぜ」

「それについては申し訳ない。だが金はそちらの言い値で払う」

「そういう問題でもないんだわ。うちが貸せるのは戦闘員であって掃除婦じゃあない。掃除婦が欲しいなら家政ギルドの方に行ってくれると助かるんだがな？」

凄く不本意そうな表情のジークさんとあのエドモント・オルフェウス。接点らしい接点なんて私が彼をここに放置したことくらいのはずだけど……と思っていたら、急に彼が迷いなく私とクオーツの隠れている方に向かって歩いてくる。

慌てて魔法陣に飛び乗ろうとしたその時運悪く魔法陣が光り、そこから泉の精霊と見紛う師匠が現れたかと思うと、いきなり抱き寄せられて。

「……彼女をお借りしたい」

「残念、お断りよ」

師匠の良い匂いだけど硬い胸に顔を埋めた状態の私の頭上で、何か分からないけど緊張が走った
……って、ええ？　本当に何ごと？

朝の爽やかな気配から一転、どす黒い空気が渦巻いた空間に待ったをかけてくれたジークさんに連れられ、話し合いの場所をギルドマスター……要するにジークさんの執務室に移した。

宮廷魔導師様な彼は前回ここに来る羽目になった経緯のためか、この部屋に入るなりうっすら嫌な表情を浮かべたけど気にしない。

大きくて立派だけどかなり年季の入った応接ソファーの上からジークさんの脱ぎ散らかした服や、食べこぼしの目立つ書類を端に避けることから始まった。ちなみに片付けをしたのは私一人。いつもお手伝いをしてくれるクオーツ以外の男性三人は役に立ちそうもなかったから、部屋の隅に寄っていてもらった。

時間外労働なのであとでお給金の追加を申し出ようと心密かに決めつつ、最終的に師匠と私、膝の上にクオーツ、向かい側に毎度お騒がせな登場をする彼、ジークさんは執務椅子という場所に落ち着いた。

「え～と……それで、エドモント・オルフェウス様でしたっけ？　追試の呼び出しに応じなかったからこんなところまで来たんですか？」

「待て待て。こんなところとか言うなって。一応うちだって裏じゃあそれなりに名前が売れてるギルドなんだぞ」

ギルドの就業時間が近付いているのでさっさと核心をついた質問をしたのに、それを聞いていたジークさんからこちらの気遣いを無視したヤジが飛ぶ。

クオーツだって静かに空気を読んでくれているのに……と思っていたら、隣に座っていた師匠がてしまった。

「ジーク、裏で有名っていうのは表じゃ無名と同義なのよ」と容赦のない突っ込みを入れて黙らせ

部屋を貸してくれている手前少し可哀想だなとは思ったものの、ジークさんは室内の時計に視線をやると、伸びを一つ。執務椅子から立ち上がるとドアの方に向かって歩き出す。

「へいへい。そんじゃあそろそろ一番早い連中が仕事に来る時間帯だからよ、うちの連中に表の方にまで轟くような仕事でもさせてくるわ。まぁ、書類に触らない限りはこの部屋は好きに使っとけ。じゃあな」

そう言うが早いかジークさんの姿はドアの向こうへと消えて。室内には正当な部屋の主をそっちのけにした三人と一匹だけが残された。

「では……話を続けるが、そういえばそんな話もあったな。僕はその件とは別件だが、一応そちらの話もしておこう」

おかしいな。別件って言ったこの人？　という疑問は隣の師匠に筒抜けだったらしく、こちらに視線を寄越す師匠の瞳に〝様子見するわよ〟とあったので、ひとまず頷いた。クオーツは分かっているのかいないのか、長い首を緩く上下に揺らす。

でも向かいの彼を見る目が怖いのは何でだろうね。

「合格者発表の日に掲示板に付け加えられた君の受験番号と〝追試〟の理由は、まず君の年頃で実務経験が五年あるということと、筆記試験の結果。そして実技試験で見せた魔術構築の独自性に注目した他の試験官達が、君を入学させて一から学ばせてみてはどうかという見解を持ったからだ」

こうして淡々と理由を語られてみて一応は合点がいった。私としても今まで学校に通うという経験がないので憧れがないわけでもない。決して悪い条件ではないんだろうけど、だからといって今さら引きこもりの私が一般の子達と机を並べて勉強ができるかというと――……自信がない。

何よりも顔の傷について絶対に何か言われるのは間違いないだろう。あの日は私の他にもそういう人がいたから気にならなかったけれど、基本的に外の人間は怖い。こちらが何もしていなくても瑕疵を探してくる視線を思い出して、思わず膝の上にいたクオーツを抱き締めた。

「そう。そういうことなら一応合点がいくわ。でもね、魔導師の坊や。あたしは弟子が怖がる場所に通わせるつもりはないの。この子はこれまで通りあたしの下で魔術を学ばせるわ。この子にその気があるのなら、そして本当にその道を目指すつもりなら。あたしは師として次の試験までに魔術師として仕上げる」

きっぱりとした声でそう言ってのけてくれた師匠を見つめると、こちらを見ないまま「不細工な表情してるんじゃないわよ」と呆れたような、甘やかすような声が返ってきた。この人は普段の生活態度が全然しっかりしてないのに、時々こうやって大人なところを見せては私のなけなしの乙女心をくすぐってくる。

弟子で良かった。師匠の珍しく険しさの残る横顔に見惚れていたら、オルフェウス様が「次は僕の用件だが」と、無粋にこの空気をぶった切ってくれた。どこまで好感度を下げるつもりなのだろうかと思いながらも嫌々そちらへ視線を移せば、彼はこちらの不機嫌さをものともせずに無表情に口を開く。

「無駄は嫌いなので単刀直入に言う。君に僕の助手になってもらいたい。移動に使う新しいワイバーンを捕らえに行きたい」

――ほうほう、成程。これは非常に簡単な問題で師匠に伺いを立てるまでもない。無駄は嫌いだそうなのでこちらも言葉を選ばずにバッサリ答えることにした。

「は？　単刀直入に言って嫌です。でも一応興味本位で聞きますけど、前にいた二頭はどうしたんですか？　あとどうして魔力もほとんどない私にそんな面倒……おっと、重要そうな仕事ができると思うんです？」

流石に間髪を容れずに断られると思っていなかったのだろう。一瞬だけ髪と同じ紫紺色の目が見開かれたことに内心愉快な気分になった。

すると彼は苦虫を噛み潰したような表情で「断るなら聞く必要はないだろう」と、宣言通りこれ以上の会話に費やす時間の無駄を悟って席を立とうとしたのだけれど、隣にいた師匠が「ちょっと面白そうな依頼ねぇ」とぽつりと言ったので。

「座って。もう少し詳しい話でも聞かせてもらいましょうか。特に私の何が助手として求められているのか教えてほしいです」

まぁ師匠が乗り気だって言うなら？　断るのもなんですし？　さっきの言葉はなかったことに。前言撤回と決め込みますとも。

こっちの掌返しにオルフェウス様の顔に苦々しい感情が広がっていく。そこは話を聞いてもらえることを喜ぶところでしょうが。会話の主導権を握ってドヤッている私を見て、師匠がニヤッと悪い笑みを浮かべながら「ですってよ?」とさらに追撃する。

ドヤッとニヤッに挟まれ、宮廷魔導師の肩書が魔物が跋扈する森に住む私達に効かないと分かったのか、オルフェウス様は溜息をひとつ吐き、不機嫌そうに口を開いた。

「君の大雑把で適当な魔術が、数で押してくるワイバーンの捕獲に最も適しているからだ」

「ふむふむ、籠編みの魔術は私みたいに懐が広くないと使えない魔術で、オルフェウス様はみみっち……いえ、正確無比な遊びのない魔術しか使えないから、自在に飛び回るワイバーンを捕まえるのに適さないってことですか。理解しました」

「君は余計な言葉を挟まないと会話ができないのか?」

「オルフェウス様こそ素直に〝オレの魔術だと相性が悪いんだよね。だから手伝ってほしいんだ。勿論無料でとは言わないよ〟くらい言えないんです? 私は別に貴男の同僚でも、部下でも、友人でもないんですから。その鼻につく態度を改めないと職場で絶対嫌われてますよ」

「………………余計なお世話だ」

「あ、すみません。図星指しちゃいましたね」

ひゅー、睨んでる睨んでる。普段毒舌な師匠と会話をしている私と皮肉の応酬をしようなんて百年早いわ。ここでさらに〝疲れ目になりますよ?〟とか煽ったらどうなるんだろうと思っていたら、ようやく師匠が「あんまり坊やをイジメないの」と口を開いたので、お利口さんな私は口を閉じた。

「アリア、魔術は想像力だって教えたでしょう?」

「はい。百万回は聞いてると思います」

「どれだけ頭に留めてるのかは気になるとこだけど、まぁいいわ。おそらくだけど、坊やの魔術の中にも大量に敵を拘束するものはあるわ。ただあんたが今言ったように、とても精緻なものよ。これは憶測だけれど対象者の影を縛る系だと思うわ。この手のものは陽の下やほんの僅かでも光があれば使える。多人数の足止めには最適よ。でも弱点がある。それが何か分かるかしら？」

歌うような師匠の美声に聴き入る私の正面で、オルフェウス様が眉間の皺を一層深くした。今日はやたらと図星を指される日だと思ってるんだろうか。でも止めに入らないということはこの弱点は聞いても良いってことなんだろう。そもそも宮廷魔導師の弱点を一つ知ったところで私が勝てるわけもないもんね。

ということで、師匠から出された問題を考えてみる。

光があれば大勢を一網打尽にできる。わざわざほんの僅かでもというからには、よっぽど弱い光でも薄く影ができれば大丈夫で、大勢が一斉に止まってる状態なんてほとんどないだろうから、対象者が動いていても問題なさそう。

大事なのは影を使うことだけど、出題内容から考えるに〝影ができない雨天や新月を想定しないものとする〟はあり得る。

それ以外で影を使えない条件となると――……。

「ああ、分かりました！　影を映す地面ないし壁や天井がないと使えないんだ‼」

閃きの興奮のまま思わず割と大きな声で答えた私に、図星を指されすぎたオルフェウス様から「言っておくが他にも捕縛する魔術は使える。効率的に複数捕まえた中から選びたいんだ」という、胸のすく負け犬の遠吠えを聞けたけど。

師匠の「正解。やるじゃない」の言葉の前には無価値なんですよ。

デッキブラシの竜騎士爆誕

新しい移動用ワイバーンを二頭ご所望という宮廷魔導師様の依頼を請け、初めて師匠とパーティーを組めることに喜び勇んで準備に取りかかった三日後。

「師匠どうです？　この格好似合ってますか？」

「馬子にも衣装って言いたいところだけど、悪くないわよ。流石は竜騎士専用の騎乗服ね。いつもの野暮ったい格好よりもだいぶ垢抜けて見えるわ。まぁあたしの見立てでもあるでしょうけど」

まだ外に薄暗さの残る早朝のギルドホールで、新しい服……今日の〝仕事〟に耐え得る頑丈な服に袖を通して師匠に向き直ると、師匠から思いのほか好評価をもらってしまった。まぁ服を選んでくれたのは師匠なのだからそれも当然なんだけど。

通常のトラウザーズと違い布ではなくてコーヒー豆色の革でできたそれは、ぴったりと下半身に吸い付くみたいだし、薄手なのに耐刃性。足許はかっちり目のベージュのブーツ。

上半身の一角ウサギの革でできた耐貫通性のあるポケットいっぱいのジャケットは、この季節に着るには少し暑いけどクリーム色で可愛らしい。その下は薄い緑色のコットンシャツ。これらの総額がいくらなのか怖くて聞けないけど、好きな人に褒められるのは嬉しい。

「えっへへっへっへっへ」

「ただ欲を言えばあんたのその変な笑い方と、気の抜ける武器さえなければもっと良いんだけど」

「くっ……そうやって褒めたあとにすぐ水を差す。だって師匠が言ったんじゃないですか。クオーツの背中に乗ったまま魔術を構築する時は、平地に立ってる時より魔力の指向性の感覚を掴むのが難しいから、指向性を持たせやすい杖か何か棒状のものがあると良いって」

「言ったわよ。でもだからって何でよりによってデッキブラシなの。刃引きした細剣でも良かったでしょう？」

「扱い慣れてない得物より、身体の一部かっていうくらい手に馴染んだ得物の方が良いかな～と思いまして」

口にしながら身体を軸にしてグルッと勢いをつけて振り回せば、デッキブラシでもちょっと格好良く見えると思うんだけど、師匠は額を押さえて「そう……そうよね、間違ってはいないわ。間違っては……」と渋い表情を浮かべる。

確かに魔物を捕まえに行くのに爪を綺麗に真っ赤なマニキュアで塗って、お化粧もバッチリ、爪とお揃いの色を眦に差して、飾り紐で髪を纏めてる師匠の美的感覚からしたら駄目だろうけど。

けれどこのまま言いくるめてしまおうと意気込んだ矢先に、この場に同席するもう一人から邪魔が入った。

「いや大間違いだろ。アリア、悪いことは言わんから、今からでもうちのギルドの倉庫にある予備の剣から何か見繕え。レッドドラゴンの背中にその格好で乗られた日には、ドラゴンに憧れる世のガキ共に顔向けできねぇ」

眉間に深い皺を刻んで腕組みをするジークさんの発言に、せっかく納得しかけていた師匠が「やっぱりそうよね？」とどこかホッとした表情を浮かべている。何だかこれだと私の美的感覚がジークさんよりも下みたいで非常にいただけない。

「乗せてくれるクオーツが気にしてないんですから問題ありません。それにギルドの倉庫にある予備なんて、本職でも使いにくいから死蔵してるやつじゃないですか。もう依頼人が到着する時間だし、今日はこのまま出発します」

きっぱりと言い切った私の言葉に、足許で立ち上がったクオーツが頷いてくれている。大事なのは本ドラゴンの意思。まだ納得のいっていない師匠とジークさんが反論したそうにしていたものの、ちょうどそのときホール玄関のドアが開いて、本日の依頼人が登場したんだけど――。

「言われた通りワイバーン用の鞍を改良して用意したが……まさか君はそのデッキブラシを持ってレッドドラゴンに乗るつもりか？」

男性陣はレッドドラゴンにどこまで憧れを抱いているのだろうか。珍しく感情の起伏が分かりづらいオルフェウス様までもが、私の手にしたデッキブラシを見て表情を硬くする。勿論それ以上同じ会話をくり返すつもりもないので、クオーツの鞍を入れてきたらしい魔道具の鞄を取り上げて一足先に外に出た。

ギルド前から師匠の空間転移の魔法陣で街の外れまで一気に飛び、そこで彼の新顔ワイバーンを召喚後、鞍を装着したクオーツの背に師匠と相乗りして、彼のワイバーンと並んで飛ぶこと四十分ほど。

秋口の空を飛んでいるのに寒くないのは、師匠が周囲に張ってくれている結界のおかげだ。徐々に明るくなってきていた空も、もうすっかり朝の爽やかな光に満たされている。

隣を飛んでいたワイバーンの背に跨がる彼が、一気に速度をあげてクオーツの前を先行し始めた。訝しむ私の耳許で師匠が「見えてきたわ。あそこが目的地のセヴェルの谷よ」と声をかけて指さした先は、まるで巨人が大鉈を振るって切り崩したような深い谷。

谷の上部はほぼ岩肌剥き出しなのに対して、谷の下部はこれ以上ないほど濃い緑に覆われている。ミスティカの森とはまた違った近寄りがたさに興味を惹かれていた私の耳許で、今度は「そろそろ来るわよ」と師匠が言った直後、谷の方から黒い靄のようなものが湧き上がって。

「ワイバーンは自分達の縄張に入ってくる侵入者にとっても厳しいの。単独を好むドラゴンと違って群れをつくる習性があるから、あんなふうに大群で襲ってくるのよ」

どこか愉悦を感じさせる師匠の声音に酔うように、知らずクオーツの手綱をしごいてこちらに向かってくる靄の正体――……ワイバーンの先遣隊に狙いを定め。右手で騎士の槍に見立てたデッキブラシの柄を力一杯握り込んで突っ込んだ。

「アリア、次、上に向かって。術式を展開するわよ」

「はい、師匠！　行くよクオーツ！」

「ギャウウ!!」

捻りを入れた急上昇でワイバーンの群れ……ワイバーン玉から飛び出し、下に群れを見下ろしながら、デッキブラシを媒介に伝って師匠が流し込んでくれる魔力補助を受け取り、不出来な術式を乱発していく。

生け捕り……もとい、優れたワイバーンのテイム補助が今回の私達の仕事だから、クオーツの吐く火炎は封印。まぁ、凄く至近距離にきたら普通に強化魔法をかけられたデッキブラシで殴るけど。そりゃもうゴンゴン。

柄の部分を使っての突きも、ブラシがついてる先端での殴打もできるので意外と使える。練度を上げれば結構良い武器になるのでは……と思わなくもない。実際師匠の手を借りてぶん殴る際には、結構な腕の重みと一緒に痺れが走るけど、ワイバーンは吹っ飛んでいく。

でもそんな使い方をするからだろう。デッキブラシを握っている掌はもう汗でドロドロだ。こんなにドロドロになったのは師匠が城の床にダロイオの内臓をぶちまけて、一部屋丸ごとゼラチン質の海を泣きそうになりながら片付けをして以来かもしれない。

「こーれーでーもー……食らえっ！」

私の構築した魔力の籠は編み目は多少粗いものの、上空から一気にワイバーン玉を一網打尽にできるという利点がある。籠だから下のくくりはないけれど、上空に向かって飛んでいた群れは上から押さえつけられるごとに冷静さを失って、そのことに気付かずに籠の中で暴れまわって高度を落としていく。

時々若干魔力を持った個体がいるのか、微かに師匠の流してくれるものとは違った波動を感じる。

どうやら私は魔力供給に関して言えば悪食らしい。人間の食事なら師匠のおかげで美食家な気がしているだけに不本意だ。

普段は練習程度でここまで一気に魔力の構築をすることはないから、すでに肩で息をする私の背後では、師匠が「なかなか様になってきたわねぇ」と言いながら、籠の編み目から飛び出してきた強者を氷の矢で牽制している。

そのうちの一発がクオーツに飛びかかろうとしていたワイバーンの翼に直撃。皮膜状の薄い翼を撃ち抜かれたワイバーンは錐揉みしながら墜ちていくけど――――！

「そこ、間に合えっ‼」

添えられた師匠の手からデッキブラシを引ったくるようにそちらに向けて、魔力を構築。

間一髪。地上に墜ちていくワイバーンの下に編み目の細かい籠……というか、ただの網を構築して受け止めた。

「あんたねぇ、今のでもう何度目？　優しいのは結構だけど、墜ちていくワイバーンをいちいち全部助けてたら、あんたのお粗末な魔力なんてあっという間に空っぽになるし、あたしの補填してあげてる魔力で明日酷い魔力酔いを起こすわよ？」

「だってそうは言っても師匠、本来あの宮廷魔導師様が新しいワイバーンをテイムしたいっていうだけで、まだここのワイバーン達に非はありませんもん」

「この数よ。そのうちに人里に降りて人間を襲うかもしれないじゃない」

「予定は未定ですよ。第一この谷のワイバーン討伐依頼は、まだジークさんのギルドで一回も見てません」

いきなり穏やかな日常に乗り込んでこられたら人間だって抵抗する。ワイバーン達は魔物だからより正直に暴力衝動のままに生きているけど。野生だから仕方がない。自然現象と同じでそこに歯止めなんてないのだ。

「へぇ……意外にちゃんと情報を見てるじゃない。あんたは世間知らずだとばかり思ってたけど、偉いわ」

「えへへへ。もっと褒めても良いですよ師匠」

「はいはい。あんまり調子に乗らないの馬鹿弟子。次よ次。クオーツ、あんたの活躍も期待してるわよ？」

「ギャウウウウー！」

ご機嫌な声をあげて横に並ぼうとする大きなワイバーンの横っ面を、容赦なく尻尾の一撃で吹き飛ばすクオーツ。ただでさえレッドドラゴンの脅威に若干及び腰な年若いワイバーン達は、徐々に集団包囲の玉を解いて谷の方へと帰っていく。

いつの間にか私達の周囲を飛ぶのは、顔や身体のどこかに傷のある大きなワイバーン達だけになった。たぶんあの谷に棲まう古参の強者達なんだろう。

——と、それまで一人で先行していたオルフェウス様の乗ったワイバーンが、速度を落として淡く虹色に輝く膜のようなものに覆われた。

そうしてそのままゆっくりとこちらに向かって浮上してくる。

「あれ……何だろ。師匠、野生のワイバーン達があの人の乗ってるワイバーンに近寄れないみたいです。並びかけられない速度でもないのに。あと、こっちに来ます」

その様子が分かるようにデッキブラシで彼の飛んでいる方向を指し示すと、背後で師匠が「ふぅん……そういうこと。あの坊や、宮廷魔導師らしく思いきったことを考えるのね」とおかしそうに言った。

「何か分かったんですか師匠？」

「あいつがやろうとしていることと、あんたに今回の仕事を依頼した理由よ。クオーツ、あたしの声が聞こえてるわね？」

尋ねられたクオーツが首をこちらに傾けて瞬きと共に「ギュルルル」と鳴いた。どうやらクオーツの方も何かを理解している様子で、分かっていなさそうなのは私だけみたいだ。悔しい。その間にも近付いてくるオルフェウス様のワイバーン。

「それじゃ、今からあたしが強く手綱を三度引いたら思いきり咆哮をあげて頂戴」

「師匠、師匠、待ってください！　そんなことしちゃってあの人と契約してるあのワイバーン、大丈夫なんですか？」

「大丈夫よ。たぶんね。あんたはあたしが結界張ってあげるから心配しないで良いわよ。その代わりクオーツが咆哮を使った直後、ワイバーンの群れに向けてあの術式が構築できるようにしておきなさい。ほら、三、二、一!!」

虹色の膜が私と師匠を覆った直後、世界は無音になって。ビリビリと身体を内側から震わせるクオーツの〝咆哮〟を直に聞いたワイバーン達が、バラバラと地上に降り注ぐ。そしてその中でまだ飛んでいるワイバーン達に、彼の魔法陣から黒い蔓植物のように歪にうねるそれが伸ばされる瞬間が見えた。

ひとまず上空から開けた場所を探して、私の魔力で構築した気絶ワイバーン入りの籠と網を下ろす。籠と網の移動は師匠が手を貸してくれるけど、魔力で構築した籠の概念の維持は私が自分でやらないといけないので、思った以上に残りの魔力と気力を奪われた。

疲労困憊で一足先に地上に降りたオルフェウス様のワイバーンの隣に、クオーツを降り立たせる。他のワイバーンを入れた籠は師匠が少し離れた場所に置いて、眠りが深くなるよう催眠魔法をかけてくれた。

デッキブラシを杖代わりにした私、元気な師匠、もっと元気なクオーツでオルフェウス様の元へ合流すると、そこにはテイムをする素振りもなく、何やら思案顔をしている彼がいた。

その視線の先には雁字搦めに搦め捕られた一際立派な二頭のワイバーン。何となくだけど体格差から雄と雌っぽい。以上。状況の把握終わり――とはならない。

眺めていたって依頼は完了にならないので「どうしたんですか？　早くその子達と契約しないと起きちゃいますよ」と声をかけると、無表情なりに困惑した気配の彼がこちらを見て口を開いた。

「いや、それが……このワイバーン達にテイムが効かない」

「というと？」

「何かが精神の繋ぎ目に潜ろうとする僕の術式を弾いている」

術にかかりにくいワイバーンについての説明をオルフェウス様がしたところで、魔力のない私によく分からない感覚なので首を傾げてしまったけど、それを聞いた師匠はそのままワイバーンの傍らに立って、サッと全身を眺めた上で口を開いた。

「妙ね……このワイバーン達、どちらの個体も足の指が一本多いわ」

ここで言うところの足は後ろ足というか、ワイバーンは前足に当たる部分が翼と一体化しているので実質脚の本数は二本と数えるけど、ドラゴンは翼が背中にあるので前足と後ろ足は別々に一対ずつついている。

——と、そんなことは今はどうでも良いか。

師匠にそう言われたので横たわるワイバーンの足を見て、次いで猫の大きさになったクオーツを抱き上げて何気なく観察すると、確かに全体的には全然似ていない両者だけれど、所々に似た箇所が見受けられた。

普通生活の中でドラゴンが身近にいる人はまずいないだろうから、パッと見ただけでは分からないだろうけれど、翼の付け根が肩甲骨のやや下にある。あと顎が以前見たワイバーンよりも四角い。全身も一般的な流線形のワイバーンとは趣が異なっているように思う。

「あ〜……確かに。指の数もですけど、他にも蹴爪のつき方とか、翼のつき方とか、顎の形とか、何だかちょっとクオーツに似てますね」

そんなふんわりとした私の発言に、二人が一斉にこちらを振り向いた。その勢いの良さにちょっとたじろいでしまう。何かおかしなことを言ってしまったのかと焦る私をよそに、師匠とオルフェウス様は神妙な顔だ。

「うちの森に二回乗り付けて来たワイバーンはここでテイムした個体なの？」

「いいえ。この谷に大きな営巣地帯があることは知っていたのですが、以前一人で来た時はとても。あの通り数が多くてテイムどころではありませんでした」

何のことかさっぱりなまま進む会話に、クオーツと〝つまんないね～〟という視線を交わし合っていたら、そんな気配がバレたのか、師匠が「そこ。部外者面しない」とこちらに向き直った。

「今から話す内容は仮説だけれど……もしかするとこの谷にいるワイバーンの中に、かつてドラゴンと交配した個体がいたのかもしれないわ。そしてそれが一部で定着しているのかも」

「え、そんなことってありえるんですか？」

「普通はありえないわ。というより、ありえないとされているわ。ドラゴンとワイバーンの知能の差は、人間と猿くらいあると言われているから」

自身の仮説に半信半疑の様子な師匠に「だったらその始まりの二頭は、もの凄い大恋愛をしたんですね」と答えたら、心底馬鹿を見る目でオルフェウス様から「君は本気でこの事の重大さを理解していないのか？」と言われた。腹立つな……。

「この谷の生態系が狂っているということだ。それもドラゴンと違ってワイバーンは繁殖しやすい。先祖返りでドラゴンの血を強く引く個体の数が増えれば、人間の生活が脅かされる」

「ああ、まぁ確かに。人間だって魔物を襲って殺すんですからそうでしょうね。でもそういうことだったら、直接お願いしてみたらどうでしょう」

「は？」

「少なくともドラゴンのクォーツは話せば分かってくれました。無益な争いも好まない良い子です。ドラゴンの血を引くなら頭は良いはずですから、こっちが有益な条件を持ち出せば案外応じてくれるかもしれませんよ」

抱き上げたクォーツの手をプラプラさせながらそう提案すれば、それまで私達のやりとりを見守っていた師匠も、顎に手を当てて「一理あるわね」と肯定してくれた。クォーツも褒められたことが分かっているのか妙にドヤ顔をしている。

きっとあと少しおだてて夕飯のデザートを譲れば、ワイバーンとの橋渡し役を務めてくれることだろう。

「魔物と取引なんて……まさか本気で言っているのか？」

「本気ですよ。例えばこの中にいる誰かが貴男について来てくれるなら、他にこの谷からテイムするワイバーンは出さない。そして他の人間が谷に近付けないよう結界を張る、とか。最年少の天才宮廷魔導師様ならできるでしょう？」

わざと煽るような言い方をすれば、一瞬だけ無表情なオルフェウス様が面白そうに目を細めて「良いだろう」と頷いた。その答えに思わずにんまりとしてしまう。クォーツがワイバーンとの取引に成功したら、これで彼もこちら側。

国の所有地不法占拠仲間として口を利いてもらえるように、クォーツの耳許でこっそり〝頼んだよ〟と囁いた。

＊＊＊

「――で、お前さんのドラゴンの口添えで変異種ワイバーンの長との条約を結んだわけか。あの宮廷魔導師の坊っちゃんは」

「そういうことになりますね。国の中枢に国有地を占拠する仲間ができて心強いです。これで多少は国との緩衝材になってくれるんじゃないでしょうか」

変異種ワイバーン捕獲劇から四日後。

目覚めた二頭のワイバーンにクオーツが説得を試みてくれた結果、言語に多少の差があったようだったけど、人間で言うところの訛りの問題程度だったらしく、話は纏まった……ぽい。

あくまで会話が成立するのがクオーツだけだから仕方がないものの、私の籠や網で拘束されていたワイバーン達を自由にしても襲ってくる気配もなかったし、勿論長達にしてもそうだった。

というか、あの瞬間はクオーツが一番偉そうで。本来の大きさに戻ってワイバーン達を睥睨(へいげい)する様は、普段猫のように私にすり寄ってくる姿とは違って見えた。ワイバーン達が首を垂れて翼をたたんだあれは、人間だと平伏しているみたいな感じだと思う。

もしかすると人間の世界と同じで、種族や生き物としての格の違いを超越した大恋愛として言い伝えられているのかもしれない。

オルフェウス様は話し合いが終わった後、すぐにも契約の条件である結界の展開に着手した。二回目の結界の展開はうちの森でやらかした一度目の失敗を反省してか、かなりじっくりと魔力の糸を撚るように慎重に行われ、元の生態系に影響しないけれど外からの干渉には敏感な結界ができた……そうだ。

その辺は師匠とオルフェウス様にしか分からない。でも師匠が突っ込まなかったから大丈夫だったのだろう。あとは彼がもぎ取ってきてくれる国の許可申請待ち。

「そりゃまぁ逞しいというか、図太いというか……何かお前さん達の身辺がどんどんややこしいことになってんなー」

「別にあたし達が進んで首を突っ込みに行ってるわけじゃないわよ。そもそもあたし達にとって一番ややこしい知り合い代表はあんたじゃないの」

「いやいやいや、今回の件はお前が首を突っ込んだようなもんだろうが」

「師匠のやる気なんて滅多にないことですから、つい。新しい発見や興味って、研究する人にとっては養分みたいなものでしょう？」

「あー……な。そりゃ確かにそうだ」

私の仕事のついでに報告に訪れた師匠に言いくるめられたジークさんは、頭を掻きながらそう言って苦笑した。この人は何だかんだ悪い人じゃないのだろう。顔はこういう場所のギルドマスターらしく悪人顔だけどね。

「それよりも、ジークからもアリアに言ってやって頂戴。魔力に指向性持たせるのにデッキブラシを本採用するのはやめろって」

「それは……おう。やめた方が良いんじゃないか？」

真顔だった。もう正直今後一生見ることはないんじゃなかろうかというくらいの真顔。服装に何のこだわりもなさそうなジークさんにそこまでさせるほど、私のこの格好は世間から乖離しているらしい。急に不安になってきた。

「でもあの日以来お城での訓練にも使ってましたから、すっかり馴染んじゃったんですよね。そんなに駄目ですか？」

「まず壊滅的に見た目が駄目ね。何を着てもまるきり掃除婦じゃない」

「別に日中の明るい時間にどこかにお出かけするでもなし。今回のが予定外のお出かけだっただけで、今後はこれまでと変わらず城とここの行き来くらいですから。別に問題ありませんよ」

「あのねぇ……別にお洒落は人に見せるためだけのものじゃないの。今まであんまり口煩く言わなかったあたしも悪かったのかもしれないけど、あんたはもう少し自分のことに興味を持ちなさい」

「え、ええ……でもいきなりそんなこと言われても……何を着たら良いのか……」

チラリと助けを求めてジークさんを見たけど、彼は眉間を揉んで首を横に振る。そんな……ここは私と一緒になって〝どうせ着飾っても似合わない〟という言葉が欲しかったのに――！

「悪いがな、アリア。今回のは全面的にルーカスに賛成だ。こんなオッサンのオレでもお前さんの格好はどうかと思うんだわ。若い娘なんだ、一回くらい着飾ってみろ。残念ながらオレも服にこだわりはねぇから分からんが、ルーカスに任せりゃ何とかなる。今日の給金分に色付けてやるから。な？」

オジサンとオネエさんによる怒濤のたたみかけにあって、ようやく普段の自分の格好が余程駄目なのだと悟る。お給金の賃上げは大賛成だけど、こんな磨いてもどうにもならない私を磨きあげるべく、師匠はジークさんに路地裏でお店を構えている人の情報を尋ねて。

今更ながら一人で仕事に来ておけば良かったと後悔する私に、ジークさんが「諦めてこいつに身を任せてこい」と笑い、凄絶に美しい微笑みを浮かべた師匠に「逆らおうとは思わないことね」と釘を刺され、ギルドの執務室を後にした。

＊＊＊

「あいつの言ってた店名だとするならここだわ」

「ですね。意外と普通のお店って感じがします。ジークさんの紹介だからもっとおかしい感じのところだとばかり思ってました」

まずい。ジークさんの紹介だからもっと古着とかのお店を予想してたのに、新品の服を扱っているお店だ。落ち着きのある色合いの店の前にデッキブラシを持ってきた私の方がおかしい。

「ん？　なーにー、お客？」

——……でもなかった。

落ち着いたお店の中から現れたのは、上半分を長髪に、下半分髪を五分刈りにした女性。短いズボンから惜しげもなく伸びる生足。ギリギリお腹が隠れる丈のトップス。両手に三個ずつ大きな宝石のついた指輪をはめている。でも中でも一際目を引いたのは、彼女の顔の左側を覆う銀貨みたいな飾りのついた眼帯だった。

「ここらじゃ見ない顔だね。うちの店はちょっと特殊だから、紹介がないとダメなんだけど。どこの紹介？」

見た目ほど怖い人ではなさそうだけど、お洒落上級者過ぎる。

あとお洒落な人への偏見かもしれないけど押しが強そう。

そんな気持ちから思わず師匠の背後に隠れてしまった。が——。

「良かったじゃない。あれくらいの軽い接客なら緊張しないでいけるでしょう？」

「どこをどう捉えたらそうなるんですか。無理寄りの無理です。帰りましょう」

「ここまで来て何言ってるの。あたし達ジークの紹介で来たんだけど、ちょっとこの子の服を見繕いたいのよ」

お洒落圏外のヘタレな弟子の懇願なんて丸っと無視した師匠は、派手な店員さんに声をかけた。

店員さんはジークさんの紹介と聞くと満面の笑みになって「あ、なーる。そういうことなら店内へどーぞ」と言ってくれる。

必死で師匠の服の裾を引っ張るも、やっぱりこれもしっかり無視された。通された店内は広くはないけどところ狭しと色んな服がかけられていて、そのどれもが不思議な形や色をしている。

「この子が自主的に着たがるものがあったら出してやって頂戴。それから貴女がしているような顔の半分を覆う装具があればそれも。アリア、あたしはこれからその冴えないデッキブラシをどうにかしてくるわ」

「どうにかって師匠、デッキブラシはデッキブラシが完成形ですよ？」

「知ってるわよ。良いからあんたは服を選んで待ってなさい」

そう言うなり師匠は服を掴んでいた私の手をペイッとはたくと店を出て、表通りに向かって歩いていってしまった。人見知りな弟子に対してあまりにも無慈悲すぎる仕打ちだ。

一瞬ついていこうか留まろうかと逡巡していたら、急に後ろから「お客さん、あんま普段服装とか気にしない質？」と声をかけられ、慌てて振り返った。

「は、はい。服屋さんにきてるのに、すみません」

「ハハッ、別に謝ることないよー。わたしも昔は服とか着れれば何でもいーって口だったから」

「えっと、でも今は凄く、その、個性的な格好でお洒落ですよ？」

「ンフフ、お客さん……あんた嘘つくの下手だね。でもまぁ、良いや。さっきの彼が褒めてくれるような装いにしようじゃないか。歳上の恋人なんだろう？」

「ち、ちがっ！　あれは師匠で、そういう関係じゃ……！」

店員さんの口から出てきた〝歳上の恋人〟という言葉に心臓が跳ね、顔面に血の気が集中するのを感じて両手で顔を覆った。もしかして師匠と私が並んでたらそう見えたってこと？　まさかそんな……そんなまさかでしょうが。冷静に考えてこれってよくある売り子さんの手口に似てるよね。というか絶対そうだ。

からかわれたのだと気付いて徐々に顔から熱が引いていく。火照りが消えたところで顔を覆っていた手を離せば、そこには生暖かい目をした店員さんの顔があった。辛い。

「ンフフフ、照れちゃって素直だねぇ。冗談だってば。でもわたしの勘だとそう遠くもなさそうなんだけどね？　さ、もっと奥に入ってきなよ」

面白そうに眼帯を弄る彼女に渋々ついていったものの、奥に通されたところで全然自分の好みが分からない私に呆れることもなく、色々と棚から持ってきては姿見の前で身体に当ててくれる。

彼女は聞き上手で、会話の端々からこちらの要望を引っ張り出しつつ、次々に没となった服の山を築いていく。そのうちに段々と自分が好きっぽい色と形が掴めてきて、最終的に候補を三着まで絞り込めた。彼女からも「うんうん、どれもいーね。似合ってる」と合格点をいただけた。

一着目はざっくりとした若草色のオーバーオール。普段着にも着られるし、耐久性も高い。下に合わせるのはクリーム色のコットンシャツ。

二着目は淡い青色のワンピース。一見しただけだとストンと落ちる形に見えるのに、カッティングの妙というか、しまわれた生地面積が多くてクルッと回ると真円に広がる。共布のリボンベルトが可愛くて、こんなに女の子っぽい服は初めてだ。

三着目は紺と白の縦縞模様のリネンシャツに、スカートとズボンの中間みたいな不思議なつりズボンっぽいやつ。色は鮮やかな赤。これなら何とかクオーツの背中にも乗れそううくらいの感じで、これが一番好き……なのかもしれない。

師匠に顔を隠すものと言われて範囲を知りたがった彼女に恐る恐る傷痕を見せたら、彼女も眼帯を外して「お揃いみたいなもんさ」と笑われた。

その言葉通り眼帯の下に隠れていた彼女の目は、完全に潰れていて。その傷痕を指して「ギルドにいる時に無茶な仕事の仕方をして、へまをしてね。だからここの店にある商品は、身体の一部が欠けてる客に合わせたものが多いんだ。元はジークさんのギルドにいたんだよ」と言った。

——で、二時間後。

「あら、良いじゃない。あんたはそういう格好が似合うのね」

「へへ、ありがとうございます師匠……って、言うと思ったんですか？　いや、それを持ってなかったら言いましたけど、何ですかそれ？」

戻ってくるなり開口一番そう褒めてくれた師匠の手には、奪われたデッキブラシと似ても似つかないものが握られていて、私を大いに混乱させた。

「魔装具師に無理を言って超特急仕上げにしてもらったのよ。あんたがどうしてもこれが良いってきかないからじゃない。心配しないでも素になってるのはあのデッキブラシよ。嘘だと思うなら握ってみなさい」

「だからってデッキブラシを装飾するとか、金銭感覚がおかしいのは知ってましたけど……馬鹿なんですか師匠？」

「良いからとっととそれ持って姿見の前に立てってって言ってんだろが、馬鹿弟子」

「…………師匠？」

「良いからそれ持って早く姿見の前に立ってみなさいよ」

言い直しても駄目なものは駄目だと言いたいけど、いつもと違う口調の師匠にときめいて咄嗟に言い返せなかった。大人しくデッキブラシ（？）を持って姿見の前に立つと、そこにはややデッキブラシ感の薄れた、パッと見だと新手の魔装具に見えなくもないものを手に佇む自分の姿。

柄の部分は綺麗な黒塗り。持ち手の先端には真鍮製のフック。ブラシの本体部分も真鍮製の覆いが被せられて、見事なレリーフが描かれている。ブラシの毛は柄を含めた本体の大部分の色と真逆の白銀色。

「うん、やっぱりここまでテコ入れすれば何とかなるわね。ねぇこの三着全部もらうわ。一着は着て帰るから二着は包んで。着てきたものは処分して頂戴」

「え⁉　三着も買えるほどお給金は……」

「あんたが初めて服を選んだんだもの。その記念よイモ娘。次は化粧に興味を持たせなくちゃね」

師匠に後ろから肩を掴まれたままデッキブラシを手に鏡の前に立ち、顔を真っ赤にした私をニコニコしながら見つめる店員の彼女という謎空間。居たたまれないのに嬉しい乙女心が憎い昼下がり。

＊＊＊

昔から褒められた癖ではないことくらい分かっているけれど、部屋のドアをノックしないで開けるのは、私の気配に師匠が気付いてくれているか、ついでにノックしないでも許される関係性かを知りたいからだったりするのだけど——。

果たして今朝も唐突に開けたはずのドアの向こうでは、長い脚を組んでこちらに「おはよう、アリア」と微笑む師匠の姿があった。

本当に中身を知らなかったら未だに見惚れるくらいに綺麗である。生活のヤバさを知ってるからすぐに正気に返れるけど。

足許にいるクオーツに視線を落とせば、稀少種のレッドドラゴン様は床に散らばっているシャツを部屋の隅に寄せているところだった。何て言うか……切ない背中だ。

「ありがと、クオーツ。アリアは何か余計なこと考えてる顔してるっぽいけどまぁ良いわ。それと今日はオレンジ系統で纏めたのね？　顔布も刺繍糸に同系色が入ってるのは良い感じよ。似合ってるわ」

「おはようございます、師匠。朝から疑心暗鬼にならないでくださいよ。この服の組み合わせはクオーツが選んでくれたんです。ちょっとまだ派手すぎる気がして落ち着きませんけど、師匠が次々買い足しちゃうから全部着ないと勿体ないですし」

「やるじゃないクオーツ。まだまだあんな数じゃ足りないわ。あんたの場合今までが年頃の娘のクローゼットとは思えないくらいだったの。もっと買い足すわよ。ほら、それよりもさっさとこっちにいらっしゃい。準備しちゃうわよ」

本日は定休日。

七年間続いた朝に師匠の部屋に行く日課はここ数日ですっかり様変わりして、すでにきっちりと身支度を整えた師匠に勧められるまま鏡台の前に座るよう促される。師匠と私の両方に褒められたクオーツは胸を張ったまま、ついてくるや、当然のように私の膝の上に陣取った。

「服が増えた分も片付けるのは私なんですから、節度を持ってお手柔らかにお願いします。あと何度も言ってますけど、自分の服くらい自分のお金で買いますから」

「あら駄目よ。あんたのことだから値段にばっかり気がいって、最終的に着られたら良いみたいなことになって、じゃあ古着で良いとかいう結論に至って酷い趣味の服を買ってきそうだもの」

的確すぎる突っ込みに咄嗟に言い返せずにいると、それを察した師匠に「ほら図星じゃない」と鏡越しに笑われた。手入れの行き届いた師匠の指が素っ気なく一本に縛った私の髪を解いて、優しく手櫛でほぐしたあとにブラッシングを開始する。

自分でやる時はザクザク梳かすだけなので、鼻歌を口ずさみながら壊れ物みたいに扱ってくれる師匠の指先は何となくこそばゆい。

朝の一仕事を終えたあとだと心地好すぎてうっかり寝そうになるし、年頃の娘なのにこんなことではいけないんだろうなとは思う。すると私のそんな気配を感じ取ったのか、師匠が鼻歌を中断して唇を笑みの形に持ち上げて口を開いた。

「別に女だから着飾ったり化粧したりするのが当然なわけじゃないし、あんたが嫌だって言うなら絶対にやらないけど、傷を理由に憧れてるくせにこういうことをしないだけだもの。だったら師匠のあたしとしては、これを機に弟子を飾り立てる口実に使わせてもらうわよ」

そう楽しげに紡ぐ声音に嘘は微塵も感じられない。だからこそ私も「そういうことなら、慣れるまでは師匠に全部お任せしますね」と応じた。香油を馴染ませながら櫛の歯の細かさを順に変えられ、みるみるうちに艶を増した髪が整えられていく。今日は少し華やかな編み込み。

それというのも、今日はこの後ワイバーンの一件で面倒くさい手続きに師弟揃って呼び出されているから、舐められないようにという見栄だ。

「魔導協会の受付って予約を事前に入れてても結構混むのよ。もし待たされて帰りが遅くなるよう

なら、街に出て一緒に外食しちゃいましょ。夜だったら顔布を気にする人間も少ないでしょう」

「そうかもですけど、最近贅沢し過ぎじゃないですか？」

「その分は明日からまた頑張って稼げば良いのよ。貯め込んでる間に死んだりしたら馬鹿みたいじゃない。適度に使って貯める。これが仕事に飽きない極意。憶えておきなさい、社会人一年生」

師匠の言葉に何故か膝の上のクオーツまで「ギャウ、ギャウ！」と頷いて先輩風を吹かせてきた。確かに百歳だったら先輩は先輩だろうけど、私達に出逢うまであの山に引きこもっていたのなら、どちらかというと社会人というより引きこもりの先輩ではなかろうか。

しかし師匠も「この中で一番の年長者様がこう言ってるんだから」と笑ったので、そういうことにしておく。そうこうするうちに軽く化粧も施され、仕上げに焦げ茶色のベルベットリボンに、オレンジ色のトパーズが揺れるチョーカーをあしらわれた。

「はい、完成。そこそこの出来映えってところかしらね。それじゃあ軽く朝食を摘まんだら出かけるわよ」

——と、師匠が告げた直後その眉間に縦に深い皺が刻まれて。

盛大な溜息と共に「どこかの馬鹿が来たみたい。店の呼び鈴が鳴ってるわ」と肩をすくめた。なのでクオーツにお留守番を頼み、慌ただしく出かける準備を整えた師匠と一緒に、装飾過多なデッキブラシを手に汚城の工房から店の魔法陣に飛んだ。

まだ昼には遠い薄く淡い陽射しが照らし出す店内を横切り、早速しつこく呼び鈴の鳴るドアに向かう師匠と、来客の正体に予想がついていて、むしろ一昨日商品の補充ついでに片付けたはずの棚と、店の奥に設けられた作業場の散らかり具合の方が俄然気になる私。

師匠はここで昼食を食べる時にパン屑なんかをそのまま床に落とすんだけど……塵も積もればというあれである。美を追求する空間に汚が存在してはならないと思う。溜息をつきつつ来客の対応は師匠に任せることにして、デッキブラシで床の隙間に挟まったパン屑や野菜屑を掻き出す作業に移ることにした。

この装飾過多なデッキブラシは何と掃除にも使えるのである。別に皮肉ではなく純粋に浄化の術式が施されていて、どんなにドロドロになっても水で濯げばあら不思議。あっという間に元のピカピカなデッキブラシになるのだ。

おまけに自然環境に影響しない少しの塵程度なら消去してしまえる魔法つき。お高いんでしょうと聞かれたら、迷わず〝はい〟と答えちゃう金額なので、増産して市販品にする夢は叶わないだろう。世の奥様方には申し訳ないことだ。

そんなデッキブラシを手に、ガシガシと踏み固められて床材の隙間にみっちり詰まった塵を掻き出す私の耳へ、ドアを開いて来客と会話を始めた師匠の声が店舗と作業場を遮る目隠しの壁を隔てて漏れ聞こえてくる。

ただ声量が小さすぎてほとんど会話が聞こえてこない。この時点でいつも騒がしいジークさんという線が消えた。それなら私はここから出ていかない方が良いだろうと思っていたのに、そんな予想は師匠からの『アリア、悪いんだけどちょっとこっちに来て頂戴』という呼び出しであっさり覆された。

呼び出された先にいたのは、見ず知らずの小さい美人さん。でも輪郭があやふやというか、全体的にぼんやりした印象の人だった。この短時間で視力が急に落ちたみたいな妙な感じだ。

「ふぅん、この子がそうなノ？　何故かデッキブラシ持ってるけド？」

「ええ。あたしの弟子」

「んー……掃除婦にしては可愛い格好させてるなとは思ったけどサ。こういう性癖だったっケ？」

「馬鹿なこと言ってるんじゃないわよ。魔力を構築する時に指向性を持たせるものが、この愛用してるデッキブラシじゃなきゃ嫌だって言うんだもの」

そんな短いやり取りで通じ合えるところを見るに、師匠とは旧知の仲なんだろう。そう思うとちょっとモヤッとしたけれど、弟子として紹介してくれたことは嬉しかったのでよしとしておく。

「えっと師匠、こちらの方は？」

「昔むかぁーしに、一瞬だけ仕事を一緒にしてた同業者。手が届く範囲に近づかなきゃ噛みついたりしないから、怖がらないで大丈夫よ」

「おや……わたしを認識できるとは流石ルーカスの弟子ダ。あと誰が噛みつくか人聞きの悪イ。おまえは相変わらずイイ性格してるネ」

微妙に独特の訛りと奇妙な言い回しをする女性に愛想笑いを浮かべて見せつつ、咄嗟に師匠の後ろに身体を隠してしまった。長年患っている人見知りはそうそう簡単に直るものじゃない。

「はいはい。お褒めに与り光栄よ。それで？　誰にあたしの居場所を聞いたの」

「ジークだけど……まぁ、わたしも普段はあんまりこっちにいないし、あいつはもうわたしを認識できなくなってたからラ。ただジークが呪術系に詳しい奴を探してるって噂を耳にしたから来てみただケ。感謝しろよナ？」

「感謝するかどうかはあんたが持ってきてくれた情報次第ね。取り敢えずお茶くらい出すからどうぞ入って」

ポンポン飛び出す軽口の応酬。思わず「師匠、旧友の方なら私はご一緒しない方が良いんじゃないですか？　積もるお話もあるでしょうし」と提案したものの、二人から同時に「あら、それはないわよ。ねぇ？」「うん、絶対、死んでもなイ」と却下されてしまった。魔術師の友情って解せない。

ともあれ招き入れた女性は物珍しそうに店内を見回すと、お茶の準備のために師匠が奥へ引っ込んだ直後に小さく「へぇ」と声を漏らした。

「凄い……あのルーカスが人間らしい空間で生活してル。もしかしてお弟子ちゃんが一人で掃除してるノ？」

「あ、はい、そうです」

「ルーカスは昔から呼吸とゴミの製造を同時にしてるような奴なのに……お弟子ちゃんてば、天才じゃなイ？」

そんなことをぼやーっとした輪郭の彼女に言われて照れていたら、お茶の準備を終えた師匠に呼ばれて。応接用のソファーに並ぶ形で座らされてしまった。知らない人の隣に座る緊張感たるや……地獄だ。

「早速だけど、その顔布取って見せてくれル？」

「これでもそっちの稼業では割と有名な術者だから大丈夫。あんたの顔に残ってるその傷痕の消し方について助言をしてもらうだけだから。彼女も忙しい中で立ち寄ってくれたのだし、待たせちゃ駄目よ」

師匠にそう促されておずおずと顔布を持ち上げると、彼女がこちらに手を伸ばして、ゆっくりと指先で傷痕をなぞっていく。その端からピリピリともチクチクとも取れる違和感が肌を刺激してくるものだから、思わず不快感で顔を顰めてしまった。

「うーん……うん、成程成程？　これはなかなか悪趣味で面白いネ」

「この子は気にしてるんだから面白かないわ」

「おっと、失礼。どうしても仕事柄興味の方が先走っちゃうものだからラ。気を悪くさせてすまないネ。あとお茶のお代わり良いかナ？」

「あんたは本当に昔から遠慮がないわね。アリア、悪いんだけどついでにあたしの分も淹れてきてくれる？　ポットのお湯はまだ温かいと思うから」

それが二人なりの気遣いからくるものだと察することができたので、可能な限りゆっくりとお茶を用意して、再び店の奥の掃除に戻った。オルフェウス様との約束の時間は魔導協会が受付を開始する九時半。まだ七時半を指したばかりの時計に注意を傾けつつ、なるべく話し声を気にしないように掃除をすること一時間後。

「今日は朝早くから診察していただいてありがとうございました。えーと……そういえばまだお名前を聞いてなかったような……」

「ああ、良いヨ。どうせ聞いてもすぐに忘れてしまうからラ」

「ええ？　そんなすぐに忘れるなんて失礼なことはありませんけど」

「君ってルーカスの弟子とは思えないくらい素直だネ。普段は教えないんだけど、健気で可愛いから特別に教えてあげルル」

師匠が「どうせ呼べないって分かってるくせに。趣味が悪いわねぇ」とか言ってるけど、よっぽど発音が難しいのかもしれない。せっかくジークさん以外で初めて会った師匠の知り合い。絶対に一回で発音できるようにしようと意気込んだ。

——が。

『わたしの名前は∂∅∞☆ΔΣ%#っていうヨ。もしも生きてる間に会えることがあったら、その時は呼んでみテ』

——と。人類には早すぎた発声言語を残して去っていった彼女に思いを馳せていたら、不意に師匠が「ねぇアリア。あいつを見てどう思った？」と尋ねてきた。

「どうって……小さくて可愛らしい女性でしたよね。たぶん」

「ハズレ。昔のあいつは魔術狂いの男で、魔術に魅入られたっていうのかしら。分不相応な術式の構築をするのに足りない分の座標を、自分を構築している座標から抜き取ったの。だから自身の性別も存在もあやふやになってしまって、今や半分精霊みたいな何かよ」

「え〜？　師匠ってばまた私が分からないと思って適当な冗談言ってますね？」

あまりに怖い発言に対してそう尋ねたのに、師匠はそんな私の言葉に意味深に微笑みながら「約束の時間に遅れるわ」と。まだ時間に余裕のある時計を指してそう言った。

＊＊＊

夕方のまだ早い時間帯にもかかわらず、仕事終わりの職人や冒険者ギルドの人間達で、下町の一角にある酒場はごった返していた。

おかげで私の顔布を気にするような人がいないのは良かったけど、どちらかというと椅子に立てかけているデッキブラシの方が目立っているかな。

入店した直後は誰かがこっちを見て嗤っていないかと緊張したものの、食前酒として注文したラムラタ酒で今はちょうどほろ酔い気分である。

「外の飲食店って初めて入りましたけど、師匠のご飯の方が美味しいですね」

「何言ってるのよ。当然でしょう」

「わ～……流石師匠。こういう時でも謙遜しない」

「できることを謙遜する方が嫌味でしょうが。そんなことより城に帰っても何か作るの面倒だから、今ここでちゃんと食べときなさいよ」

「あ、それなら珍しい食材のメニューを頼んでみても良いですか？」

「自分で食べきれる量なら構わないわ。あんたが食べるならこの辺りと……この辺りのメニューなんかが好きだと思うけど」

「ほほう、じゃあ師匠を信じてこの辺りのやつを頼んでみますね」

初めての場所と熱気にあてられて浮き足立っているのが自分でも分かる。でもやっぱり城で食べる料理が一番だと師匠に言ったら無言で頭を撫でられた。気を良くした師匠は店員さんを呼んで私の指さした料理を注文してくれつつ、自分もお酒のお代わりを注文し、それら料理とお酒の相性について語り合いながら、ついでに今日一日の出来事を振り返った。

まずは全然予測してなかった師匠の昔馴染みの来訪。

それから予想通り魔導協会に到着してオルフェウス様と合流——かと思いきや、やっぱりここも予測通りしっかり三時間待たされ。

途中で付き添いに来ていたオルフェウス様が職場に半休の届けを出しに戻り。

やっと受付に通されたと思ったら今度は潜在魔力測定用水晶の順番待ち。

魔力というのは術者によって揺らぎが各々微妙に違うけど、指紋や声紋と同じくある程度まで個人を割り出して認識できるという優れもの。

これは魔術師や魔法使いの犯罪検挙に使われる資料として魔導協会が管理し、大きな犯罪に加担した場合は国の開示要請に応じて公開されると教えてもらった。なんと師匠は面倒事は極力避けたいからって、全力で込めるような馬鹿な真似はしなかったらしい。縛られる身になってやるつもりなんてさらさらないそうだ。まぁ犯罪さえ犯さなかったら大丈夫……だよね？

私は出し惜しみするような魔力はないから全力で魔力を注ぎ込んだんだけど、測定値を覗き込んだオルフェウス様から憐憫の眼差しを向けられて憤慨した。宮廷魔導師から見れば私の中に蓄積している魔力なんて、あってないようなものなんでしょうがね。感じ悪い奴。

魔導協会での手続きが思ったよりも早く済んだとはいえ、七時間近くかかってしまった。書類に記載した住所がミスティカの森の付近だというだけで根掘り葉掘り質問されて、師匠じゃないけど呆れたなぁとか。オルフェウス様の——、

『本日をもって僕がテイムしたワイバーンの秘密を守り、貴方達が住んでいる森へ魔導協会の者達の手が伸びないよう守るという契約が成された。これで名実共に我々は一蓮托生だ』

とかって木で鼻をくくったような態度も考えものではあった。王城でもあんな感じなのだとしたら、いずれ痛い目を見そうだけど……私達に関係ないなら多少痛い目を見るのもありなんじゃないかと思ったり。

そんなことを考えていたら、テーブルに新たにスパイスの利いたジャガイモが運ばれてきた。ソースに使われているチーズと香草の香りも相まって食欲を刺激される。早速頬張ってみたら結構好みな味だ。師匠もきっと気に入るはず！

——と意気込んで正面を向けば、何故かついさっきまで一緒にご機嫌になっていたはずの師匠は、いつの間にか心ここにあらずの状態になっていた。ちょっと観察してみたものの顔色は普通だし、お酒は無意識に飲んでいる。

けど、うーん、何かあったのかな？　妙に沈んでいるような気もする……とか思ってる間に、今度は大海老がやってきてしまった。ジャガイモも美味しいけど、気分は大海老の方が上がるよね……ってことで、ナイフとフォークでこっちも頬張る。

こっちはかなり好みな味だ。そして相変わらずどこに視線を向けているのか分からない師匠。そ

のあやふやな視線が妙に色気があるせいで、周囲の客席がざわつき始めた。せっかく人目がこっちに向いてなかったのに、魔性の師匠を持つと苦労する。

これ以上皆さんの楽しいお酒の席をうちの師匠でお騒がせするのもあれなので、空気を読めないふりをして口に大海老を詰め込んだまま、フォークで同じものを突き刺して師匠の前に差し出した。するとと抗い難い香りに反応したのか、師匠の視線が私に向けられる。次いでフォークに刺さった大海老に移り……ぱくりと食べた。直後に隣の席から口笛が聞こえたけど、食事中に行儀が悪い人がいるものである。

二人して見つめ合ったまま大海老を咀嚼することしばらく。先に呑み込んだ私が「これ美味しいですよね。うちでも作れますか？」と尋ねたら、遅れて呑み込んだ師匠が「あたしならもっと美味しくできるわよ」と言ったので。

「師匠、全然私の話を聞いてませんでしたね？」

「そんなことないわよ。それよりこれ美味しいじゃない。クオーツへのお土産にしたら？」

「いやもうまったく平気で見え透いた嘘つきますよね〜。でもまぁ、この料理が美味しいのは本当ですし、そうしましょうか」

何気なく交わしたこの会話の直後、周囲の席から大海老料理の注文が殺到してしまい、クオーツへのお土産は骨付き牛肉のグリルになったけど、これはこれで美味しそうだから……ね。

それよりもさっき一瞬師匠が気落ちしたように見えたのは、私の気のせいだったのだろうと結論づけ、どんどん運ばれてくる料理に舌鼓を打ったのだった。

目指せ、職業婦人への第一歩

散々跪いて師匠の足に靴下を履かせ終えた直後に、まるでご褒美のように降ってくる唇。七年前に拾われた時からずっと続く朝の治療。

でも師匠のあの不思議な旧友が訪ねてきた三日前から、唇が触れる時間が以前よりも長くなった。だから心臓の機能は三日前から跳ね上がっている。でも唇が離れた時にすぐ薄目を開けて、その深紅の双眸が悪戯っぽく見つめてくるのを視界に入れることがやめられない。

「キスの直後に目を開けるだなんて大胆ねぇ。もう一回してほしいのかしら？」

艶々の唇から今朝の紅茶に浮かべてあったラモネの爽やかな香りが溢れるけど、師匠の色気だと爽やかさが気怠さに変換されて朝向きじゃなくなる。我が師ながら尊い。でもひたすらにしんどい。

「もー、そんなんじゃないですってば。毎朝いちいち弟子をからかわないでくださいよ。ジークさんのところに行くのが遅れちゃいます」

「多少遅れたところであんたの仕事の早さだったら、大して問題にならないでしょうに真面目ねぇ。誰に似たんだか」

「師匠でないことだけは確かですね〜。クオーツもそう思うでしょう？」

「ギャウ、ギャーウ」

「あら生意気な弟子とトカゲだこと。でもそういうところはあたしに似てなくもないからまぁ良いわ。気を付けて行ってらっしゃい」

極細く目尻に赤い線を引いた師匠が、テーブルに座るクオーツの口にベーコンを突っ込みながらそう微笑んで手を振り、いきなりベーコンを突っ込まれてクオーツが火花混じりの咳をする。そんな食卓を振り返ってデッキブラシを片手に「行ってきます」と出勤した。

――は、いいものの。ギルドへ繋がっている魔法陣から出てすぐ、ジークさんと誰かが何か真剣に話し込んでいる声が聞こえてきて。一瞬来客中かと思い出直そうと魔法陣を踏もうとしたところで、不意にもう一人の声にも聞き覚えがあることに気付く。

こっそり壁の陰から声がする方向を覗いてみると、そこにはジークさんとレイラさんの姿があった。けれどレイラさんは深刻そうなのに、ジークさんはいつも通り飄々としている――……と。

「おう、おはようさんアリア。来た気配はするのになかなか顔を出さんと思ったら、そんなとこでデッキブラシ持って何コソコソやってんだ」

「ありゃ、バレてましたか。おはようございます、ジークさんにレイラさん」

「お前さんね、素人の侵入に気付かない間抜けがギルドマスターになれるかよ」

「それもそうですね。ちょっとだけジークさんのことを尊敬しかけてた自分が馬鹿みたいです」

「そこは尊敬しといたままでいてくれて良いんじゃないか?」

「一回尊敬の途中で意識が途切れちゃったんで難しいですね～」

軽口の応酬に控えめに「おはようアリアさん。その服はプリシラのお店で購入したのね。似合っているわ」と笑うレイラさんの様子がおかしい。プリシラというのはジークさんが紹介してくれたあのお店の店員さんの名前だけど、今それは関係ない。とにかく今問題なのはぎこちないというか、緊張した面持ちのレイラさんだ。

「何にしても良いところに来てくれたもんだぜ、アリア。ちょっとお前さんとお前さんとこのトカゲちゃんに依頼したいことがあるんだよ」

「あの、依頼をしに来たわたしが言うのは何ですが、ジークさん、アリアさんを巻き込むのは――」

唐突に始まった雲行きの怪しい強引な話の導入に首を傾げるも、そこにすかさずレイラさんが割り込んできてくれた。

「そんなこと言ってられる状況じゃねぇだろー。第一さっきも言ったが、うちの腕利きは他の仕事で出払ってるんだ。ここはもう腕利きではないにしろ、反則逆転できるくらいの能力を持ってるやつに頼む方が現実的だ」

「え、何ですか。そんなに物々しい話です？　だったら一旦師匠のところに話を通してもらわないと私だけじゃあ――」

二人の視線が一気にこちらに向かったことに私が身構えると、ジークさんに顎で話の先を促されたレイラさんが逡巡しながらも頷き、申し訳なさそうに「実はね」と切り出した。

その内容というのが――。

「レイラさん、本当に貴族籍を捨てちゃうんですか？」

「ええ。元々持っていて持っていないようなものだったから。余計な荷物を捨てられるかと思うと、むしろ気分は軽いのよ。持ってたって使えないのに責務だけ押し付けようって魂胆に初めて腹が立ったのよ」

「あー、そういうことなら納得です」

現在私はレイラさんとクオーツの背に相乗りしながら、棲み処であるミスティカの森の最奥部上空を飛んでいた。緑というよりは黒に近い木々からは靄のような瘴気が発され、常に視界が煙った状態になっている。この辺りは滅多に用事がないので師匠ときたことも片手で数えるほどだ。

「ご両親と元婚約者の馬鹿が引き合いに出したジュエルホーンですけど、どれくらいの体長のものが良いとかってありますかね～？」

「いいえ、特に指定はされていないわ。ただあの人達のことだから大きければ大きい方が良いとは思うのだけれど」

「成程分かりました。そういうことならできるだけ大きな個体を探しましょう。市場で売るなら大きいだけの個体から採れる角よりも、中くらいの個体から採れる角の方が密度が高くて良いって言われるんですけど」

「ふふ、そうね。だけどそんなことが分かるのは一部の人だけだと思うわ」

「まぁこういう生業でない人達にとってはただの綺麗な装飾品ですからね～」

私達の会話にクオーツが「ギャウ、キュー……クルル」と同意を示す。言葉は通じないけどたぶんそう。もしくはお肉を分け前に寄越せということかな？

ジュエルホーンというのは名前の通り、宝石のような角を持つ大きな山羊に似た魔物だ。山羊の割に大きいし魔法も使えるかなり厄介な魔物だけど、宝石に例えられる角には濃縮された魔力が宿っていて、砕いて護符の形に加工したものが一般的。お金に余裕のある魔術師なんかが良く身につけている。

逆を言えば魔術師しか欲しがらない品物であり、特別高価な為に表でも裏でもそこまで流通していない。そんなものが必要になったのは、レイラさんの自由と自立の第一歩の為だった。

何と私が顔も知らない元婚約者のクズはレイラさんが垢抜けて社交的になったことで、現在の婚約者と天秤にかけたらしい。その時点でも驚きなのにまさかのレイラさんの両親までもが今度こそ捨てられるな、奪い取れと発破をかけてきたそうだ。

ちなみに失敗すれば魔術から一切手を引いて凄く歳上の貴族に嫁がされるか、あの別荘を身一つで出ていけという頭がおかしい選択肢をくれたそう。選びたくなる条件がないのは選択肢になってないと思うんだけど……貴族のお家は怖いなぁ。

でもそこは私達みたいなよろしくないお友達とつるんだ成果か、婚約解消をされた時よりうんと強くなった彼女はこう啖呵を切ったそうだ。

『貴方がたは……今になってそんな話が罷り通るとお思いですか？　貴族たるもの常に誇りを持てとあれだけ言っておきながら、この体たらくとは呆れ果てましたわ。良いでしょう。この依頼を完了した暁に必ずわたしとの縁を切っていただけるのであれば、最後にレイラ・ウォーカーの名でその弛み切った誇りとやらに活を入れて差し上げます!!』

何それかっこいい。そこに痺れる、憧れるぅ……！　その場にいたら絶対に拍手喝采してる自信があったね。それでもって、毒親と元馬鹿婚約者にはクオーツの往復尻尾ビンタをお見舞いしてやってたに違いない。

「だけどアリアさん、こんなことに巻き込んでしまってごめんなさい。必ずこのお礼はさせてもらうわ」

「え？　別に気にしないで良いですよ。森への通行許可を出した師匠だって『面白いじゃない。立派なやつを仕留めて、家を捨てて好きに生きるって馬鹿共に言ってやりなさい』って言ってたじゃないですか。私も賛成ですよ」

　そう言い私のデッキブラシをお腹の前に固定する形で背中にしがみつくレイラさんを振り返ると、真っ直ぐ首を伸ばして空を飛んでいたクオーツが「ギャウギャウ！」と鋭く鳴いて。

「まずは一頭目、行きますよ！」

「はい！　よろしくお願いしますわ！」

　気分は男顔負けのドラゴンライダー。

　手綱を引いてクオーツが急降下する風圧に、二人で黄色い悲鳴をあげるのだった。

　そうして狩りを開始してから二時間半。角を除いた胴体部分は綺麗さっぱりクオーツが処理してくれたので、目の前には二本一対、計八本の角が並んでいる。大きさ的にはどれも選んで狩っただけあって立派なものが多い。

「ギャウ、グルルル……キュウ？」

「〝もっと獲物を探しに行く？〟かって？」

「ギャウ！」

「うーん……ひとまずもう良いかなぁ。クオーツだってあんまりこんな時間にいっぱい食べたら、晩ご飯が食べられなくなっちゃうよ」

「キュールルル、クキュ！」

「〝こんなのはオヤツみたいなもの！〟ってこと？」

「キューウゥ」

「駄目だよ。それ同じこと師匠に言える？　絶対師匠のことだから〝ジュエルホーンの丸焼きを四頭以上食べたなら、もうあたしの料理はいらないでしょう〟とか言うってば。良いの？　香辛料も何もかかってない焼いただけのお肉と、師匠の手の込んだ料理を天秤にかけて」

「ギュー……」

――だというのに、クオーツがここにきて野生の捕食者としての食い気を出し始めたのだ。ドラゴンが満足する肉の総量なんて、ジュエルホーンみたいな稀少種だと絶滅に一歩前進してしまうから非常に困る。

いつもの猫くらいの大きさから私達を乗せられる大きさになったクオーツが、全力でお腹を満たそうとするのを言い含めようとする私の背後で、小さく楽しげな笑い声がして。困り顔のまま振り返ると、慌てて申し訳なさそうな表情を取り繕ったレイラさんと目があった。

「ん、んふふ……笑ったりしてごめんなさい。ただアリアさんがクオーツ君に対してかける言葉が、ドラゴンにかけるものじゃないからおかしくて。貴女には彼の言葉が分かるのね」

「言葉が分かるっていうよりは、気配ですかね？　でもどのみち今のは全部本心ですよ。あんまり乱獲しすぎても良くないですし、元々角の大きい個体を狙って狩りましたから、クオーツは無視してこの中で見繕いましょう。余った分は素材屋に売って今後の生活費に充てると良いですよ」

パンッと手を叩いて話を強引に打ち止めにすると、不満そうにクオーツが尻尾を上下に打ち下ろしたけど、これ以上ここで不毛なやり取りをしてたら時間が勿体ない。クオーツのことだから夕飯のデザートをあげたら機嫌も直るだろう。

成人男性の肩から指先までくらいの大きさをした虹色の角は、このまま飾るだけでも充分に美しいに違いない。まぁ、本来なら魔道具や護符に仕立てるものだから宝の持ち腐れ感はあるけど。

こちらの言葉に微笑み「そうね、そうするわ」とゆったり頷くレイラさんは、さっきまでの高笑いと攻撃魔法の連射ぶりが夢の出来事だったように穏やかだ。木々の間に逃げ込もうとするジュエルホーン。その木々を無慈悲に風魔法で薪に変えていくレイラさん。

魔術師昇格試験の時にはまだ使い方の決まっていなかったあのレース状の魔法は、捕食者さながらに獲物を搦め捕る仕様になっていた。

私が手伝えたことなんて闇雲に逃げようとするジュエルホーンの前に回り込み、奴等から放たれる弱攻撃魔法をデッキブラシで指向性を持たせた魔術編み籠で吸収したり、閉じ込めただけ。

こんなことではまだまだジークさんの言う〝ギルド的良い女〟には到達できそうにない。もっと攻撃魔法も練習しないといけないという課題もできた。

「それが済んだらあとはこの依頼を受けてくれた貴女とクオーツ君への報酬ね」

「レイラさん、そのことですけど別に私達の報酬分はなくても良いんですよ？　これから色々と必要じゃないですか」

「いいえ、それは駄目よ。貴族籍を捨てるケジメをつけさせて。何よりわたしはベイリー様と貴女のように対等な関係が結びたいの。だからもらって頂戴。ね？」

「そんなふうに言われるとちょっと気恥ずかしいですけど……そういうことなら、分かりました。売った分の三割を報酬としてもらいます」

　縋るような視線を向けてくるレイラさんに笑って指を三本立てて見せれば、彼女の顔に笑みが広がる。歳上の女の人と友達になって、さらに可愛いなんて思う日がこようとは。引きこもりだった頃には思わなかった。

　するとレイラさんはこちらの感慨に気付いているのかいないのか、小首を傾げて口を開いた。

「本当はね、アリアさんがほんの少し会わない間にとってもお洒落で可愛くなっていたから、もうこんなわたしとは組んでくれないのではないかと思ってドキドキしていたの」

「ええ？　そう見えたとしたらほぼ師匠のおかげです。どれだけ趣味良く装えたところで私は何も変わってませんよ。変わったとしたらレイラさんの方です」

「……わたしが？」

「そうです。こうやって反発しようと強くなったじゃないですか。もっと自信を持って胸を張って良いと思いますよ。だからこれを持ち帰って、レイラさんの価値を勝手に決めた人達を悔しがらせてやりましょう」

拳を握ってそう力説した私の頭の上に、すっかり放っておかれて拗ねたクオーツが小さくなって覆い被さってきた。仲間外れにしたことを詫びながら二人と一匹で選んだジュエルホーンの角をレイラさん用に包み、他はその後持ち込んだ素材屋で破格の金額でお買い上げされた。

師匠の繋いでくれた魔法陣で、現状まだレイラさんの自宅であるお屋敷まで角をお届けして、軽く掃除のコツを伝授したあとお茶をご馳走になった時。

『今日は本当にありがとう。今回の話は以前のわたしなら頷いてしまっていた。両親も彼もわたしが泣いて感謝しながら、元の御しやすい頃に戻ることを期待していたのだと思う。でもわたしはもう以前の自分には戻らないわ。貴女達のおかげよ』

軽い気持ちで持ちかけた三割分の私とクオーツへの依頼達成報酬は、金貨四枚にもなる大金と、吹っ切れたように微笑む彼女の嬉しい決意の言葉に化けたので。翌日師匠御用達のお店の高級靴下を五足購入して贈ったけれど、受け取った師匠の表情が微妙に引きつっていたのを見逃す弟子ではありませんとも。心配しないでもちゃんと貯金もしてますからね！

＊＊＊

楽しかったレイラさんの脱・貴族狩猟から四日目。あの日以降お天気は下り坂だ。まぁ、こっちとしてはあの日が彼女の新しい門出のハレの日であったのだから何の文句もない。

ただ雨が続くとそれに伴う弊害も当然あるわけで。前日に引き続き師匠から仰せつかった閉店後の店の掃除に出向き、通り雨で濡れた靴跡だらけの床を愛用のデッキブラシで磨いていたら、コトンとドアの方から物音がした。見れば湿気で曇ったガラス越しにぼんやりと人影が映る。

一瞬レイラさんかと思って反射で表に出そうになったものの、慌てて思い止まった。今日は約束をしていない。別にしてなくても訪ねてきてくれることはあるだろうけど、そうだとしても声をかけてくれるはず。それがないということは知らない人である可能性が高い。

おまけにここは美容を扱う店なんだから、こんな顔の私が出たら奥様方の信用ガタ落ちだ。奥にいる師匠を呼ぼうかとも思ったけど、よくよく考えたらもう閉店の札と鍵がかかっている。営業時間外なら出なくても大丈夫だろう。呼んだら師匠は無駄な労働させるなとかって怒りそうだし。

そう結論付けて相手が立ち去るまで待つことにし、デッキブラシを手にそーっと商品棚の陰に身を隠した。店の中で人影っぽいのが動いてたら、いるなら出てこいよってなるしね。

人影はほんの少しの間うろうろとしていたけれど、誰も出てくる気配がないと諦めて去って行った。人の気配が失くなったのを確認して、報告のために一旦店の奥に引っ込む。

「師匠、お店の前に誰か物を置いて行ったんですけど……何か注文してました？　それとも常連のお客さんからの差し入れですかね。誰か心当たりありますか？」

「それって今？　あんたは外に出たの？」

「ほんのさっきですね。ちょっとドアの前でうろうろされてましたけど、営業時間外だったので出ませんでした。出た方が良かったです？」

「いいえ、それで正解よ。たぶん注文してた新しい調薬用の機材ね。あたしが取りに行くから、あんたはここにいなさい」

「え、でもまだ掃除の途中なんですけど……」

「あんたの掃除能力なら途中でも充分よ。それよりも先に城に戻ってお湯を沸かしておいて頂戴。帰ったらすぐに紅茶が飲みたいわ」

この気分屋師匠め。でもこういう我儘はよくあることだからあんまり気にならない。むしろここで掃除の残りをしたいと言う方が悪手だ。分かりやすく言うと掃除以外の雑務が増える。汚城にも掃除する場所はいっぱいあるしね。

「ふっふっ、師匠にそこまで言わせる自分の有能さが怖いですね。了解です。ついでにこの間レイラさんがくれたジャム開けても良いですか？　朝に残しておいた白パンにつけて食べたいです。小腹が空いちゃって」

「別に良いけど……あんたそれで夕飯食べられないとか言ったらお仕置きよ？」

「師匠のご飯を私の胃袋が受け付けないなんてあり得ないので、ご安心ください。それにクオーツと半分こしますもん」

「ああ、そう。食い意地の張った弟子を持つと大変だわ。その分だとこの後の夕飯の買い出しの量も減らす必要はなさそうね。さっさと帰って待ってなさい」

「えっへっへ、分かりました！」

呆れた表情を浮かべて手をひらひらさせる師匠に敬礼をして魔法陣に向かい、クオーツの待つ汚城へと飛んだ。約束していた帰宅時間間際だったからか、魔法陣のド真ん前に待機していたクオーツに出迎えられて、そのまま洗面所まで直行。手洗いうがいを完了したら、デッキブラシを手にキッチン入り。

手伝いたがるクオーツの申し出を断って竈の前に陣取り、慣れてきたとはいえまだまだ未熟な術式を使って火を点けることに集中するのだった。

＊＊＊

外からアリアさんがベイリー様に連れられてお店の奥に姿を消したことを確認してから、お店の前に置かれている怪しい荷物に駆け寄る。メッセージカードはなし。でもこの荷物の贈り主は分かっているので問題はない。

中身を簡単に探知できる魔道具を使って探った。その直後に覗いたことを後悔する。

可愛らしい外装の箱の中身は、今日も背筋がゾワッとするようなものでいっぱいだった。贈り主のものだろう毛髪、爪、使いかけの口紅、一部に血のついたクッキー、これだけ真新しい香水など。愛憎が詰まったこの荷物を初めて目にしたのは、ベイリー様に以前までのわたしに似た女性がつき纏い出してから、割とすぐの頃。

最初は紅茶や小さいお菓子の詰め合わせといった、極々普通の御礼の品だった。それも来店して直接手渡ししているところを何度か目撃したけれど、ベイリー様が段々と嫌な気配を察知して断られたのだろう。そこから少しずつ贈り物の中身は不穏になっていった。

最近では恐らく毎日のようにこうして呪物めいた代物を置いていくのだと思う。

蜘蛛の糸のように細かな雨が絶え間なく降り注ぐ外を歩く者は誰もいない。烟る町に視線を巡らせていたら、どこからか馬の嘶きが聞こえた。

流石に嘶きだけでは辻馬車か貴族家のものかなど分からない。見張りを残していった可能性も考えながら、そっとその場から離れた。もうベイリー様が望む望まざるを気にしていられない。わたし一人の胸に秘する範疇は超えている。

このままだと近日中に彼女の毒牙はベイリー様を素通りして、アリアさんへと向かうだろう。現にこれまで絶対にかち合うことのなかった時間に彼女は来た。薄っすらと、けれど確実にベイリー様の隠す人物の存在に気付いて。

その可能性に心臓がドクドクと痛いほどに脈打つ。一瞬今すぐ彼女が乗って来た馬車を捜して、魔法で亡き者にしようかとも考えた。

だけどそんなことをしてしまえば、真っ先に疑われるのはつき纏いの被害者であるベイリー様だ。そうなればアリアさんも悲しむし、所属するギルドのマスターであるジークさんにも迷惑がかかる。わたしはもう独りぼっちではないのだもの。

ここで一人で考え込んでいても、冷静さを欠く短絡的な結論しか思い浮かばない。お店の中から呪物の入った小包を取りに現れたベイリー様を遠目に眺め、彼が小包を見てさも嫌そうに眉間に皺を寄せ、周囲を窺うように見回し始めたところで、発見されないよう物陰に身を屈めてやり過ごす。

雨音に混じってパタンとドアが閉じる音を合図にギルドへと走った。

ギルドの玄関ホールで身体を重く濡らしていた雨水を風魔法で散らし、仕事終わりなら談笑をしようと誘ってくる同僚達に「ありがとう、でもまた次の機会にね」と答えて、ギルドの最奥にあるギルドマスターの執務室へと急ぐ。

雨で辻馬車が混雑していたからここまで風魔法を補助に使って走ってきたけれど、いざ執務室のドアをノックする段に至って不安が胸中に湧き上がる。これは本当に必要な連絡事項だろうか？それとも以前の自分の行いを帳消しにしてもらうための自己保身？

どちらも否と言い切ることができないで、ノックしようとした手もそのままに立ち尽くしていると、室内から『おーい、そこに突っ立ってんのは誰だ？　温厚なオレ様は滅多なことじゃ怒らねぇから安心して入ってこーい』と間の抜けた声がしてきて。

気付けばあれだけ頑なになっていた手は、軽やかにドアをノックしていた。

＊＊＊

ガチガチに緊張したレイラからゴリゴリにヤバい案件を聞かされたオレは、若干の苛立ちを抱えながら雨の中を歩き、営業時間終了の札のかかったルーカスの店のドアを叩いたまでは良かったんだが——。

「あー……悪い」

「…………………」

雨で冷えたせいか鼻がムズついて、どうせ一回は居留守を使うだろうと特大のクシャミをブチかましたら、こんな時だけ一発で開いたドアから現れたルーカスの顔面に直撃ってのは、いくら何でも笑えない冗談だろ？

「いや待て、これはその〜……まさかこの短時間で出てくると思わなくてだな。決してわざとじゃないいんだ」

慌てて言い訳を並べるオレの前でルーカスは無言のままハンカチを取り出し、顔に飛んだ鼻水と唾液を拭ったかと思うと、いきなりどこから見ても親しい人物に向ける微笑みを浮かべた。長年の付き合いでこれは絶対に面倒くせぇことになると踏んだが、ここは甘んじて受け入れる以外の手はなさそうだ。

「ふふふ、遅かったじゃない。今日はうちで夕飯を食べるから、一緒に材料の買い出しに行くって言い出したのはあんたでしょう?」

「あぁ? ルーカス、お前さんあ――」

「さ、もう閉店の準備はできてるからすぐに出られるわよ。行きましょう?」

先回りして〝頭でも打ったのか?〟という言葉を潰され、視線で〝四の五の言わずに合わせろ〟と圧力をかけられる。どうやらレイラの話を聞いてすぐにきたのと関係がありそうだ。大方店の周辺に見張りでもいるんだろう。

「ん……おう、行くか。お互い仕事で忙しくてなかなか時間が取れない身だしな。さっさと買い出ししてお前さんの手料理を食わせてもらおう」

短い会話と目配せを交わし、エスコートのために腕を差し出すと微笑みかけられ、さも当たり前といったふうに自分の腕を絡ませてくる。この見た目で本物の女だったら文句なしの勝ち組なんだが、実際はオッサンとオッサンだ。不毛極まりない。

当のルーカスも同じ気持ちらしく、げんなりとした瞳で【好きな酒を買ってやる】と指先を走らせてきた。迷惑料代わりの現物支給のつもりだなこれは。しかも今気付いたが、口で息してやがるなこの野郎。何で同じ分類に該当するくせに当たりがキツイんだよ。

こちらの納得のいかない胸の内をよそにルーカスは涼しげな表情で店の施錠を済ませ、まだ細かく降る雨を避けるために頭上に座標を展開させる。真珠色に発光する雪の結晶形の座標の下に収まるオッサン二人。最悪な絵面だ。

思わず「傘をさすほどの雨じゃないだろ」と言ったものの、ルーカスにあっさりと無視された。こいつのことだから〝相手にここにいると印象付けるためなのだから、目立たないでどうする〟とか思ってそうだな……。

こっちの内心を見透かしてか無言の微笑みに折れてそれ以上の無駄口を諦め、オレの最も得意とするご婦人方から人気の渋い笑みを浮かべて、そのまま腕を組んで表通りの市場を目指す。時折通行人が振り返る視線を感じたが、店を知らない人間からすれば、この見目は背の高い美女に見えるらしい。

「今すれ違った奴等の会話を聞いたか？　お前さん劇場の女優だと思われてたぞ」

「あら素敵。そんな美女と歩けて役得でしょう？」

「ははっ、違いねぇな」

確かに相手によってはご褒美だろう。仮にアリアなら楽しんだに違いない。もしくはこの状況を生み出しやがった変態女か。現にさっきから好奇の視線のなかに、こっちの動向を窺うような視線が交じっている。こんなに人通りのある場所でも気配が読めるとは、随分と質が低い連中を使ってんな。

「尾行の下手くそな奴が三人くらいついてきてるな。聞いたぜルーカス、お前さんまたどっかのご令嬢を骨抜きにしたらしいじゃねぇの」

「そう……だからこんなに都合の良い時にきたってわけね。内心褒めてやっても良いと思ってたのに残念だわ。誰から聞いたの？」

「レイラだ。ああ、だが怒らんでやってくれ。以前お前さんにつき纏った負い目からか知らんが、もうお前さんとアリアが面倒事に巻き込まれねぇようにって、暇な時間を割いて危険人物になりそうな奴を見張ってたらしいのよ」

ルーカスにとっては思いもよらない情報源だったのか、心底意外そうに「レイラが？」とオウム返しに聞いてくる。それにレイラには言うなと釘を刺されていたが、あんなに必死になってオレのところに密告に来たってのに、その手柄を横取りするのはギルマス以前に大人としてやっちゃいかんだろ。

「告げ口をするような形になっちまったが、ま、そういうこった。お前さんがここまで拗(こじ)れる前に、最初からオレに声をかけてりゃこんな面倒事にはならなかったんだ」

「まるで最初からこっちに非があるみたいな言い方しないで頂戴。いつも向こうが勝手にこっちの見てくれに夢中になってるだけよ。迷惑な話だわ」

「そりゃまあ、お前さんにしたらそうだろうな」

「こんな顔の皮一枚が何だって言うんだか。欲しけりゃ同じ顔にしてやるわよ。で、身に覚えのない痴話喧嘩に巻き込まれて刺されれば良いんだわ」

「いや、大抵の奴はその顔があったら身に覚えのあることで刺されるんじゃないか？　やろうと思えば男でも女でもつまみ食いし放題だろ」

わざとルーカスが好まない方向へ会話の舵を切りながら笑っていたら、脇腹に肘を打ち込まれそうになって、それを掌で受け止めて回避する。距離を取られたら手も足も出ないが、近距離ならまだ何とかなるな。でもそのうち近距離でも負けるようになるか。こいつとオレとでは持っている時間が違いすぎる。

いや、そもそも誰もこの男の時間には付き合えないのだ。あそこまで懐いているアリアですらいつかは置いていく。

不可視の傘の下で肩を寄せ合って歩く姿は、傍から見ればじゃれ合っているようにしか見えないだろう。まさか若く見える方の年齢が、厳ついオッサンよりも上だと見破れる人間はそうはいないはずだ。もしも見破れるとしたら、もう一人の腐れ縁と同じような人外に足を突っ込んだ者だけだろう。

「下衆(げす)な発想ねぇ……アリアの前ではそういうこと絶対に言うんじゃないわよ。教育に悪いわ」

「だからお前さんはアリアの母親かっての。あの年頃ならこれくらいの話は笑って流せるだろ」

「母親ぁ？　あたしはあの子の師匠よ。だからこそ言うけれど、アリアの世間知らずぶりを舐めないで。下手に口を滑らせてあの年頃の子に汚物を見る目で見られたくないでしょう？」

「そこを誇られて脅される身にもなってくれや。第一よ、レイラの件でオレからぶん取った五回分の貸しを、今使わねぇでいつ使う気でいたんだ」

「これくらいあんたへの貸しを使うまでもなかったから温存したの」

「お前さんね、そうやってそのうちとか言ってる間に使えなくなるんだぞ？」

「はぁ〜……臭いだけじゃなくて、口うるさいオッサンね」

「く、臭くないわい。あと口呼吸は止めろ。傷つくだろうが」

とか何とか後ろの連中に聞こえないくらいの声音で悪態と軽口を叩いているうちに、市場の端に辿り着いた。雨のせいで客足が減って片付け始めた露店を中心に流し見しつつ、ルーカスが気になるものを見つけては足を止めて、普通に夕飯の買い物をしていく。

育ち盛りの欠食児童が一人と一匹に加え今日はオレもいるからか、ルーカスが持参したアリアお手製の特大買い物籠は、みるみるうちに食料で埋まっていった。当然それを持つのはオレだから、普段のこいつは買ってなさそうな重さの食材も遠慮なく詰め込まれていく。

籠に入り切らないものは別途店でもらえる紙袋に包んでまで持たされた。これで約束の酒を数本買っていなかったら、途中で逃げ帰っていたかもしれん——と。

ふと立ち止まったルーカスの視線の先を見やれば、肉屋の店先に〝生ハムの原木入荷！〟とあった。嫌な予感は的中し、それも荷物として積み込まれた。

「荷物持ちをするとは言ったがよ……これ、何日分で何人分の食材なんだ？」

「二人と一匹の一日分の食料よ。今日はあんたの分も入ってるから多少多いけど」

「それにしたって多いだろうよ。アリアの奴は胃袋に育ち盛りの前衛職男子でも飼ってんのか？」

「同年代の女性よりはちょっと多めに食べるかしらね」

「ちょっと？　ちょっとって言ったか、この量を。毎日これだと太るだろ」

「たくさん食べてよく働くから問題ないのよ。それにまだまだ食べられるくせに『もうお腹がいっぱいでぇ』とか、白々しい演技してくるよりずっと良いわ」

個人的に言われて腹の立つ発言の五指に入る言葉を口にしたようだが、確かにそれはオレにも覚えがあったから思わず頷いちまった。

「レイラから話を聞いた時は半信半疑だったけどよ、お前がオレを利用してまで牽制するってことは、今回の女はよっぽどだな？」

「そういうこと」

「向こうさんとアリアの面識はあるのか？」

「いいえ、まだないわ。ただ今日は危なかった。あんたが来る少し前に危うく店で遭遇するところだったのよ」

その時のことを思い出してか、ルーカスが顔を曇らせる。アリア絡みとなるとこいつは表情が豊かになるな。これが子供を一人で留守番させられない親の気持ちなのか。確かにクオーツがいないと火を使わせることも躊躇うくらいだから、極めて近いのかもしれない。

「成程。そこにレイラから救援要請をされたオレが来たから、これ幸いにただならない関係性をにおわせて、もし二人が顔を合わせちまって向こうが何か言ってきたところで、うちから出向させてるギルド関係者だと言えば丸め込めると思ったわけだ」

「ま、大体そんなところよ。今度はこっちが貸しを一つつくっちゃったわね」

「亡国の大魔導師への貸しイチか。悪くないねぇ」

「次に外でその呼び方をしたら再教育するわよ？」

「うへぇ……一番やらかしてたあいつがいない今となっちゃあ遠慮したいね」

「そのあんたが言うあいつがあたしの思ってる奴と同じなら、この間会ったわ。あたしの居場所はあんたから聞いたって言ってたけど、昔馴染みとはいえあんまり個人情報流すんじゃないわよ」

「流すって言ってもお前がこの町に来たばかりの頃だからかなり前だぞ？　というか、だったら何でうちに顔を出さんのだあの薄情者は」

「会いには行ったけど、あんたが自分のことを目視できなくなってたってぼやいてたわね」

「あーあー、あの馬鹿ついにそこまで人間辞めちまったのか」

なんて会話を交わしながらその後も仲睦まじい演技で買い物を続けたものの、流石に腕を組んでの演技はこれ以上はキツイ。何がって、腕と腰がだ。その旨を込めた目配せをしたら、何とかお許しをいただけた。

後方で下手くそな尾行をしている連中もダレてきている気配がある。意味深に姿をくらますにはちょうどいい頃合いだろう。

「それじゃ、そろそろ帰りましょうか」

「そうしてくれると助かるぜ……」

――ということで、どこから見ても見えるようゆったりと腕を組んだまま、ルーカスが城へと通じる術式を練り、大荷物とオレを伴って転移した。

次に視界に広がったのは城の工房。どちらからともなく即行で組んでいた腕を離し、アリアの待つ厨房へと荷物を運ばされる。その間に流れた無言の時間は心身が疲弊しきってのことだが、キッチンと繋がっている食堂から廊下へと漏れる明かりにホッとした。オレが荷物を抱え直した音で食堂のドアが勢い良く開いて。

「お帰りなさい師匠！　お湯ちゃんと沸かして待ってたんですよ……おぉ？」

「ギャワワワウ！」

馬鹿っぽく賑やかに飛び出してきた一人と一匹は、オレの姿を見て一瞬固まった。常なら入ってきても工房までで、ここまで奥に通したことがなかったからだろう。顔見知り相手でもこの反応なアリアの人見知りぶりに思わず噴き出しそうになった。

「よう、アリア。夕飯馳走になりに来たぞ～」

「は、えっと……ジークさん？　えーと、師匠。これはどういう風の吹きまわしですか？」

「ギャウゥウゥ……!!」

「まぁそうなるわよねぇ。でもこれを見たらあんたのその疑問も解けるわ」

言いながらこっちの方に手を差し出してきたので、アリア達の目の前で大きな包みを剥がした。

そこから現れたのは今夜の食事の主役格――。

「生ハムの原木!?　えっ、えっ、こんな贅沢品……今日何かありましたっけ？」

「クルルルルゥー？」

「特に何もないわ。ただ肉屋に美味しそうな生ハムの原木が売ってたから食べたくなったのよ。そうしたらこれに合うワインも必要でしょう？　それで買い出し中にこれを持ち運ぶのが面倒だったから、こいつを使って運搬させたの」

「な、酷い仕打ちだろ？　夕飯くらい馳走になっても良いとは思わんか？」

　事前に打ち合わせなどしなくともサラッと嘘をつけるルーカスを見て、アリアは意を決したように拳を握りしめ、カッと目を見開いた。続く言葉は聞かずとも分かる。

「そういうことなら仕方がないですね。すぐにジークさんの分の椅子を発掘してきます。ほら、行くよクオーツ。師匠の物置になってる椅子を引っ張り出すの手伝って！」

「ギャウッ！」

　だろうと思った。こんなところにまで他人が踏み込んできても、招いたのが師であるならと簡単に安心してしまうお人好し加減と、危機感の欠如ぶりに軽い頭痛を感じる。ルーカスほど過保護な気はないが、今後は非常時のために予防線を張っておく必要があるな――と。

「張り切っちゃってまぁ、現金で分かりやすいねーお前さんの弟子は」

「現金で結構。タダ働きさせられてヘラヘラしてるよりも良いわ。ほら、あんたも少しは手伝いなさい。芋の皮くらい剥けるでしょう」

「客相手に遠慮がねぇなぁ」

「あら、ワインがいらないなら良いのよ？　それに坊主は昔から酒のアテには、ジャガイモと厚切りベーコンの黒胡椒炒めがあればご機嫌だっただろうに」

「それまだ傭兵駆け出しの頃の話だろ……って、あー……やるやる、やりますっての」

市場での意趣返しなのかジャガイモとナイフを手渡されたので、仕方なく下拵えに入った。持論だが独身の中年男でジャガイモの皮剥きが上手いやつは従軍経験者だ。絶対そうに決まってる。できるのは皮剥きまでだから、最終的には蒸して塩を振って酒と一緒に食う。実に味気なくて侘しい男の生き様よ。

そうこうするうちにルーカスが次々と料理を完成させ、腐海から椅子を見つけて戻ってきたアリアが加わりたがったが、それを阻止するように頼まれた。理由は分からんがアリアに食材を触らせるのは駄目らしい。

三人で囲むにはやや手狭なテーブルではあるが、アリアは終始ご機嫌で、最初こそオレを威嚇していたチビドラゴンも食べ始めたらそっちに夢中になって。こっちも買ってきたワインが意外と美味しかったことに気分が良くなり、アリア相手に昔話を始めたところでルーカスがジャガイモをその口に突っ込んできた。当初の目的とは大幅に変わったとはいえ、急拵えの夕食会は大いに盛り上がった。

――――四時間後。

ほとんど空になった大量の皿とグラスを前にしてアリアが目を擦る。野生を捨てたチビもあくびが多くなってきた。時計を見ればもう十二時を回っている。

「ふわぁ～……お腹いっぱいになったら眠たくなってきました。お二人はまだ飲むんですか？」

「そうね。あと二、三時間くらい飲もうと思ってるわ」

「お子ちゃま達は風呂入って寝な」

「オジサンは飲み過ぎで理性失くして師匠を襲ったりしないでくださいよ？　あとトイレと間違えたとか言って私達のお風呂も覗かないように」

「ギャフ、グーギュギュ！」

「クオーツが〝絶対、丸焼きにする！〟ですって」

「ふふ、襲われたら八つ裂きにするから平気よアリア。それとクオーツ、風呂にこいつが近付く素振りを見せたら、昔馴染みの義理であたしが処すから安心なさい」

「おいおい、オレにも相手を選ぶ権利はあるだろ？　野郎とガキには興味ないぜ」

師弟とドラゴンに挟まれての冗談の応酬に、両手を上げて降参の体を取る。

恐らくオレの顔色は変わっていないが、ワインを五本、ブランデーを二本ほど空けているので、この状態で素面(しらふ)だと言える厚顔さはない。だがこのあとも酒の空き瓶は増えるだろうことは容易に想像がつく。

「ま、程々にしておいてくださいね。あと食器は今空いてる分は洗っておくので、残りは台所のスライム水につけておいてください。夜の間に油とか食べ残しを綺麗にしてくれますから」

「ちょい待ち。スライム水って何だよ」

「スライム水は名前の通りですよ。あ、でも正しくは核を抜いたスライムの死体を、殺菌性のあるハーブと煮込んだものですけど。つけ置き洗いに便利ですよ。使った後は窓から捨てたら森の土に分解されますし」

「スライムの死体でつけ置き洗いっていう字面が悪ぃな……」

「そうは言うけど便利よあれ」

「ふっ、洗い物をしない人には分からない画期的な発明ですよ。分かってくれる師匠は流石です」

アリアはささやかな胸を誇らしげに張ってそう言うと、チビを抱えて一度台所の方へ消え、爆速で食器を洗い終えたのちに「じゃあ、お風呂入ったら寝ますので。お休みなさい」と言い残して食堂を出ていった。軽い足音と暢気な鼻歌が遠ざかっていく。

「――で、アリアにはお前さんの追っかけの話は絶対に耳に入れないってことで良いのか？」

「そ。余計な心配するでしょう。あたしに傷をつけられる人間なんてそうはいないのに」

「そうはいないどころか、一国単位でも無理だったろ。それよかその命知らずな追っかけ女は、オレも見たことがある奴か？」

「いいえ。彼女、いつもどこかでこっちを見張らせてるみたいなのよ。毎回お客が一人もいない時に来るわ」

「二人っきりになれる時を狙ってるってことか。そりゃまた厄介だな。同情するぜ、色男」

からかった直後に脛を蹴られ、手からボトルを引き抜いて自身の空になったゴブレットに注ぐルーカス。この時間を懐かしいなと、ふと思ってしまう。歳だな。

合間に彼女に見初められた理由の説明を挟んだり、アリア達がいないので残っている生ハムを行儀悪く指先で摘んで口に入れて、咀嚼したそれをワインで流し込んだりした。

「彼女の家の紋章はこれ。貴族子女らしく馬車で来ることがほとんどだから、そっちで見張りをつけてもらえると助かるわ。こっちもあの子につけさせてる護符を改良しておく。それとレイラにはこれ以上は危ないから店を見張るのはやめさせて頂戴」

「分かった、できる限りうちの手の空いてる奴等を回す」

これでこの話は終わり。次いで一回分の貸りにはちと大きすぎるので、こっちからも交換条件を出した。主に人間の揉め事とは違って殺しても良い魔物の討伐依頼を三件ほど。そのうち一件に関してはアリアの腕試しにも良さそうなものだ。

その内容を聞いて案の定「殺しちゃ駄目な人間を相手にするより、ずっと簡単だわ」と言う相手に、呆れつつ「この難易度の討伐依頼をそう言えるのはお前くらいだ」と答えたら、形の良い顎を持ち上げて「当然よ」と笑われた。

＊＊＊

師匠の綺麗だけど男性らしさのある手で、自分の爪に重ねられていく鮮やかな色に心が躍る。秋もすっかり深まった十月三週目の定休日。

うっかり師匠の爪の色が新色に変わったから可愛いと言ったら、朝の身支度に三日ほど前から爪のお手入れまで入ってしまった。実のところ嬉しいより洗濯と掃除の時に引っかけて剥がさないか気が気じゃない。

薬の調合に使う材料の下準備だけでなく、畑仕事だってあるから土もつくって断ったのに、師匠の『だったらまた塗り直してあげるわよ』という言葉に負けた。そんなわけで今朝爪に乗る色は昨日収穫して夕飯に並んだカボチャと同じ色だ。でもだからこそ解せないことがある。

「今日こそ履いてくれますよね、師匠」

「もう、飽きないわねぇ。またその話なの？　何回だって言うけど嫌よ」

勿論下着の話ではない。毎日腐海を発掘して洗濯しているのだから、着るものがないなんてことはないのだ。つれない発言に膝上で丸まっていたクオーツが「ギャウ、グアーウ」と非難がましい声を上げたけど、師匠はまったく相手にせずに筆先に染料を乗せた。

「どうしてそこまで抵抗するんですか～。可愛い弟子が一人と一匹で稼いだギルド依頼の報酬で買った贈り物ですよ？　私はこうして爪の手入れを受け入れてるのに不公平ですってば」

「あんたがくれた靴下は柄が幼すぎるのよ。縦縞……はまだ良いとしても、水玉や星はちょっとあたしの歳だと身につけにくいわ」

「そんなぁ、どの柄も可愛らしいじゃないですか。それに我が師匠なら何をお召しになっていてもお美しいです」

「嫌ったら嫌よ。あんたってそういうお世辞は上手くなるのに、どうしてお化粧の手順はこうも憶えないのかしらね？　間接的だけど美容系で食べてるのに」

意地悪く唇を歪めるその表情から、今日も贈った靴下の出番がないことを察して軽く落ち込む。せっかく初パーティー討伐の成功報酬で贈ったのに、この仕打ちはあんまりだと思う。百歩譲って好みじゃなかったとしても、そこは二百歩譲って履いてくれるのが師ではなかろうか。

こっちがそんな不満を呑み込むために一瞬黙り込んでいると、師匠の吐息が爪先に吹きかけられた。師匠にしてみたらすぐに触って塗料を剥がす弟子の失敗回避のためだけなこの行為に、私の心臓はバクバクしどおしだ。このままだとキュン死にしてしまう。

何とかそんな煩悩を追い払おうと膝上のクオーツを抱きしめようとしたら、爪の染料の匂いが苦手なクオーツは私の膝上から逃げ出して、ベッドの方へと飛んでいってしまった。あんまりだ。非協力的すぎるぜ相棒。枕カバーのトンネルがお気に入りなレッドドラゴンのせいで毎晩かけ直すのが地味に面倒なんだよね——と。

「そ……れは、すみません。だけど靴下履いてくれるくらい良いじゃないですか。多少師匠には可愛らしすぎる柄かもしれませんけど、ほとんど靴とスラックスで隠れちゃいますし。これ以上拒否するつもりならクオーツに手伝ってもらって、師匠の靴下全部洗って干しちゃいますよ？」

図星を指されてぼそりと脅し文句を口にしてみても、師匠は「だったら素足で過ごそうかしら」と笑うばかりで、結局爪が乾くまで待っても新しい靴下をおろしてはくれなかった。

「せっかく着飾ることに興味を持ち始めたんだから、今日はあんたの冬物を色々買うわよ。コートは絶対必要だし、新しく作業用じゃないブーツもいるわね。手袋なんかの小物も見に行きましょう」

「うぇぇ？　そんなに張り切らないでいいですよ師匠。どうせ増えた分の片付けと洗濯の負担は私とクオーツにくるんですから。必要最低限で節約しましょう」

「却下よ却下。前もこんなやり取りしたわよ。服の一着や二着や……十着までなら同じようなものなの。それより遊びに行く前にギルドに一旦顔出すんでしょう？　だったら身支度の邪魔しないでクオーツと遊んで待ってなさい」

あっけらかんとそう言ってのけた師匠に抗議したけれど、華麗に右から左に受け流されて。あっという間に美しく身支度を整えた師匠に急かされるまま、最近新しく作ったクオーツ収納籠を引っかけてズバッと魔法陣で飛んだ。

体感として瞬きひとつ。次に目の前に広がっていたのは、書類の山に辟易した表情を浮かべたジークさんのいるギルドマスターのお部屋。

訓練されたジークさんはともかく、その隣で秘書の役を任されている彼女はそうではなかったようだ。派手に手にしていた書類を床にぶちまけた彼女に駆け寄り、大慌てで書類をかき集めた。

クオーツもすぐさま籠から出てきて家具の下に入り込んだ書類を追いかけてくれる。モゾモゾと尻尾をくねらせてほふく前進をするレッドドラゴン。彼の大きな猫っぽさは日々更新中だ。

「おはようございます、レイラさん。驚かせちゃってごめんなさい」

「ふふ、おはようアリアさん。こちらこそ手伝わせちゃってごめんなさい」

屈んで互いに謝罪しつつも笑い合いながら書類を集める私達の背後では、ジークさんが師匠に向かって挨拶をしている声が聞こえる。ジュエルホーンの角を無事に両親と元婚約者に突き付け、ここで彼女が働きだして、私が師匠に靴下を買ってから二週間。

未だに元婚約者に復縁を迫られたり、両親から貴族籍を捨てることを考え直すように言われてはいるようだけど、レイラさんは当初の約束と違うとその申し出を一切断って、このギルドで働くようになってから買った平民の服と、数冊の魔術書だけを持ってあの別荘を出た。

週に三日はここでジークさんの秘書役を務め、その他の三日は卒業した学園で、魔術書を集めた学園の書庫の臨時司書をやっているそうだ。私はそんな彼女の勇気ある決断を尊敬している。

「爪の色、可愛いわね。お洒落をして今日はこれからお出かけかしら？」

目敏く書類を集めていた私の爪に気付いてくれた彼女に頷き返すと、レイラさんは「貴女とベイリー様は本当に仲が良いわね。きっと好きなものも同じなんでしょうけれど、羨ましいわ」と、少しだけ寂しげに笑った。

「いいえ、そんなこともないんですよ。師匠ったら今日もまた履いてくれなくて」

「ほー下着をか？　自由もそこまでいくと風紀の乱れだぞルーカス。けしからん」

「馬鹿、そんなわけないでしょう。分かってて下らないこと言ってるんじゃないわよジーク。アリアも含みのある言い方しないの。あたしが変質者みたいじゃない」

「おっと、そうだよなぁ。むしろ弟子の初報酬で買ったもんだから履け――」

「ジークちゃんったら、その髭むしり取られたいのかしら？」

そんなふうに報酬で靴下を買ったことと、それをなかなか身に着けてくれないことはこの二週間ですっかり笑い話の種になっていたから、今度こそレイラさんも笑ってくれた……が。

その笑いも家具の下からクオーツが取ってきた会計報告書の内容に、ジークさんの私用会計（主に酒代）が紛れ込んでいたせいでぴたりとやんで。レイラさんの「ギルドマスター、少しお話があります」という冷たい声を聞いた直後、師匠とクオーツと一緒に魔法で部屋から脱出したのは言うまでもない。

ジークさんがレイラさんに雷を落とされる前にギルドから脱出した後は、現在例の店にて、当初の目的通りカウンターに積み上げた冬服の山を囲んでいた。予期せぬご褒美を前に狼狽える私を眺める店員さんの目は、楽しげに細められている。

「うん……あの、師匠。どう考えても私だけでこんなにある中から選べませんってば。それにお金だってそんなに無駄遣いすべきじゃないっていうかですね」

「大丈夫よ、前回も選べてたじゃない。お金はジークにクオーツの今月の家賃分【鱗】を一枚売り付けておいたから心配ないわ。流石に試着室にはついていけないから、一次審査は彼女にでも意見を聞いて頂戴。最終選抜はあたしがしてあげる」

「前回と数が違いすぎますよ。お洒落初心者にもっと優しくしてください」

逃げ道を塞がれて項垂れる私とは対照的に、クオーツは籠から身を乗り出して誇らしげに胸を張っている。たぶん自分の鱗で私を着飾らせるお金を稼げたのだと知ったのと、無関係ではなさそう。ドラゴンは本来自尊心が馬鹿みたいに高い生き物なのに……時々はこういうお腹を満たせないものでの欲求を満たしたいのかなぁ？

「だから今回は着回しできそうなものを先にあたしが選んであげたんじゃない。ま、全部が全部合う着こなしにできるかはあんたの選出にかかってるけど」

「ほらぁ、結局そういうことじゃないですか～！」

「お客さーん、そんな心配しないでも大丈夫だって。試着するだけならタダ。全部着てみちゃえ。迷ったらそのトカゲ君とあたしが選抜するからさ」

「ですって。良かったわね？　いってらっしゃい」

店員さんの後押しを聞いてにっこり笑って手を振る師匠に〝助けて〟と目で訴えるも、無慈悲に手を振り続けられた。諦めて溜息交じりに「いってきます」と言い残し、両手で抱えても溢れる服を店員さんと自分の腕の中に収め、奥の試着室へと向かった。

「フフフッ、そんなに緊張しないで、ドンドン着てジャンジャン買ってもらっちゃえば？　前も思ったけど、あの人はお客さんのためにお金使いたいんだよ。勿論欲しいものを買ってあげたいってのは大前提だけどさ、もっと甘えてほしいんじゃない？」

「そ、そうは言いましてもですね……私なんかに買われちゃったら、この可愛い服達が本来出会えるはずだったお嬢さん達との縁を切っちゃうのでは、とか」

「ふーん、服の気持ちを考えちゃうんだ？　自分の気持ちじゃなくて？」

「だってほら、眼帯を着けてると服が持ってる可愛さが半減するじゃないですか。お針子さん達だってがっかりするでしょうし」

「何言ってんのお客さん、逆だよ逆。お針子はどんな女の子でも可愛くさせるつもりで服を作るんだから。お客さんが着てみたいと思った時点でお針子達の完全勝利なわけ」

「ええ……超解釈過ぎませんか？」

「だーいじょうぶ。ほらほら下らないことで悩んでないで、次々着る。で、少しでも気になったやつはそっちの籠に入れて」

そう言うが早いか、完全無欠の陽の者な店員さんに着ていた服を引っ剥がされ、本当に次々に上から服を引っ被される。しかも私が口には出さないでもちょっと鏡を長く見ただけで、その服は籠へと放り込まれていった。

クオーツまでもが「ギャウゥーン！」と張り切って、売り場から籠に放り込まれたものと似た感じの服を追加してくれるものだから、倍率さらにドン。それでも何とか途中からは自分でも自分の好みが分かってきて、おそるおそるだけれど籠に服を入れた。

それから約一時間ほどの試着を経て残った服は、ほぼ半数以上が一次選抜を通過してしまって、休憩用のベンチで待っていてくれた師匠に「欲張ったわねぇ。でも買い物はやっぱりこうでないと」と笑われた。

結局最終選抜をしてくれると言っていた師匠も、私が選んだ服をほとんど全部通過させて買ってくれてしまって。帰り際に店員さんが大荷物になった服を抱える私に向かい、ニンマリと「ね、大丈夫だったたっしょ」とこっそり耳打ちしてきた。

――……その夜。

昼間に買ってもらった服を片付ける場所がないことに気付き、新たに籠を編みだしたのはいいけれど、可愛い服を入れるわけだし、せっかくなら凝ったものにしようと張り切った結果、現在時刻は深夜二時である。

クオーツとキャッキャしながらの作業だったこともあるけど、存外遅くなってしまった。時々声が大きくなりすぎたりしたから、美の伝道師が起きてしまうことを気にしてお互いに〝シーッ〟と言い合ったり。お肌の潤いを多少犠牲にしたかもしれないが、悔いはない。

——ただ……。

「これはあれだ。調子に乗って広げすぎちゃったかも。ナキタの蔓の屑掃除って、明日の朝じゃ駄目かなぁ？　どう思うクオーツ」

「ギャギャウン、ギャーウ？」

「うんうん。確かに植物の屑って吸い込んだり踏んだりすると危ないもんねぇ。そもそもナキタの蔓って駆け出しの冒険者が使う胸甲を編める強度あるし」

「ウルルル、ギューグルグル」

「今からさっさと集めて外で焼くって？　もっと駄目だよ。ナキタの蔓はすっごくよく燃えるもん。それにここにあるのは本当に屑状態のやつだし。深夜にナキタを燃やして風で飛んだりしたら、それこそ森が燃えちゃうでしょ」

「ギャワウ！　ギュワウワウ」

「そうそう、森林火災は洒落にならないの。ま、だから我々は深夜だけど地味に掃き掃除するしかないってこと。やるぞー……」

「ギュィィィ〜」

作ってる時の楽しさと片付ける時の気分の落差にダレつつも、掃除用具を取りに立ち上がろうとしたところで、部屋のドアがノックされた。どうやら騒がしくして美の伝道師を目覚めさせてしまったようだ。

自分のことは棚上げにしてクオーツに「だからふざけて遊んでたら、師匠が覗きにきちゃうよって言ったのに～」と言いながらドアを開けたら、そこにはドレスと見紛う夜着に身を包み、腰に手を当てて立っている師匠の姿があった。こんな時間でもお美しい。

「あんた達いい加減に籠編むのやめて寝なさい。何時だと思ってるの。睡眠時間が足りないと美容と健康に悪いわよ？」

「だってしょうがないじゃないですか。師匠のおかげで今日だけでかなり衣装持ちになったので、クローゼットに片付ける用の衣装籠が足りなくなったんですよ。他の籠は師匠の洗濯物や、放り出してた機材や本の一時避難場所になってますし」

「ギャウギャウ、グーウゥ」

「ふぅん、クオーツまであたしに説教する資格はないって言うわけね？」

「ギャウッ！」

「よくぞ言ってくれたわ相棒。第一私だってこれでもうら若い乙女なんですよ。深夜に部屋に入るのは非常識なんですからね。ということで、師匠のお説教はまた明日の朝に聞きますから、今夜のところはお引き取りくださーい」

そう言ってクオーツと結託して師匠をグイグイと廊下の方に押し返したけれど、ふと思い立ってドアを閉じる直前に「今日師匠が選んで買ってくれた服、どれも全部宝物だから……大切にしまいたいんです」と素直な気持ちを口にしたら、師匠が一瞬目を丸くしたので。気恥ずかしさから俯けば「師を敬う弟子にご褒美よ」の言葉と共に、額に不意打ちめいたおやすみの口付けが降ってくる。

すれ違ったり、分かち合ったり

本日も、また雨である。

昨日は、小雨だった。

ちなみに一昨日は、曇りである。

暦は十一月に変わり、世間一般では洗濯物の大敵と呼べる季節が到来した。

でもうちはと言えばそうでもなく。以前まであった洗濯物が乾かないという悩みは、器用なクォーツのトロ火乾燥のおかげであまりなくなった――が。あまりなくなりはしたものの、人間、通算成績で一週間に三日雨だとやる気が失われていくと思う。最近で浮足立ったのはジークさんが夕飯を食べに来た翌日に、師匠が護符を新調してくれたことと、一気に衣装持ちになった日くらいだ。

別に前のに不具合もなかったし愛着もあったんだけど、師匠が言うには『あたしがそのデザインに飽きたのよ』という、如何にも師匠らしい言い分だったので気にしないことにした。

新しいものは前回までと同様に過剰防衛では？　というような攻撃力を誇りつつ、こっちから師匠のいるところまで飛べるという機能がついていて、私が師匠にもらった魔力を同調させると引き寄せられる……らしい。要約すると〝大好きな師匠のところに行きたい！　今すぐ！〟みたいに念じれば飛べた。我ながら解釈が馬鹿っぽすぎる。コツを掴むまで魔力切れで鼻血を出すまで練習したのも、天才魔術師の一番弟子として情けない限りだ。

一応限定的なポータルに転移するための魔力構築の原理は説明されたけど、難しくていまいち分かっていないのだ。天才の所業は凡人には理解できない。ただ市場に出すとしたらかなり希少で高価な護符になるのかなくらいの予測はつく。

それに伴い幾らかクオーツの大きめな鱗が犠牲になった。でも何より新しい護符がもらえると、まだここにいて良いと言ってもらえているみたいで嬉……し、い……な！

「アリア、ジェキルの根を刻むのにいつまでかかってるの」

「いや、待ってくださいよ師匠。この根っこ鋼鉄製かってくらい、物凄く硬いんですけどっ、ちょっと切るの難しすぎませんっ……？」

「服と護符を新調してもらったから、新しい素材に挑戦してみたいって張り切ってたくせに。もう降参？」

「はあぁん？　降参しませんけど、これ、人体に使ってもいいやつなんですかっ……！」

今まで触らせてもらったことのなかったジェキルの根。見た目は黄緑色の細っこい根っこのくせして、やけに硬い。さっきからナイフの背を金槌で叩いて切っているのに一向に刃が入らない。ドラゴンのクオーツが小首を傾げて観察するくらい不思議な光景みたいだ。

すると額に汗をかき始めた私を見ていた師匠が「ふふふ、意地悪しすぎたわね。貸してみなさい」と手を差し出してくる。

途中で作業を交代することが不満で憮然としたまま根っことナイフを渡すと、師匠は「こうやって……魔力を流し込んで座標を解くのよ」と言いながら、あっさりとジェキルの根を刻んでいく。は？

「お、おおー……まるで砂糖菓子みたいに脆くなっていく……」

「ギュギュギュー？」

「〝どうなってるの？〟かって言われてもねぇ。私も知りたいよ」

「はいはい、原理なんかはやってるうちに感覚で掴めるようになるわよ。てことで、あとはこれにこの香油と、さっき抽出しておいたダロイオエキスを加えて火にかけていくわ」

「あぁぁ……お客さんに申し訳ないくらいダロイオが大活躍してるぅぅ……」

「そういうこと。また釣ってきて頂戴ね～」

「ええええっ!?　師匠の鬼！　この美魔女！」

「おほほほほほ、何とでもおっしゃい」

悪役っぽい高笑いをしながらそういう師匠に悲鳴を上げる私。簡単に言いますけどね、釣りは趣味だから楽しいのであって、指定を受けた魚を釣り上げるのは仕事なうえに完全に運頼み。それもフェロンならまだしも、狙うのがあの魚とか絶対に嫌だ。

「ギャウウゥー……」

これはなんちゃってドラゴン語翻訳をしないでも分かる。ただただドン引きってやつだ。

「待って、見捨てないでクオーツ。私達って二人で一人前じゃない。一緒に釣り……あ、でも待てよ？　湖に魔術で構築した籠沈めて持ち上げたらダロイオの一匹や二匹いけるのでは？」

「悪くないけど乱獲はしないでよ。あとその場合はダロイオの団体から、水鉄砲の集中砲火を浴びる可能性があるって分かってる？」

「げ……そうなっちゃうと私、跡形も残りませんね」

「何にでも近道はないってことよ」

ダロイオと聞いて明らかにやる気を下げるレッドドラゴンを前に必死に打開策を捻り出すも、サクッと師匠に希望を断たれた。

この野郎と思いつつも、無謀なことを試す前に止めてもらえて良かっ……たのか？　いや、違うな。ただ釣りを地道にするしかないという結論に達しただけだ。

私がその結論に至ったところで、師匠が心底楽しげに美しい微笑みを浮かべる。この顔をされてしまったら、もう抵抗を諦めた方が良さげだ。せめてフェロンもたくさん釣って美味しく料理してもらおう。

「もー……それで、これって結局何になるんです？」

「湯上がりに使う全身用ジェルよ」

「ほう、それはまた何とも悪魔的な。原材料を見たら、欲しがるお客さん誰もいなくなりそうですねぇ」

「ギャ、ギャヴゥゥ……」

美容のためとはいえ、全身にあの怪魚のデロデロを塗りたくるわけだ。クオーツの頭を撫でながらドン引きしてそんな会話を交わしていたら、不意に師匠が形の良い眉を持ち上げた。

ということは――。

「定休日だってのに、店の方に誰か来たみたいね」

「ということはジークさんですかねぇ？」

「まぁ一番あり得る線ではあるかしら」

「ふむ、だとしたらこの間から師匠に難しい討伐関連投げすぎですよ。前に書類仕事は嫌いだって愚痴ってましたし。あれでギルドマスターやれてるんでしょうか？」

「あたしがただ便利に使われるわけないでしょう。ちゃんと持ちつ持たれつの関係よ。そういうことだから少し出かけるわ。薬の調合の続きは帰ってきてからね」

師匠はそう言うとさっさと刻んだジェキルの根を片付け、魔法陣のある工房の方に行ってしまう。仕方なく残りの片付けをしようと作業台の上に手を伸ばしたところで、ハッと閃いた。今ジークさんが店に来ているのなら、ここは弟子として師匠をお手軽に使うのは止めてほしいと直談判すべきではなかろうか。

実際に今日は新しい調合に挑戦中だったところを邪魔されたわけだし。ちょっとうちの夕飯で団欒した程度で家族ぶられても許しませんからね。師匠をお嫁さんにもらうならまだしも。第一仮に家族の座を狙うなら連れ子の私の懐柔が先でしょうが。

――……てことで。

「さてクオーツ。私は上昇志向が強いので、今からこの新しい護符を使って師匠のところに飛ぶ練習をします」

「ギャウ、キュキュー？」

「〝そんなことして怒られないか〟って？　チチチッ、私がジークさんを怒りに行くの。師匠のことを便利屋さん扱いしないでくださいって。そういうことだから、お留守番よろしくね」

心配性で空気の読める相棒を丸め込み、一応の言い訳用にデッキブラシも装備した。雨続きだったから持っていっても損はないだろうし。それから瞑想のために目蓋を閉じて護符に魔力を送る。大切なのは護符に含まれている師匠の魔力に、分けてもらっている分の魔力を同調させること。

太い魔力の糸に強引に細い魔力の糸を絡めたら千切れてしまうから、太い魔力の糸の方を細い魔力の糸に近付けていく気持ちで。スーッと伸びていく感覚を頼りに、一番近い細さになったところでぐっと魔力の尻尾を掴む。ガクンとやや強く引っ張られる感覚があるのは同調が粗いせいだと師匠が言っていたけど、それでも何とか引き寄せられることに成功した……っぽい。

周囲を見回して出現場所を確認したところ、どうやら店の裏口に置いてあるゴミ箱横だ。まだ同調させるのが下手くそだから着地地点に誤差が生じる。

鼻血は……出てないな。うん。ひとまず無事に到着したのだから、こっそり入って行って二人を驚かそうと思い立ち、裏口のドアからなるべく物音を立てないように店内に侵入したのだが――。

「こういうのは迷惑だって、何度言えば分かってもらえるのかしら。定休日にまで押しかけてきて、いい加減にうんざりなの。あたしにとって貴女は数多いるお客様の一人。化粧をして自信をつけさせるのは仕事よ。でもそれ以上のことを求められても困るの。素顔で来店したらまたあたしが同情して化粧をするとでも？　そんな下心を持って店に来られても不愉快よ」

店内に一歩足を踏み入れた瞬間耳に入ってきたのは、絶対零度な師匠の声。こんな声で話しかけられたことがなくても分かるくらいのお怒りぶりだ。そしてこんな言葉をかけられるのがジークさんのはずがない。男女の区別なく魅了してしまう見た目の師匠は、一方的に恋愛感情を持った人達につき纏われることが多い。今までにも帰ってきて、愛人契約を持ちかけられたんだけどとかって愚痴ることも多々あった。でもここまで怒っているのは聞いたことがない。

今ここで出ていったら確実に怒られるだろう。けれどここで出ていかなければ大変なことになりそうな予感がして。前髪をかき集めて顔の傷痕を隠しながらド修羅場の渦中に飛び込んだ。

「あぁぁのっ、ゴミの収集に来た業者の者なんですけど！　ご店主さん落ち着いてください！」

「はあ？　ちょっと、こんなところで何してるのよ？」

「いえ、ですから、そのぅ、収集に来たら揉めてる声が聞こえてきたんで！　あんまりそんな頭ごなしに怒らなくても良いんじゃないかって話でして！　ね、そうですよねお客さ……ん……」

同意を求めようと思って相手を見たら、そこに立っていたのは師匠の客層にはいなかったような、ボロボロと涙を零す素朴なソバカスだらけの女の子だった。栗色の髪に榛色の瞳をした彼女は私と目が合うと、呆然とした青白い表情から一転、羞恥で顔を真っ赤にして、店のドアから霧雨の降る外へと飛び出して行く。それはそうだ。恋する女の子だぞ。赤の他人にこんなところを見られて普通の心境でいられるか。なのに——。

「アリア、何でこんなとこにいるの。城で待ってなさいって言ったでしょう。まぁでも、咄嗟に下手な嘘がつけるくらいの危機回避能力はあって良かったわ」

面倒そうに溜息をつきつつも、彼女とのやり取りなんてなかったみたいに普通に話しかけてくる師匠。告白慣れしているのは別にいい。類稀な美しさのせいで不愉快なこともたくさんあったのだろう。それも分かる。思ったよりも怒られなさそうなのも良かった。だけどそれでもどうしても納得できないというか、許せないことが一つだけあった。

「師匠は、顔に自信がなくて、ここでお化粧を教えてもらってやっと自信をつけて告白しに来た彼女に、何であんな酷いことが言えるんですか？」

「何でかですって？　それはあの子はあたしの顔が好きなだけだったからよ」

「そう面と向かって彼女に言われたんですか？　それなら師匠が怒るのも無理はないですけど」

「いいえ。むしろ正直にそう言ってくれた方がマシだったわね」

「じゃあ顔に惚れたっていうのは師匠の思い込みで、彼女は本気で好きだったのかもしれませんよ。ていうか、絶対に好きでしたよ」

「あのねぇ……ああいう手合はいちいち相手にしてたらキリがないのよ。あんたのその素直さは美徳だけど、そんな考え方ばかりしていたらいつか足を掬われるわ」

まるで理由もなく癇癪を起こしている子供を宥めるような口調と声音に、カッと頭に血が上る。

ああそうさ！　私は顔に自信がなくて、美形に惚れたばっかりに穿ったものの見方をされて、あり得ない暴言を吐かれて雨の中を逃げて行った彼女と自分を重ねてる。

「自分に自信をつけてくれた人を好きになることは、何にもおかしなことじゃないですよ」

「それはただの刷り込みよ。もしくは打算か強迫観念ね。傍にいて綺麗になれたのだから、離れたらまた元の姿に戻ってしまうかもという恐れ。侍っていれば優遇されるという思い込み。それにもしも彼女が元からあたしを知っていて、同情を引くつもりで来店していたのだとしたらどう？」

尚も続く授業っぽい何か。手放しで顔が良いと言える人種を師匠以外で見たことがないから、大好きな顔のはずなのにより一層憎さが増す。かわいさ余って憎さが百倍ってやつだ。私や彼女は師匠の目からすれば、同情をしてもらわないといけない立場なの？

「何ですかそれ。それこそただの憶測で、自意識過剰過ぎますよ。というか、今のって私にも当てはまるんじゃないですか？　師匠にとって醜い子供を拾ったら、思いのほか懐かれて鬱陶しいと思ってたって遠回しに言ってます⁉」

「はぁ？　ちょっと落ち着きなさいよ、誰もそんなことは」

「綺麗な人に不細工が憧れたら駄目ですか？　憧れるのさえなしですか？」

「だから誰もそんなことは言ってないと――」

「師匠はっ、師匠はずっと綺麗だから分からないんですよ！　自分がどれだけ恵まれた容姿をしてるか、それが私達みたいな人間から見たらどれだけ羨ましいか！　師匠の馬鹿！　分からず屋の自意識過剰！　師匠のそういうところは大っ嫌いです‼」

言ってしまった。言っては駄目だと思っていたこと全部。俯き、肩で息をしながらも、頭の芯が冷えていくのが分かる。こんなことを言ったって、師匠は強いから絶対に鼻で笑われるだけなのに……と。恐る恐る顔を上げた私の前で、師匠はいつもの自信家な表情を引っ込めて「言いたいことは、それだけかアリア」と言った。

聞いたこともない平淡な声。

その言葉はこちらの答えを待つこともなく――。

「誰の何が恵まれてるだ？　お前も結局他の連中と同じなのか。勝手にこの見た目を羨んで勝手に幻滅する。もう飽き飽きだ。馬鹿馬鹿しいっ!!」

「そこは他の人とは一緒にしないでくださいよ！　他の人達は師匠の綺麗な見た目と乖離した壊滅的な生活力を知らないでしょう？」

「そんな話は大して重要じゃない」

「待ってください。師匠の見た目しか見てないなんて言ってません。けれど醜い者が美しい者に憧れる気持ちも少しは分かってくれたって――」

「だったらお前はこの顔じゃなくなった俺に価値を見出すのか？　それとも世間の奴等と同じで容姿が衰えたら無価値だと思うか？　何をやったところで最後まで口にされるのは容姿のことだ。それがどれだけ――っ」

ふざける時以外には滅多に聞けない男言葉に加え、これまでの七年間の中で見たことのない表情が師匠の顔に浮かんで。追撃しようと反論する言葉を探していたのも忘れてその顔を注視した。けれどそれは本当に一瞬だったから、次の瞬間には常の作り物めいた体温を感じさせない顔になる。

そして――。

「分かった、もういい。勝手に拗ねていろ。あの女のことはこちらで何とかする。ただしお前は余計なことをするな」

こっちを一瞥もしないで告げられた相変わらずの一方的で分からず屋な言葉に、また一気に頭に血が上った。この場面で反論しないなんて嘘だ。

「師匠の思う余計なことが、私の思う必要なことなら約束できません！」

「――っ、破門にされたいなら勝手にしろ‼」

「ええ、言われなくても勝手にします！　だけど破門とかそういうのは、あの汚城をどうにかできる腕の良い掃除婦を見つけてから言った方が良いですよ‼」

拾われてから七年目にして、初めて。

私は敬愛する師匠とバチバチの大喧嘩をしてしまったのだった。

＊＊＊

耐久戦は自力が高い方が勝つ。

喧嘩は好意が大きい方が負ける。

そんな当然の答えが導き出されたところで、どっちの立場に立ったとしても私の大敗は疑いようがない。敗北確定待ったなし。ただしそれは一緒の空間にいる時だ。いなかったら怒りは持続させられる。だからまだ師匠に対しての煮え滾る感情は消えていない。

そんな中途半端な状況の私が、師匠との喧嘩後になんでもない顔をして汚城にいられるわけもなく。身を寄せられる場所はといえば、レイラさん一択。最初はジークさんのところに行こうかと思ったけど、古くからの知り合いとその弟子だったら、絶対に前者の味方をされるだろうことは火を見るよりも明らかだ。

なので家出したその日にギルドの近くで張り込んで、仕事から帰るレイラさんに助けを求めた。いきなり家出の片棒を担いでと言ったって、良識のある彼女に窘められるかと危惧していたものの、意外にも『引っ越したばかりの家に友人を招けるなんて素敵だわ』と。

あれよあれよとお泊まり用品を一式買い与えられてお家に招かれてしまった。あとそのお家の場所がまた意外で、ギルドの近くにある若干やんちゃな人達が多い地区に細長い一軒家を借りていたのだ。理由は賃貸料が安かったからと、出勤に便利だから。

ちょっと前まで貴族令嬢だったのに、すっかり逞しくなっていた彼女にこれまで以上に尊敬の念が芽生えた瞬間であった。

だというのに私ときたら――。

「あのぉ……ごめんなさいレイラさん。もう一晩だけここにいてもいいですか？」

夕闇が迫ってくる午後六時。玄関で家主を出迎える第一声がこれとは、情けないを三段跳びで通り越して図々しい。けれど最近さらに自信をつけて、ジークさんからも『ありゃ化けたな』と言わしめた女神は、ふわりと元から優しげな目元を緩めて微笑むと、ゆったりとした仕草で荷物を下ろしながら口を開いた。

「ええ、勿論。こんな狭い家で良いならいくらでも。わたしとしては家に帰って来た時に明かりが点いていることも、部屋の中が綺麗に整えられていることも新鮮で嬉しいから、ずっといてくれても構わないくらいだもの。あ、だけどそうね……これ以上滞在するならお給金を払わせてほしいわ」

「うわぁ、申し訳ないくらいの好待遇〜……」

「そんなことないわ。わたしの方こそ帰ってきてすぐ玄関の本を退けずに家に入れるなんて好待遇だもの。それよりも、ね。今夜の夕飯はテトラ亭のハーブチキンとサラダとバゲットなの」

微笑みつつ差し出された荷物を手に取れば、チキンとバゲットの香ばしい匂いが鼻腔をくすぐる。師匠の作ってくれるハーブチキンとはほんの少しだけ香りが違う。キューンとなったのは胃袋なのか何なのか……あ、うん、胃袋だね。ギュルンギュルン鳴いてるわ。

そんな私のお腹の音に驚いたように目を瞬かせるレイラさん。恥ずかしいし空気読めよ腹の虫〜と思っていたら、すぐに「ね、舌打ちだけじゃなくて、それも教えてほしいわ」と斜め上にはしゃがれてしまった。

「あ、えっと、これは生理現象なのでちょっと教えるのは難しいっていうか、ですね。今度口笛の吹き方を教えるのでどうでしょうか？」

「あぁ口笛！　あれも憧れていたから嬉しいわ。是非お願いするわね」

「ふふ、はぁい」

「でもその前にお腹の音を止めましょう。今夜もクオーツは呼べるかしら？」

「あ、それは大丈夫だと思います。師匠はあの子がこっちに来るのを禁止してるわけじゃないみたいなので」

「だとしたら、ベイリー様にアリアさんの様子を見てくるように頼まれてるのね」

「……そうなんでしょうか」

「ええ、きっと。でも勿論まだまだ泊まっていてほしいから、帰るなんて言わないでいてくれると嬉しいわ」

そんなふうに優しい先回りをされた私は気の利いた言葉を返せず、苦笑しながら護符を用いて、クオーツにここ五日でお馴染みとなった夕食のお誘いをかけることにした。

やり方は師匠の元に飛ぶ方法の逆応用編。護符に〝クオーツおいで～〟と念じる。相変わらず実に馬鹿っぽいけど、そうすること約十分。握っていた護符が温かくなったと思ったら、ポンッと小さな音を立てて目の前に猫くらいの大きさのドラゴンが現れた。

「はぁぁぁ……クオーツ、来てくれてありがとう～」

「ギャウウゥゥ！」

「凄いわアリアさん。もうこの子を呼びだすのは完璧だわ」

「いえ、これは、クオーツが、魔力を、辿るのが、上手いだけです」

「まぁ。そんなことないわよね、クオーツちゃん」

鼻血は出さないまでも肩で息をする私の腕の中で、レイラさんの言葉に同意するように「キュウゥルルー」と甘えた声を出すクオーツ。辛うじて夕食には顔を合わせているけど、若干というか明らかに一部の鱗が褪色している。人間で例えるなら脱毛症とか、白髪化に近い状態なのかも。

それはまぁ、ただでさえ苦手意識を持っている師匠と二人っきりの生活は辛いだろう。生態系の頂点に立つ生き物に苦労をかけてるなぁ。

「ごめんねクオーツ。今日もここに泊まらせてもらうけど、夕飯は一緒に食べたいんだ」

自分勝手なこちらの言葉に、心優しい相棒は「ギャウ」と大きく頷いてくれた。

＊＊＊

現在時刻は昼の十二時。場所は荒くれ者だらけの下町ギルド。

何となく傭兵の仕事がなくなって、かといって今さら普通の生活に戻ることもできなくて、自分を含めて行き場を失くした奴等を引き連れてギルドを立ち上げたのが二十七年前。二十五歳の頃だ。

だがマスターになったからって元の不真面目な気質が直るようなことはない。むしろ人に仕事を任せられる立場になってからは酷くなったとさえ思う。だからいつもなら適当な時間になれば、苦手な書類整理のサボり場所として腐れ縁の店に転がり込むんだが——……今回は少しばかり立場が違った。

「なぁ、ルーカスよぉ。いい加減にアリアと仲直りしたらどうだ？　もう六日目だろ、アリアの家出。そろそろ城の中に虫が湧くんじゃないのか？」

「うるさいわね。なんであたしが馬鹿弟子に謝らないといけないのよ。それにまだ虫が湧くほど荒れてないわ」

「そうは言っても時間の問題だろ。気付いてるか？　その服、裾に染みがついてるぞ」

「……これはそういう意匠なのよ」

掃き溜めな執務室のソファーに気怠げにかけながらそう宣うのは、一見すると美術品、口を開けば粗悪品な男だ。このまま剥製にでもなれば売れるんだがな。オークション形式にしたら冗談抜きで天井知らずな価値になるだろう。そうできる人間がいればの話だが。

「お前さんの方が年長者だろ。向こうも頑固だ。変な意地を張り合ってたら、謝罪を待ってる間にあいつの方が婆さんになっちまうぞ」

「それより前にあのチンクシャが謝ってくれれば良いだけよ」

いかん。このままだとまた六日前から続く堂々巡りになる。まだ話の長い年寄りになったつもりはないってのに、年々無意識にそうなっていくみたいでぞっとするぜ。

「第一だ、毎日家出をしたアリアの様子をうちに聞きに来られてもな、レイラが出勤してない日の動向はオレにも分からんのよ」

「別に馬鹿弟子の動向なんてどうでも良いわ。ただまたあの女が店に来るかもと思ったら鬱陶しくて、真面目に仕事してられないの」

気のない返事をしつつ枝毛がないか探しているふうを装ってはいるが、らしくもない下手な嘘だ。妙な信頼があるとすればこいつに限って枝毛なんてない。髭の一本、鼻毛の一本、産毛と爪の甘皮もないんじゃないかと思っている。

美しいと褒めそやす連中を嫌うくせに、美しくあろうとする理由は分からんが、確かに他人にとやかく言われて趣旨替えするのはこいつらしくないからな。

「はん、素直じゃないねぇ。どうせ怒鳴ったことで怖がらせたんじゃないかとでも思ってんだろ。相手はアリアだぜ？　存外ケロッとしてるぞきっと」

「消し炭にしてやろうかオッサン」

「お前さんにオッサン呼ばわりされたかないわい」

「このあたしがオッサンに見えるなら老眼が進んだのね」

「あ〜も〜面倒くせぇ野郎だな〜。今のお前さんは小娘と変わらんぞ」

そう言った瞬間飛んでくる殺傷能力が高そうな靴。それを受け止めて尖った踵を持ち、舌打ちするルーカスに「老眼のオッサンに止められてやがんの」と煽れば、今度はシャラリと透き通った音と共に、首筋に氷の刃先が突きつけられた。相変わらず短気な奴だ。

「今回の件で分かったろルーカス。お前さんはアリアの母親じゃねぇんだ。距離感を考えろ。で、あの年頃の娘は世間一般じゃ多感で反抗期なんだよ。うちを辞めて所帯持った連中がよく息子や娘のことでぼやきに来る」

「……だからなんだって言うのよ」

「お前さんが教えてきたことと違う意見を持つのは当然だってことだ。認めてやれ」

「別に意見が違うことを認めないとは言っていないわ」

「じゃあれだ、拗ねてるのか、お前さん。ぽっと出の小娘にアリアが同調したことに。売り言葉に買い言葉でアリアが反論してきただけだってことは分かっているんじゃないか？　ただその見た目が好きなだけの小娘を七年も傍に置くお前さんじゃないだろう？」

「余計な口がきけないように喉を裂いてやろうかしら」

「図星指したからって物騒なこと言うなって」

両手を頭上に上げて降参の格好をとれば、ルーカスは不機嫌そうに鼻を鳴らした。オレが今のアリアとほぼ同じ歳だった三十四年前のこいつは、ついさっきまで会話をしていた人間が次の瞬間に死体になっても気にしないような奴だった。

人間離れした美貌の……いや、普通の人間じゃないことを差し引いたとしても、イカレた冷酷なところを隠そうともしていなかった。なのに、そんな奴も変われば変わるもんだ。

「家出したって言ってもあの傷が広がらないように、わざわざ深夜にレイラのとこを訪ねて、寝てるアリアに魔力を分けてやってんだろ？　オレから言わせればな、もうそれは許してるって話だ」

そう、なんだかんだ言いつつアリアは人を良く観察している。六日前にオレを頼ってここに訪ねて来てさえいれば、面倒事になる前にさっさと言いくるめて仲直りをさせてやったってのに、アリアが逃げ込んだのはレイラの家だった。

一応翌日出勤してきたレイラに引き渡しを持ちかけたが、にっこり『友人が遊びに来ただけですので』と躱された。前にルーカスにこれ以上首を突っ込むなと言われたものの、何かしら他に役立てるところを探していたんだろう。そこにアリアが転がり込んできたとあれば、これを保護しない手はないってもんだ。

ルーカスもそれを分かっているからか、レイラの家に行く時に口止めと称して新商品の化粧水やらを手土産にしている。過保護同士馬が合うらしいな。おまけに夜には夕飯をご馳走する名目で赤いトカゲを召喚するのを黙認している。そこまでするなら、もうさっさと仲直りしちまえってんだ。

「何でそうなるのよ。まだ謝られてないから許してはいないわ。ただせっかくあそこまで回復した火傷痕がまた広がるのは癪でしょう。戻ってきた時に治すのも面倒だもの」

「おーおー、そこまでいくとただの痴話喧嘩だな。犬も食わないってやつだ」

「嫌だわジーク、本当にオジサンくさくなったじゃない。そういうのギルドの女性職員に言ってないわよね？　男に対してもどうかと思うわ。中年男の冗談は鬱陶しがられるわよ」

「ええ……何でだよ。重い話題を軽ぅくしてやってるんだろ」

「常日頃しっかりしてる上司に言われるならまだしも、ちゃらんぽらんな上司に言われたら、面白がって煽られてるのかと思うわね」

「おいおいおい、被害妄想じゃねぇのかそれは」

「あら、他者の意見は認めるものなんでしょう？　誰かと喧嘩してると知ってる時に明るく話かけてきたくせに、途中で面倒くさくなって聞き流す方向にいかれたら、腹も立つわよ」

こっちの揚げ足を取って若干機嫌が良くなったのか、そう言って妖しく笑う姿は正しく魔性。あの無謀と言われた反乱を成功へと導いた、泣く子も黙る大魔導師。

その妙な口調にもだが、誰かに特別関心を持ったり肩入れしたりする奴じゃなかったこいつが、他人の面倒を見ている。

昔戦場でつるんでいたマーロウ……あの自分の座標を使ってまで魔術を究めて、ついに姿が視えなくなったらしい魔術狂とオレに対しても、死なないからつるんでいただけに過ぎなかったくせに、何もできない小娘を拾った。

こいつの正気を疑って実物に会わせろとしつこく言い募ってアリアに会った時は、あまりの普通さにまた驚かされた。顔に大きな傷がある以外は、どこからどう見ても普通。

その小娘一人に振り回されている様はどこか滑稽で。どこにも誰にも繋がっていなかったこいつに、初めて重石がついた。それだけのことに何だか呆れるくらい安心させられたもんだ。

「ちょっと……何を笑ってるのよ」

「いや、なんでもねぇよ。ただお前さんがつけた引き寄せの護符のせいでこうなったってのもあるだろ。いっそこんなことになるくらいだったら、最初っからアリアに変に隠さずに〝つき纏われて困ってる〟って言えば良かったんじゃねぇかと思ってな」

「馬鹿ね。アリアみたいな子供に心配をかけるなんてごめんだわ」

「ふーん、子供ねぇ。ま、若作りの極みみたいなお前さんにしてみたら、みーんな子供みたいなもんだろうよ。だけどなルーカス。女は男より大人になるのは早いぜ？」

〝特に色恋方面にはな〟とは言わないでおいてやるくらいの優しさは、オレだって持ち合わせている。それにそんな野暮なことを言う奴ってのは、昔から馬に蹴られて死ぬ運命らしいからな。オレはベッドの上で死にたいんでね。

「知っているからあまり醜いものを見せたくないの。アリアに余計なことは吹き込まないで頂戴。それとこっちは仕事をしたんだから、次はあんたの番よ。決行は予定通り明日。幸いアリアは近寄ってこないし。喧嘩の原因になった小娘の対処にはちょうど良いわ」

前半はそれっぽいこと言ってるが、後半は結構地味に気にしているらしい。やや不機嫌さを取り戻した面のルーカスを見ていたら、さっき注意されたばかりの〝オジサンくささ〟が頭をもたげる。昔の仕返しをするなら今ってか？

つい「そんなこと言ってよ、あの護符があればオレの助力なんているのかね。怖い思いをしたら引き寄せで自分のところに飛んでこいとは、いやはやとんだ過保護だぜ」と口にしたら、いつの間にか天井から逆さ吊りになっていて。加齢には勝てない腰がメキリと嫌な音を立てやがった。

やべぇな……明日これ立てるか？

＊＊＊

何の解決法もないまま迎えた七日目。

ここはそう七日(なのか)～なんてジークさんみたいなオヤジギャグを言っている場合ではない。信じられないことにあの初めての大喧嘩からの初めての家出は、一週間になってしまった。同じ日数を数えているはずなのに一週間となるとドキッとしてしまう謎。

しかもその間に城には一度も帰っていない。なんだったら師匠に会ってしまうかもしれないギルドの掃除もサボってる。無収入な居候。掃除洗濯だけではもう誤魔化しが利かない感じになって参りましたね。

思わず玄関マットを叩く手を止め、清々しく晴れた空を見上げてしまう。わあぁ……舞い散る埃に陽の光がにキラキラと反射して綺――。

「ゲホッ、ゲフッ、ケホッ！　ハックショイ!!」

盛大な咳とクシャミをお供に室内に戻る。いつまでレイラさんのご厚意に甘えているつもりなんだという、自然界からのお叱りですね。分かります、はい。そして何よりも正直なところお城の状況が気になりすぎる。

クオーツに頼んで最低限の掃除はしておいてくれるように頼んだけれど、いくら賢く手先が器用であろうともそこはレッドドラゴン。掃除力が如何ほどのものかは分からないまでも、そうそう期待はできまい。

「うーん……そろそろ工房の何かしらから虫が湧いてる頃かなぁ」

レイラさんに言われて何度か話し合いに帰ろうとはしたのだ。でもそのたびにあの女の子の泣き顔が脳裏にちらついてできなかった。

師匠と仲直りがしたいがために彼女の悲しみを無視していいのか？

というよりも、私が勝手に彼女に自分を重ねて怒っているだけではという後ろめたさが、師匠との和解を遠ざけている。彼女の師匠を好きだという気持ちも本物で、好きになられることが迷惑な師匠の気持ちも本物。当事者同士の問題に頭を突っ込んでややこしくした。

あの場で極めて悪質な嘘つきは師匠のことが好きなのに、それを言ったら一緒にいられなくなると分かっているから、師匠が本当に好きな人と結ばれることがあれば、弟子兼掃除婦として居座ろうとしている私だけだ。控えめに言っても最低である。うん。

「師匠もさ、もっと言い方があるでしょうってだけのことだよね」

彼女がただ純粋に師匠のことを好きで、その想いを伝えたかっただけだとしたら、もっと優しく断ることだってできたはずである。仮に期待を持たせないように冷たくするにしたって、あれでは次の恋に臆病になってしまうだろう。少なくとも私なら師匠にあんなふうに言われたら心臓が止まる。

だから私は真正面から想いを伝えた彼女は勇者だと思った。でもそれは師匠にとっては心の安寧とは真逆にある。ここがこの騒動で双方の擦り合せができない点だ――って。

「ひぇ……レイラさんったらこんなところに昼食の残骸を……」

昨日は手が回らなかった積本をかっちり編んだ四角い籠に巻数順に並べていたら、その中の一冊から萎びたレタスが出てきた。挟まっていたページにはくっきりと緑色の染みがついている。鼻を近付けてみたらやや生臭い。ふむ、困った。このまま放置すると夏場に臭いと虫の原因になる。

汚城だと毎年どこからか漂ってくるんだよね、これ。

『だったらお前はこの顔じゃなくなった俺に価値を見出すのか？　それとも世間の奴等と同じで容姿が衰えたら無価値だと思うか？　何をやったところで最後まで口にされるのは容姿のことだ。それがどれだけ――っ』

困ったなぁ。ここ七日間ふとした瞬間に師匠のあの時の声と言葉が脳裏に蘇る。あんな顔をさせたかったわけじゃない。私がこの顔が嫌なように、師匠もあの顔のせいでお店で嫌な思いをしてることも知ってる。

ただ師匠の良いところは顔だけじゃないでしょうが。彼女はそれを分かった上で告白したのかもしれないじゃないか。その幸せを遠ざけないでほしい。あと言い過ぎたけどその件についてまだ心の底から謝れるかは半々だ。

今回の件で気付いてしまったことだけど、私は十四歳の頃に街へ出て住み込みで働きたいと師匠に懇願して、いざ連れて行ってもらった時に、この今も残る醜い傷痕のせいで門前払いをされた痛みを憶えていた。師匠が治療してくれてもまだ醜い自分を恥じている。

けれどそのことを彼女が現れるまで忘れていた。ううん、正確には忘れようと痩せ我慢していただけで、ちっとも過去のことにできていなかったのだ。八つ当たりだ。

でも――……そんなしつこい風邪の如くぶり返してきた怒りに蓋をするように、小さいころ一緒に食べてくれた魚の優しい味がよみがえった。すると直前まで刺々しかった心から棘が抜けていく。

ああ、そっか。幼い私が自分の感情を上手く御せないで、今みたいに攻撃的な気分になった時、いつも師匠は言ってたじゃないか。

『イライラする時も悲しい時も、人間っていうのは単純だから、美味しいものを食べたら割とどうとでもなるのよ。憶えとくと良いわ。さ、分かったら早速あんたの好物を獲りに行くわよ。釣竿を探してきなさい』

そう綺麗でちょっぴり意地の悪い微笑みを浮かべ、自信満々に尊大に。普段は全然ちゃんとしていない大人なのに、そんな時だけは世界中で一番輝いていて、かっこいい人だと憧れたんだ。尊大さも鈍感さもだらしなさも師匠の魅力の一部だった。

「……ちゃんとまともな服を着てお店に出てるか覗くくらいは、してもいいよね？」

ということで、思い立ったが即日生活。残りの掃除を一気に片付け、干し終えて空になった洗濯物の籠を放り投げ、家出の時にバッチリ持ち出してきたデッキブラシを手に、眼帯をつけたら準備完了。

でも気持ちが逸る(はや)と上手くいかないから、逸る心を静め、護符に込められた師匠の魔力と自分の魔力をゆっくりと同調させていく。喧嘩は続行中だから〝本当は大好きなんだけど、今は冷戦状態な師匠のところに行きたい〟と念じる。

少しずつ、少しずつ、謝る言葉を考えるみたいに丁寧に優しく、下手に出過ぎないくらいの気持ちで同調させていくと、クンッと引っ張られる微かな感覚があった。その感覚に身を任せて七日前のあの日みたいに飛んだ。

次に視界に入ってきたのは、見覚えのない汚い路地。あ、これはやっちゃったね。たぶんだけど、ここは以前師匠が『あっち方面は治安が悪いから行っちゃ駄目よ』と言ってたとこだ。どうやら余計な力が入りすぎて前回より遠い場所に繋いでしまったらしい。

こういうのって回数をこなすうちに上達していくものだから、これは後退になるのではなかろうか。幸先が悪いなぁと思いつつ、右手でデッキブラシの柄を握る手に力を込め、左手に護符を握りしめて改めて店のある路地に向かおうとすると、さらに運の悪いことに進行方向から話し声が聞こえてきた。

怖い人達だと困るので、立ち去ってくれることを期待しながら、途切れ途切れに聞こえてくる会話の内容に耳を傾けていると――。

「依頼していた通り、お前達は早くあの店にいる店主を攫ってきて。ここに連れて来ることができたら追加料金を払ってあげるわ」

「へへっ、ですからねぇお嬢様。あの店主は他の貴族のご婦人方も目をつけてる上物なんですぜ？　それをこんなしけた前金だけで攫ってこいってのは割に合わねぇ。もっと色をつけてもらわねぇと。

ついでに先に追加分も渡してくれ。オレ達のやる気も上がりませんって。なぁお前ら？」

「なっ……ふざけないで！　七日前にはこの金額で請け負うと言ったでしょう⁉」

「ふざけちゃいませんよぉ。危険手当ってやつだ。あんたが攫ってこいって言ってるあのベイリーの恋人は、ハーヴィーのギルマスだぜ？　そんな野郎のお気に入りの誘拐なんて危ない橋を渡らされるからには、相応の報酬がいるんでねぇ」

　突然出てきた驚くくらい馴染みの名前と衝撃の事実。家出中にジークさんに上がり込まれてたことへの複雑な心境は、この際横に置いておくとして……だ。まだ距離があるし姿も見ていない。品性下劣そうな男性陣の声はまったく聞き覚えがないけど、女性の声には聞き覚えがあった。師匠との大喧嘩の原因になった声を聞き間違えるはずもない。

　生活ゴミのこんもりと入った木箱を目隠しに、見つからないよう身を低くしてジリジリと距離を詰める。頭の中は怒りでいっぱいだった。

　でも姿を見るまではそうだと決まったわけじゃないと言い聞かせながら、祈る気持ちで会話に熱が入り始めた人物を物陰から覗いて――……死にたい、殺したい気持ちになる。格好こそ町娘みたいだったけど、あの日あんな衝撃的な対面を果たした相手を見間違うはずもない。視力には多少自信があるのだ。伊達に七年も森で生活していない。

　けれどソバカスが散った顔に榛色の瞳をした彼女は、あの日のように怯えて泣いてはおらず、背後に護衛をつけ、その顔を醜く歪めてゴロツキ達を怒鳴っていた。そこに恋に敗れて傷ついた少女の面影はない。

ああ師匠、師匠、師匠、師匠——……貴方を信じない馬鹿弟子でごめんなさい！

身勝手にあの日の彼女に自分を重ねて、恩人の師匠を一方的に詰って、仕事を放棄して飛び出した。こんなの破門を言い渡されても当然……いや、違う、何を弱気になってるんだ。馬鹿な啖呵を切って破門になる流れをつくったのは私だし、今からでも何とか回避する道を探さないと。あんな解釈違い女と同類と思われるのは絶対に嫌だ。

とはいえ手ぶらで謝罪しに行くのはあまりにも誠意がなさすぎる。だとしたら——。

「手土産として捕まえなきゃ……」

これである。一瞬護符に魔力を流してクオーツを呼び出そうかと思ったけど、この頃鬱憤が溜まっていらっしゃるから、手加減しないで焼き尽くすか食べちゃう未来しか見えない。ここは燃えるものが多いから被害が広がりすぎるし、貴族の娘を食べちゃったら後々面倒そうだと考え直す。

幸い向こうはまだこっちに気付いていない。護衛が二名、ゴロツキ七名、そして戦犯（彼女）。非戦闘員を含めて計十名。お互いの距離もまぁまぁ近い。これなら私のへっぽこな魔力で編んだ籠で捕まえるのは、ギリギリ可能そう。

その結論に辿り着いて即デッキブラシを握りしめ、籠を編むために魔力を流し込み始めたら、背後からいきなり乱暴に肩を掴まれて直後に衝撃が襲ってきた。

集中力が切れる。頭が熱い。流れちゃいけない何かがどんどん流れていく感覚。

視界が暗くなる中で「おい、気をつけろよ。変なガキが覗いてやがったぞ」と。遅れて登場した八人目（ゴロツキ）の声を聞いた。

＊＊＊

あの問題大アリの貴族娘のせいでアリアが出て行ってから、もう七日。

正直自分が小娘相手にあそこまで大人気のない口論をするとは思っていなかった。それにあれだけ毎日師匠師匠と慕っていた甘ったれが、家出をしてから連絡の一つも入れてこないことも予想外だった。

城に戻れば留守番をしていたクオーツからジト目で睨まれ、そのクオーツもこちらの帰宅と入れ替わりにレイラ宅へと夕食に喚び出される。一人分だけ作れば良い食事が段々と手抜きになるのも道理だった。

その状況を打破できる報せが入ったのは二日前。あの元凶小娘の動向を探らせていたジークのギルドの連中から、今日この店へ侵入する誘拐計画を立てていると情報が入ったのだ。気持ちの悪い贈り物はあんなに迅速に送りつけてきたくせに、拐かしの方についてはようやくという腰抜けぶりは、成程手を汚すのを嫌う貴族らしい。

ただそれでも今日を乗り切れば師として寛大な心で、馬鹿弟子を迎えに行ってやらなくもないと思っていたというのに――。

「チッ……遅いわねぇ。こっちも暇じゃないってのに」

「自分を拐かそうとする誘拐犯を待ち伏せしてるのは暇潰しにはならんか」

カウンターの内側に座り込み、あくびを噛み殺してそう答えるジークの脇腹をつま先で軽く蹴ると、いい角度で入ったのか「女物の靴は凶器だな」と言って脱がされた。空気に触れてスースーする足を包むのは、アリアがくれた子供っぽい靴下だ。洗濯物が溜まって他に履けるものがなくなったから仕方なく履いている。理由なんてそれだけだ。

だというのに、靴下を見たジークは「ほぉん」と呟いて薄く笑う。面白くない。

「当たり前でしょう。これまでの経験上あんまり珍しいことでもないし。色狂いの犯罪者って独創性にかけるのよ」

「その独創性はいらんだろ。いたずらに被害が拡大しそうじゃねぇか。色狂いだけに」

「オッサンの冗談って本当に品がないわね。レイラ経由であんたのところの受付嬢達に注意喚起するわよ？」

「馬鹿、やめろ。それは割と真剣にやめろ。うちみたいなところに来てくれる事務職は貴重なんだぞ。絶対にやめろ」

嫌な薄ら笑いへの意趣返しは成功したものの、本気のこいつというのも面白くない。昔はもっと馬鹿で適当で、こういうことを言う奴ではなかったのに。アリアもだが、短命種の成長を見るのは退屈と同時に眩しさも感じる。今度はそんなジークの肩に、子供っぽい柄の靴下を履いたつま先へ靴を返すように促す蹴りを放てば、無言で雑に履かされて。

何となくもう一回蹴ってやろうかと脚をぶらつかせていると、そこに見張りをさせていたジークのギルドの人間がやってきて、監視対象者達が引き返していったと報告を受けた。報告を受けたジークが一瞬表情を険しくして何故かと問えば、仲間割れでもしたのか、誰かを抱えてスラムの最奥にある廃墟群へと向かったと言う。

その瞬間、ざわりと背筋が粟立った。直後に気のせいだと打ち消そうとしたが、アリアに持たせた護符に逆探知をかければ、案の定その発信源はスラムの最奥にあった。だからあれほど言ったのに。あのお人好しの馬鹿弟子め――――！

肩を掴んで何か言っているジークを振り払い、護符から漂う魔力を手繰り寄せて飛んだ先で、アリアにやったデッキブラシを手に目を丸くしている下種共と、頭から血を流して倒れているアリアを小突いている下種共がいた。不思議とそんな光景に心が凪ぐ。皆殺しで問題ないからだろう。

周囲に視線を走らせる。どうやらレンガ造りの廃倉庫らしい。後始末が楽そうな場所で重畳だ。

いきなり音もなく現れた侵入者に俄に色めき立つ下種共。

ひとまずこちらと目が合った一人目を魔力を練った氷の棘で刺し貫く。無数の透明な棘を背中から生やした仲間を見て逃げる者、戸惑う者、武器を構える者、アリアを楯にしようとする者に分かれたが、次に殺す目標は決まった。引きずり起こされてだらりと項垂れるアリアの方へと向き直る。

息はあるらしく、小さな呻き声が聞こえた。

「ご機嫌ようゴミ虫共。うちの馬鹿弟子が世話になったようだ。師として礼をしよう」

「なっ、何言ってやがるテメエ、どっから出てきやがっ……っ、おご、えっ⁉」

アリアを楯にした男のダミ声は途中で途切れ、氷柱で脳天から刺し貫かれたことにも気付かずに絶命する。先にアリアの頭上に展開させた傘のおかげで、その身に降り注ぐ血しぶきは最小限だ。

戸惑っていた者と武器を構えた者が一斉に悲鳴を上げ、我先にと逃げ出す背中へ氷の矢を射掛ける。

全部で五人。思ったよりも少ない。

ハリネズミになった連中の血溜まりが置き去りにされたアリアを汚す前に、アリアを真似て編んだ籠で持ち上げて引き寄せた。

意識がないことを確認しつつ後頭部に触れ、頭蓋に問題がないことに安堵する。魔力を構築して回復魔法をかけつつ、オルフェウスと同じ闇に属した隷属の術式を用いて、こうなる直前までの記憶を覗いた。すると――。

「……店を覗きに来てこんなことに巻き込まれたか。馬鹿弟子め」

呆れつつ、そんなアリアの危ういまでの真っ直ぐさに、どこかで救われる自分がいる。脳に負荷がかからないギリギリまで、今回の大喧嘩後から今日に至るまでの記憶を抜き取り、空いた記憶の隙間にまだ詳しく教えていないジェキルの根の下準備方法に加え、同等の難易度を誇る素材の使用方法も入れて縫合（構築）する。これで記憶の欠落があるような空白時間はなくなった。

「毎度与えた護符をこんな使い方をされたら敵わん。没収だ」

クオーツの犠牲の下作られた良質の護符ではあったが、またこんな騒ぎを起こされては堪らない。勿体ないとは思いつつも苦悶の表情から解放されたアリアの細い首から護符を外す。全ての施術を終えた直後に部屋の外から足音が聞こえてきたが、それはこの部屋に到着することなく『おい、何を騒いでるんだお前らっ』という言葉を残して途絶える。

ややあって、錆びた鉄製のドアが解錠される音に次いで、軋んだ音を上げて開かれたそこから返り血で汚れたジークが顔を出した。

「お前さんねぇ……先に行くなってんだ。こっちは腰を痛めてるんだぞ」

「返り血まで浴びて情けないことを言うな。外のゴミは何人いた？」

「四人だな。うち一人は身形がちょっと良くて体捌きもまずまずだったから護衛だろ。あとの三人はどっちも図体だけの腕が悪い連中だったぞ」

「俺に貢いで小遣いが足りなくなったか」

「よっ、この色男……とまぁ、冗談はこれくらいにして。直前まで見張らせてた奴が言うには相手は小娘込みで十一人だ。ここには……五人か。アリアも無事っつーにはあれだが、息はあるんだよな？」

「なかったら八つ当たりでお前のギルドの連中も殺してる」

「おいおい、そりゃとばっちりが過ぎるだろ。残り二人は奥だな。アリアはこっちで見といてやるが、貴族の小娘の方は殺すなよ。殺しちまったら、後々ギルドに捜索依頼を持ち込まれたりしても面倒だ」

「善処はしない」

「そこはしてくれ。護衛の方は殺しても構わん」

ジークの言葉には答えず、さらに奥の部屋を目指す。どうやら縦に細長い倉庫だと分かったところで、この廃墟群の座標を切り取って外界から隠した。これで元の外界の廃墟群は何事もないように見え、そこの中でもこの倉庫は完全に隠された。外界で起こっている現状の光景は見えても、ここにはその音も風も届かない。ところどころ崩れた通路の突き当たり。

元々は倉庫の持ち主が事務所に使っていたと思われる部屋のドアが見えたところで、こちらに気付いて目を剥く護衛が声を上げる前に、魔力で構築した氷の矢を放って壁に縫い止めた。

手元が狂って頭に当たったのはご愛嬌。

そのまま守護者（ガーディアン）のいなくなったドアを蹴破って室内に乗り込むと、そこには持ち込んだらしい真新しいソファーに腰かける小娘の姿。名前も憶えていない小娘はドアを蹴破って現れたこちらを見て、面白いくらい慌てふためきながら口を開いた。

「ベイリー様!! ど、どうしてこのような場所に？」

「そうねぇ、こんなお前も含めてドブネズミしかいないところになんて、本当はちっとも来たくなんてなかったのよ？」

「え……え？ あの、え、ドブネズミ？」

「あら、なぁに？ 交際の申込みを断ったら人のことを拐かそうとする、人語を解するだけのドブネズミちゃん」

「ち、ちがっ、それは、ち、ちがうのです。誤解なさっておりますわ。わた、わたしはあの娘と一緒にあの男達に攫われて、それで――キャアッ!?」

なおも醜く弁明しようとする小娘の首に手をかけ、ソファーの上に押さえ込む。言葉や態度で虐げられることはあっても、直接的な行動で虐げられることは初めてだったのか、こんなことを企てておきながら怯えた目でこちらを見上げる小娘に殺意が湧いた。

「ベラベラとよく回る舌だな。何が違うんだ？ 人の弟子を相手によくもやってくれたな。そこま

でして気が引きたいか。虫唾が走る」

「そんな……どうしてですの、ルーカス様⁉　どうしてわたしは駄目で、あの醜い平民女は貴方の弟子を名乗ることを許されるのですか⁉　わたしならもっと、もっと貴方のためにっ――」

「黙れこの痴れ者が！　お前の何が駄目かだと？　全部だ。見目を取り繕っただけで得たその傲慢さも、驕った考えも、靡かない相手に取る腐った手段も、全てが度し難い‼」

細い首から手を離す代わりに考え足らずな頭部を掴む。見開かれたその瞳に映る己の顔は、久方ぶりに抱いた殺意に笑むように歪んでいた。

「ああ……せっかく人が弟子の我儘をきいて穏便に、店主は被害者で、加害者の小娘は恥を隠したい家族の手で修道院行き、そのまま幽閉で済ませてやろうと思ったのに。お前は恩人になるはずだったアリアを害した」

生物の個を司る中枢の座標を弄ると、酷く痛むらしい。

愚者が苦しむ姿になど指の甘皮ほどの興味もないが。

一目ずつ個を司る座標を弾いていく。本来なら揺らすことなく動かす座標を盛大に揺らしてやることで個の部分が傷つき、文字通り想像を絶する痛みに四肢を痙攣させながら女が叫ぶが、こちらの良心はピクリとも動かない。

「ひっ、あ、やめ、やめて、やめてぇえ、いだい、いたぃい、いだぃいいいぃぃい――‼」

汚い声で喚く女の記憶を覗いて見たところ、アリアの記憶からでは読み取れなかったあの傷は、背後からゴロツキに殴られたものらしかった。意識がないのもその時の衝撃によるものだろう。振り返り様に正面から受けた傷でなかったのは不幸中の幸いか。皮膚が弱っているこちら側だと、失神するにもかなり痛んだだろうから。

そうして醜く呻いていた女が白目を剥いて倒れる頃、まるで見計らったようにジークが部屋に入ってきた。

「お、こっちも終わったか。小娘も生かしておいてくれたみたいだな。それで？　過保護で過激なお師匠様、こっからどうするよ」

「本当なら処分してしまいたいところだが、表通り側の路地にでも捨てておけ。すでに記憶は改竄（かいざん）してある。何よりのこの姿だ。運が良ければ誰か教会に届けて、さらに運が良ければ身内が引き取りにくる。来ない場合はこちらの知ったことではない」

「了解了解。人目につくギリギリのとこにほっとくわ。それでこの小娘はそれで良いとして、アリアの方はどうする？」

「傷自体はもう治療してある。今は気絶しているだけだ。城に戻って寝かせる」

「若い娘がこれ以上身体に傷残すのは可哀想だからな。それを聞いて安心したぜ。あとはお前さんのことだ。残った死体ごとこの倉庫をボーンと吹き飛ばしちまうか？」

そう両手を広げて芝居がかった仕草をするジークの目は、けれど少しも笑ってはいない。生意気にも今この時間も大人として、ギルドの長として、人を観察する目だ。その目を見返すこちらの姿はこの男が十八の頃から少しも変わっていない。

当時こいつと一緒につるんでいたマーロウ（魔術狂い）の方が、ずっとこちら寄りで付き合いやすかったなと思う。あれは純粋に人の皮を被った狂人だったというのに、この男はあれだけ戦場で人を殺めても人のままで生き残った。称賛に値する。いっそ憎らしいほどに。

「……なぁにジーク。あたしの顔が魅力的なのは分かるけど、そんなに熱心に見つめられたって、この美しさは分けてあげられないわよ？」

「馬鹿、いるか。オレはこの苦み走った男の色気が売りなんでな――……じゃなくてだ。城だと目を覚ました時に何で仕事中のお前がいるのかっつー話になるだろ？　口裏合わせてやるから、寝かせるならうちのギルドに連れて行った方が良いんじゃねぇのかって話だよ。例えば予定外の掃除を頼む代わりに、料金を上乗せしてやると呼び出したとかはどうだ？」

のんびりした口調で至極まともな助言をされ、言われてみればそれもそうだなと思う。どうやら自分で感じていた以上に意外と頭に血が上っていたらしい。

ジークの予想通りの動きを見せるのは癪だったものの、せっかくレンガ造りの廃墟なので、竈に見立てて死体ごと内部を魔術で焼き尽くし、ジークの提案を受け入れてギルドに戻り、アリアを仮眠用のベッドに寝かせた。

そして二人で椅子を並べ、アリアが目を覚ますまでに下らないシナリオを考えていたのだが……不意にベッドに寝かせていたアリアが寝苦しそうに唸り、青白い顔を苦悶に歪めて譫言を口にした。

「……た、べ、たく……ない、」

苦しげに絞り出された割には極めて不可解な内容にジークが眉を顰める。明らかに拍子抜けしたふうに苦笑して「おいおい、アリアは夢の中でまで何か食ってんのか」と言うが、それだけでここまで苦しげになるとは考えにくい。だとしたら唇から溢れた無意識下の言葉は混濁した記憶の底にあったものだろう。

「ジーク、静かに」

「へいへい、分かったって。そんな睨むなよ」

短い非難の声に肩をすくめるジークは放っておいて、神経をアリアに集中させる。今ここで記憶の座標を弄ればこの娘の精神は壊れてしまう。だとしたらかけていいのは外部からの小さな刺激――……拒絶への理解を示した言葉だけだ。薄氷を踏む気分でそっと「分かったわ。何を食べたくないの?」と尋ねるも、唇を引き結んで眉間に皺を刻むだけで、望んだ答えは返ってこない。

冷たい額に浮かんだ汗を持っていたハンカチで拭うものの、次々と浮かんでくる汗の玉。しかしそれよりも、眼帯の下に辛うじて隠れていた爛れにも似た傷痕がじっとりと皮膚を侵食し始めたことに気付き、慌てて魔力を流し込んだ。

「何だこりゃ……まるでアリアの悪夢を呼び水にしてるみたいだな」

「この様子だと大体その発想で合ってる。ジークお前も部屋の外に出ていろ。あてられるぞ」

「分かった。何か用意しておいてほしいものはあるか」

「温めたミルクを。ハンナムの花蜜も入れておいてやってくれ」

「了解だ。頑張れよアリア。頼むぜルーカス。こいつはうちのギルドの良心なんだ」

さっきまでの気の抜けた声ではなく、本気の労りを含んだ声に無言で頷き返して、背後で閉ざされるドアの音を聞き、眼帯を外して広がった呪いに口付ける。どうかこの娘の眠りが穏やかであれと祈りながら。

＊＊＊

――……真っ暗な場所だ。

自分の指先すら見えない。

でも持ち上げた手は重く、動かすたびにジャラリと金属の音がする。

ということは、屋内だ。

頭痛がする。

吐き気もある。

お腹は減っているのに、何も食べたくないような気もする。

どこかで誰かの嗤う声がした。心底楽しそうで、耳を塞ぎたくなる声。

饐えた臭いのする何かを上向けた掌に置かれる。

食べろ、と言われたかもしれない。

嫌だとは、撲たれることが怖くて言えなかった。

――……後頭部にフカフカとした枕の気配を感じる。酷く嫌な夢を見ていた気がするような、しないような。何とも言えない気怠さと後味の悪さを覚えながら目蓋を持ち上げたのだけど……枕元にいたのは、心配そうな表情をした師匠とジークさんだった。

「おはようアリア。どこか痛むところはあるかしら？」

「喉は渇いてないか？　冷たいのも温かいのも用意してあるぞ。ん？」

変だな……この感じ、前にもあったような気がする。ぼうっとした頭でそんな他人事な感想をまず抱いたものの、二人の表情も声音も優しくて本気で心配してくれている様子。ということは、ここで横になっている理由は私が怒られる類のものではない、と、思ってもいいよね。たぶん。

それとも私が寝てる間に理由の分からない超展開とかがあって、素直でなかった二人がついに同棲を始めたとか。あ、待てよ、あの食事会はこの伏線だった⁉　それで師匠の連れ子の立ち位置にいる私の許可を得たいとか思ってたりする？

だったら心情的には地獄だけど、掃除婦がいるでしょうと売り込めば一生近くにはいられそうだな～……なんて。

「い、痛いところは、ないです、ね？」

「ふふ、何で疑問形なのよ。それじゃあ一度身体を起こすわね。飲み物は飲めそう？」

グルグルと考えの纏まらないまま師匠の言葉に頷くと、背中の下にクッションが二つ添えられ、やり取りを聞いていたジークさんから冷たい果実水と温かいミルクを差し出されたので、ミルクを受け取った。湯気の立つカップに鼻を近付ければ、ふわりとハンナムの花蜜が香る。

もしやまだ夢の中にいるのではと訝しみつつ一口飲む。ちゃんと美味しい。

「おいおいアリア。そんな警戒しなさんな」

「いやー、だってお二人とも何か変なんですもん。それに私は何でこんなところで寝てたんですか？」

できうる限り心への負担は最小限に留めたいので、おずおずと探りを入れてみる。確かジェキルの下準備を城でしていて、それで……あれ？　何だったっけ――と、急にそれまで優しかった師匠が「やだ、あんた忘れたの？」と眉を顰めた。

「あ、やっぱり私が何かやらかしちゃった感じなんですね？」

「そこで一番に〝やっぱり〟ってついちまうのがアリアだよなー。でも大当たりだ。半分はうっかり者のお前さんに仕事を頼んだオレに責任があるんだけどよ」

「今日は本来あんたはギルドの仕事は休みだったでしょう？　でも昨日の夜ジークが書類仕事に飽きて飲酒しようとして、執務室の絨毯にワインだか、蒸留酒だかを零したのよ。それを明後日レイラが出勤してくる前にどうにかしてくれってこの馬鹿に泣き付かれて来たの。ここまでは憶えてる？」

「憶えて……ます、かね」

真っ赤な嘘である。本当はまったく憶えていない。ただ怒られる理由を一つでも減らしたいという自己保身を誰が責められようか！　実際にジークさんはレイラさんに怒られる前に証拠隠滅をはかったわけですし？　ギルドの顔役がそれならば、私がやらかしたところで無理はない。

推定無罪、よし！

後ろめたさなどないとばかりにベッド上で薄い胸を張ったら、呆れ顔の師匠から「かなり大量に度数の高いお酒を零したらしくて、顔を近付けて染み抜きしてる最中に酒精にやられて倒れたのよ」と、かなり情けないタネ明かしをされてしまった。

掃除婦としてあるまじき失態に項垂れかけたその時、ジークさんが「綺麗に染み抜きをしてもらったし、休日出勤だからな。手当は弾むぞ」と言ってくれたので。

「やった！　それじゃあ私もジークさんが仕事中にお酒飲もうとしてたこと、レイラさんには内緒にしておいてあげますからご安心ください。守秘義務ってやつです」

現金が絡むだけにタダでは起きない。だけどどんな汚れもご用命とあらば落として見せます。ルーカス・ベイリーの汚城掃除婦は憂鬱な気分では務まりませんからね！

——……と意気込んでいたのだけど。

その後はジークさんに、中途半端な作業で終わらせてしまった掃除の続きをさせてほしいと申し出たものの、私がうっかりドジって昏倒しただけだったのに大事をとって帰れと言われてしまった。親切で良識的なジークさんとか妙な気分である。

それと変なのはジークさんだけでなく師匠もだった。

帰宅後はやたらと体調を聞いてきたし、数日間は日に何度も傷痕の様子を見せろと迫ってくるしで、まるで何日も離れていた子供を心配する母親みたいに甲斐甲斐しい。

何が一番怖いって部屋も散らかさないことだ。

あの呼吸をするかの如く腐海を広げていく師匠が、使ったものはまぁまぁ惜しい感じに元の場所に片付けるし、洗濯物も汚れの種類を指定した籠に入れている。こんなことは前代未聞だ。

故に師匠がまともなこの三日間の中で仮定を立ててみた。

今から遡ること十日前、師匠は新商品としてダロイオの湯上がりジェルという、悪魔じみた商品の開発に着手したのだけれど、材料は当然これまでのフェイスパックと同じダロイオ。違うのは利用する量だ。

商品化して全身に使える量となると、乱獲一歩手前くらいのダロイオが必要になる。まぁダロイオは繁殖力が高いからすぐにどうこうってのはない。それに一回成功作ができればそこまでのことはない。師匠は天才だし。

でも天才故に完璧主義者で、試作品というからにはその一回の成功作のために結構な回数をこなす。その材料の調達担当は私。でもよく使われる材料だからといって私がダロイオに親近感を抱いたことは皆無。むしろやつは私の嫌悪感をこね回してできたみたいな生き物だ。天敵。

しかし今回の件で一匹ずつ釣り上げる役目はいつも通り私で……実のところ結構疲れていた。いや、腕がね。奴等は純粋に重いから。魔力籠で掬うのは十日前に止められた理由で断念。水鉄砲で穴だらけはちょっと。

連日ダロイオを使ってジェル作りに四苦八苦しているせいで服はデロデロ。この十日間は毎日洗濯物の山だ。おかげさまであんなに嫌がってた靴下も履いてくれてる。嬉しい半面、洗い替え扱いかぁ……と複雑な気分でもあったりと、ここまでの振り返りを済ませてみれば、ふむ成程？　いささか細腕な汚城掃除婦には業務過多かな。

ということは、これはあれですよ。もしや師匠ってば超絶珍しく責任を感じて落ち込んで、弟子を労ったりしてくれようって魂胆では？

でもそんなことをやったことがないから空回ってる感じ？

だとしたらそれは尊いなぁ。天才が天才である限り絶対できない芸当じゃないですか。弟子を気遣ってくれるのは嬉しいけど、不慣れなことで無理して身体を壊されても困るし、むしろすでに元気がないから元気づけたいってことでひと肌脱ごうではないの。なんて偉そうなことを考えたところで、私も人を慰めるなんてことに関してはあまり経験がない。

だから実際のところは現在隣で無表情のまま、ダロイオのジェルに魔力を注ぎ込んでいる師匠と大差なかったりする。でもそんな時に効く魔法の言葉は、師匠に教わったとっておきを憶えているので大丈夫。

「ねぇ師匠。ここ最近我々はこのダロイオに手を焼かされてますけど、誰にでも失敗はありますよ。こういう時は美味しいものでも食べて元気出しましょう。そうしましょう。てことで、今夜は魚料理が食べたいです!!」

「……え？　何よ急に」

「ギャウウッウー！」

「クオーツもフェロン食べたいよね？」

「ほらほらクオーツもこう言ってますし、善は急げです。ダロイオを捨てよ、野に出ようってことで、早速釣りに行きましょう！」

「ふっ……なぁにそれ、結局あんたの独り勝ちじゃないの」

突然の提案に一瞬驚いた表情を見せた師匠は、それでもすぐにそう言って笑ってくれたから。下手くそな慰めよりも食い気が勝っている方が私らしい。

「チッチッチッ、それが良いんですよ。いつも献身的な可愛い弟子のお願いごとくらい聞いてくださいってば」

ダロイオの粘液でデロデロになったエプロンと手袋を作業台に叩きつけ、師匠の方に向き直れば、諦めたような呆れたような笑みを浮かべた師匠が立ち上がる。私達のやり取りを聞いていたクオーツは早くも部屋を飛び出して、釣竿を探しに行ってしまった。

「どうせあんたのことだから、お目当てのフェロンでなくてダロイオを釣り上げたりするわよ」

「うげぇ……ちょっとぉ、なんて怖い未来視するんですか。師匠が言うと洒落にならないんですからやめてください」

弱ってても憎まれ口を叩く辺りは、この師匠が師匠たる所以かもしれないなと思ったけれど、手袋を脱いだ手を差し出してくるその手を取って引っ張れるのは、弟子の弟子たる特権なのだ。

＊＊＊

一体何がどうしてこんなことになったのか。

ここ十日間頭を悩ませる原因となっている馬鹿弟子はこちらの視線に気付くと、釣り糸を湖に垂らしたまま「師匠、良い天気で良かったですねぇ」とへらりと笑う。その隣ではレッドドラゴンのプライドはもうどこにもなさそうなクオーツが、アリアに尻尾の先に巻いてもらった釣り糸を垂らしている。

「ええ……そうね。良い天気だわ」

「これでフェロンが釣れたら文句なしです！」

「そうそう上手くいくかしら」

「そこは気分の問題ですよ。ダロイオ塗れになって室内で鬱々としてるより、こうして夕飯の材料を狙ってる方が健康的じゃないですか」

「ギュルル、ルールウゥ！」

「だ、そうです」

「〝だ、そうです〟って――適当ねぇ。そんなので本当に分かってるの？」

「適当だなんて心外な。以心伝心って言葉知ってます？　心で通じ合っていればそう言ってるように聞こえるってことですよ」

「間違って憶えてるわよそれ。外で言わないでよ？」

「まぁ何だって良いじゃないですか。あ、師匠は釣りの間は寝てても良いですからね。出番はご飯を作る時に取っておいてください」

食い意地の張ったアリアはそれだけ言うと、暢気な微笑みを浮かべて再び湖へと視線を戻す。こっちも戦力に数えられていないらしいということで、その言葉に甘えて近くにあった木の幹に背中を預けて座り込む。

そしてそっと盗み見る拾った頃よりも幼い丸みの取れた輪郭に、人間ならば短くはないのだろう月日を思う。痩せっぽちでボロボロで、哀れで惨めで、そのくせ人の心配をしてしまうようなお人好しだった子供は、見た目は治療でなんとかなったけれど、性格はそのまま大人になってしまった。

あれはもう七年も前のことなのかと、微かに残る人間の時間の尺度で感じる。最初遠目に転がっていた汚い塊が人だとは、ましてや子供だとは思わず近付いて、嫌々爪先でひっくり返したそれがこの小娘（アリア）だった。

小さな身体が膨らんで見えるほど火膨れた姿に、微かにしか上下しない胸元。明らかに訳あり者のにおいがする子供を見ても、あの時は悪態しか出てこなかった。ここは死の森として有名だ。一度だけ呼びかけて返事をしないようならここに放置して引き返そう。

どうせ三日もすれば獣に食べられているに違いない。薄情と言えばそれまでだが、人間に対して少々嫌気がさしていたからそう割り切って、一言だけ呼びかけた。するとアリアは小さく身じろいで、何故か『ニゲテ』と返事をしたのだ。当時の俺はその答えが理解できなかった。

自分は二目と見られない姿のくせに、大人ですら一人で置いていかれれば死ぬ森で、ましてやまだ年端もいかない子供がそう口にすることが。放置されたら死ぬしかないと分かっているだろうに、何の迷いもなく。その姿に何故かどうしようもなく救われた気分になって。同時にそう感じた自分と、地面に転がるアリアにとても腹立たしさを覚えた。

だから連れ帰った。勿論ただの慈善事業的な心情からではない。呪いの一種であることは分かっていた。けれどこの小娘にそこまでの絶望を刻み込み、そのくせ人間性を奪えなかったものが何なのか。それが知りたかった。知った上で滅茶苦茶にしてみたいような、手に入れて守り眺めてみたいような相反する気持ちが交差した。

けれどこれまで生き物を拾ったことのないやつが生き物を拾うということが、どれだけ無謀なことであるかを知ったのは割とすぐのこと。当然だが飯を与えても素直には食べない。もしくは食べたいという欲求はあるのだが、身体が受け付けないというのがまず一つ。

次に男の言葉遣いが恐ろしいのか、声をかけただけで気絶することが多々あったために、女の言葉遣いを真似る羽目になったことだ。食事を拒絶してリネンの居城を築いていたアリアが女言葉を真似した俺の前に顔を出した時、この見目で良かったと初めて思った。

あまり入手の難しくないフェロンを使った魚料理を口にして、アリアが笑った日のことは、今でも時々思い出す。

あとは夢見が悪いのか独り寝ができず、気がつけば何度ベッドに潜り込みにきたことか。刺客や夜這い狙いの色魔に狙われることが多い生を送ってはきたが、純粋に抱き枕として抱きつかれたことはなかった。ついでに深夜に漏らされた挙げ句泣かれたことも一度ではない。

考えれば考えるだけ、拾ったことが何かの気の迷いでしかなかったと思えるのに、このどこまでも弛緩した時間が続けば良いと思う自分がいる。アリアのことなら知らないことなどもうないという気がしていた。だからこそ今回の件で、それがただの思い上がりであったことに苛立ち動揺したのだろう。

七日分の記憶を改竄する最中に、齟齬が出ないように多少深く潜って覗き見てしまった過去の出来事こそが、今回の喧嘩の起因だった。

あれはアリアが十四歳になった頃。一度だけどこかで住み込みのメイドとして働きたいと言ったことがあった。

あの時は子供のくせに変な気を使うものだと面白くなかったが、そうしたいならさせてみようと街に連れて行ったのだ。結果は当時まだ広範囲にあった顔の傷を嫌がられ、どこの斡旋場からも門前払いを受けた。

でも城に帰って来てアリアが口にした言葉は『困りましたねぇ。これじゃあまだ当分私が師匠の面倒を見てあげないと』だ。可愛げがなくて小生意気なところが自分の弟子にちょうど良いと。

何より俺はアリアを醜いと思ったことがなかった。美人ではないものの愛嬌はあるし、表情もくるくるとよく変わり、下らない話をしては大口を開けて笑う。幼い頃の偏食が嘘みたいな食欲は見ていて気分が良い。有り体に言えば、一緒に生きていても退屈しないところが気に入っていた。

もしも退屈を感じるようになったらどこかで独り立ちさせれば良い。最初はその程度に感じていたように思う。

「……アリア」

「はぁい――って、あれ？　まだ起きてたんですか師匠。どうしました？」

「あんたはあたしの顔以外ならどこが好きなの？」

早速餌を取られたらしく、釣り糸を手繰り寄せて餌をつけかえようとしているアリアの横顔にそう問うと、一瞬だけ困惑した視線をこちらに投げかけて、こちらの暇潰しの一環だと思ったのか苦笑しながら作業に戻る。

クオーツが鼻で笑った気配がしたので「夕飯減らすわよ」と脅せば、スーッと少し離れた場所に飛んでいき、尻尾から湖面に垂らされた釣り糸が水面に一本線を引いた。あれではせっかく餌を突いていた魚も逃げただろう。

「えー……それはまた、いきなり面倒くさい彼女みたいなこと言いますね」

「いいからさっさと答えなさい」

「はいはいお待ちを。まずはそうですねぇ、その傍若無人過ぎる性格は嫌いじゃないですよ。凡人には計り知れない自由なものの考え方とかも。あとはご飯を作るのが上手なところですね。これは師匠のことを語る上で外せません。それとあとは……なんだかんだで、趣味じゃないのに弟子からの贈り物を使ってくれるところです」

「ふぅん、そう。分かったわ」

「合格みたいで良かったですけど、結局何の質問だったんですかこれ」

「別に。暇だったからちょっと聞いてみただけよ」

「そんなことだと思いました。さぁもう釣りの邪魔するのはナシですよ。夕飯がかかってる真剣勝負なんですから」

――ということで会話はこれにて終了したが、アリアがこんな性格の悪い師の中身も慕っているという結果は、十日前に覗いた記憶の中の答えとそう変わらないものだった。喧嘩をした七日分の記憶を抜き取られているとも知らずに、日常を繰り返していると信じ込ませる。

いっそ目蓋を閉じて自己嫌悪に酔おうにも、脳裏に浮かんだのは魔術を極めるために自身の姿も手放した狂人（マーロウ）と、店でアリアの傷を見てもらったあの日に交わした会話だった。

『はっきりざっくり言っちゃうと、あの傷痕は呪いの影響だヨ』

『そんなことは七年前に拾った時から分かってるわよ。当初は全身に火傷みたいに広がってたんだから。そのせいかどうかは知らないけど記憶もなくしてるし。専門ならあたしの知らない情報を増やして頂戴』

『記憶は脳が生存本能で飛ばしたとしても……拾って七年？　それも当初はあの傷痕が全身ニ？　だとしたらあの子は充分長持ちしてるヨ。流石はルーカス』

『どういう意味よ』

『確かにあれは呪いの影響だけど、あの子自身が呪われてる訳じゃなイ。誰かの受けるはずだった呪いを押しつけられてル。あの子は優秀な【呪い避け】ダ。かなり珍しいけどたまにいるんだヨ。魔力を持って生まれなかったのに、魔力を引き寄せやすい体質の子がネ』

『呪い避けって……またえらく古風で悪趣味な魔術じゃない。しかも大陸全土で三百年も前に禁術になったでしょう？』

『だネ。でも事実今この時もあの呪いは生きて発動してル。ただ、おまえが過保護につけさせせまくってる護符のせいで、相手側にあの子の座標が辿れなくなってるみたいだけド。あまり深く探れば呪いをかけた術者に座標が辿られてしまうから、深入りはしない方が良イ』

　そんなふうにアリアの身にかけられた呪いを言い当てておきながら、その実遠回しでも何でもなく〝諦めろ〟と軽く言ってのけた、俺以上の人非人。だがそれとつるんでいた過去の自分は、恐らく暢気なアリアから見れば人非人以外の何者でもなかっただろうことは、容易に想像がつく。確かにあの当時の自分であれば、マーロウと同じ結論に辿り着いたはずだ。

けれど今はそうもいかない。アリアは俺の拾った弟子で。人に舐められるのが何より嫌いな性格の悪い俺に、弟子をあんな目に遭わせた奴を野放しにしろと言われてそうする道理はない。アリアが見つけられる前に呪いをかけている相手を殺す。それだけだ。

そのためにもあのあとすぐにジークに頼んで情報を集めさせた。充分な金を握らせさえすれば、普段は適当が服を着てぶらついているような男でも、獲物をしつこく追う肉食獣の本性を見せる。

渋るアリアを説き伏せて服を見繕いに行った日。

ジークから受け取った小さなメモには、マーロウが言っていた【呪い避け】に関しての——幼かったアリアが、自衛のために記憶を失うに至った可能性の手がかりがびっしりと書き込まれていた。そこに並んでいたのはすべて、子供の足でも辿り着けそうな近隣の町の名前。

《カラント、情報なし》

《ロイデン、情報なし》

《アトラ、情報なし》

《ジンダス、情報なし》

《グレネータ、情報なし》

特段有力そうなものは見当たらない、ともすればジークに支払った調査金が無駄になったかと歯噛みしかけた。しかし——。

《クスト、複数の子供の行方不明事案有り》

たったそれだけの短い一行の表記と地名。クストと言えばこのランダード王国の端、隣国バシリスとの距離の方が近い街だ。まだ当時十歳だったアリアが、大人の手を借りずに移動できる距離ではない。

でもだからこそ気になった。果たしてこれは意味のある情報なのか、それとも単に捜索範囲の中で引っかかっただけなのか。ただ一つだけはっきりとしているのは、それが厄介事のにおいがする案件であることだけだった。

寝返りを打つふりをして眼帯を外したアリアの横顔を盗み見る。今度は真剣に釣りに取り組んでいるのか、愛嬌のある垂れ気味でクルミ色をした双眸がこちらを向くことはない。

長閑（のどか）な風が吹いてアリアの狐色の髪をたなびかせ、湖の水面を揺らす。鳥の声、木々の葉音、魚が餌に食いつかないとクオーツが不満気に鳴く声に――ふと、眠気が襲ってくる。

うつらうつらと夢うつつな耳に届いたのは、馬鹿みたいに暢気でお人好しな弟子の「ふふふっ、魚釣りはこういうものなの。それとクオーツ、師匠が寝てるから静かにね」という、どこか弾んだ、なんとも締まらない声だった。

エピローグ

華美すぎず、地味すぎず。品の良いレースのカーテンが、開け放たれた窓から流れ込む朝の爽やかな風をはらんで翻る。

パステルピンクの天蓋つきのベッドとダークブラウンで統一された猫足の家具は、部屋の主の乙女趣味な人物像を物語っていた。そんな窓辺の程近くにある大きな鏡台の前には、一目見れば誰しも目を奪われるであろう絶世の美貌を持った青年。

一瞬この部屋の主の恋人かもしれないと思えど、クリーム色のシルクで仕立てられたドレス風のネグリジェに身を包んだ姿に、その考えは儚い夢と消える。歳はおよそ二十代前後。座っているから分かりにくいが、組まれた長い脚から立てばかなりの高身長だと思われる。

彼は化粧を終えた自身の顔を鏡で確認し、ドアの向こうの廊下から聞こえてくる騒がしい足音に片方の眉を持ち上げて、優雅で尊大に部屋の入口へと向き直った。その直後、ノックもなしに部屋のドアがズバァンッ！　と大きな音を立てて開く。御伽の時間の終わりである。

「おはようございます師匠。それと毎日毎日靴下を丸めたままで洗濯物に出さないでくださいってば！　それから色物と白物は分けてください。仕分けやすいようにちゃんと籠も分けて、札もつけてるじゃないですか」

「ギャワワワウッッッ!!」

部屋に飛び込んで来たのは、白いエプロンを翻し、後ろで一本にキリリと結ばれた狐色の髪を揺らしながら、やたらときらびやかなデッキブラシ（?）を手に母親のような理由で怒れる少女と、その隣を飛ぶ猫の子大の翼を生やした赤い蜥蜴。青年はそんな少女の言葉を聞いても悪びれるどころか、自身の美しさを最大限活かす角度を使って鼻で笑った。

「嫌よ、面倒くさいんだもの。それにあたしは美容業界の寵児でとっても忙しいから、いちいちそんな些末なことを気にかけてなんていられないのよ。そういうのは弟子のあんたの仕事」

「またそうやってああ言えばこう言う。お美しいのはご自身だけで、生活空間の大半は汚部屋だって世間様が知ったら幻滅されちゃいますよ？」

「別に世間の連中なんて構いやしないわよ。それにあんたは幻滅したりしないでしょう？」

「それはまぁそうですけど。でもこれって慣れとか諦めの境地なので。師匠に比べたらクォーツの方がお掃除上手なくらいですよ」

「もう、分かったわよ。悪かったわ。気が向いたらちゃんと色物と白物は分ける。これで良い？」

「また口先だけの謝罪をしますね。前回も前々回も前前前回も言ってましたよねー……って、ま、それこそいつものことですね。じゃあ今回分は許してあげるかわりに、私の買ってきた靴下履いてくださいよ」

二人の口ぶりから青年と少女の関係性は師弟関係のようではあるが、交わす言葉はお互いにかなり遠慮がなく砕けていて、ともすればまるで仲の良い兄妹か、年若い新婚夫婦のようでもある。隣に浮かぶ赤い蜥蜴が猫であれば、これは普通の家庭で毎朝ある出来事の一幕でしかない。

しかし少女側からの結構力の籠もった譲歩の言葉に青年はにっこりと微笑み――。

「却下。柄が好みじゃないって何回言わせるつもりなの」

あまりにも無情な言葉で直前の謝罪をひっくり返した。当然この状況には流石の少女も怒り出しそうなものだが、彼女はその慎ましい胸に芸術的な装飾を施したデッキブラシを抱くと、芝居がかった動きで浮かんですらいない涙を拭った。

「酷い。嘘つき。あんまりです。こんなに師匠のことを思っていて、先日まだ習ってなかった中級難度素材のジェキルの根の下準備を、初見でやってのけた有能な弟子の気持ちを受け止めてくれないだなんて。懐の深さ人差し指の第二関節くらいまでしかないいんじゃないですか？」

正直に申し上げて幼児すら騙せなさそうな酷い演技である。劇場に数合わせの端役で出ていたら、脚本家が助走をつけて演出家をぶん殴るレベルだ。幸いにも彼女が頭抜けた人見知りであるため、このクソみたいな演技が外の世界に披露されることは未来永劫ありはしないが。

「あらそう。あたしの指はあんたと違って長いから、結構深いと思うんだけど」

「とんでもない自信ですね。懐から溢れちゃってるじゃないですか」

「ギャウ、ギャワワウー……」

「溢れてるだなんて品のない言い方はしないで頂戴。見せびらかしているのよ」

「えー……そっちの表現の方が品がないことありません？」

自らの演技が完全に流されても全然めげない彼女に、赤い蜥蜴もややジト目である。もしかすると蜥蜴の方がまだその辺は繊細かもしれない。それでもやはりこれがここの日常であることは、無言のまま鏡台の前から立ち上がり、代わりに少女を座らせる青年の自然な動きで分かることだろう。

彼は彼女の手からデッキブラシを引き抜くと赤い蜥蜴にそれを手渡し、自らは豚の毛でできたブラシに持ち替え、座らせた少女の髪を解いて優しい手つきで梳っていく。

「良いからほら、さっさと今日履く靴下を出して」

「はいはい、分かりましたよ。どれをはきたいんですか？」

「今日の気分は黒地に白抜きで角板付樹枝柄が編まれてるやつね」

「そこは普通に雪の結晶柄って言ってくださいよ。しかもそれそろそろ言われそうだと思ってたので、昨日から私も探してるやつですし。今日はもう他の柄の靴下にしませんか？」

「あれでないとお店を開ける気にならないわねぇ。朝食の準備をしてる間に探しておいて頂戴」

「やだも～朝から我儘なんですから～」

「我儘でごめん遊ばせ？　その代わり今朝のパンはあんたの好きな黒糖入りよ」

「ぐわあぁ、それはずるい！　頑張ってクオーツと一緒に探してきますぅ」

今度はこれまでの保護者的な立ち位置を少しだけ入れ替えて、青年の方が母親的な発言をする番らしい。少女の頭上で軽口を叩きながらも、その手はみるみるうちに狐色の髪を複雑に編み込んでいく。仕上げに緑の葉と赤い実のついた髪飾りをつけ、鏡台の中ではにかみ笑いを浮かべる少女の、何故か白い包帯で覆った顔の側に、軽く触れるだけの口付けを落とす。

「頼んだわよ。はい、完成。ちょっとは垢抜けたんじゃない？」

悪戯っぽく蠱惑的に微笑んだ青年の言葉に「ウッス……」と答えた少女の頬は、その髪を飾る赤い実のように真っ赤に染まって、見るものに幸せな面映ゆはさを感じさせる。

これが彼と彼女……森の魔術師ルーカス・ベイリーと、その弟子アリアと、伝説級生物(レッドドラゴン)でありながら彼女の相棒を務めるクオーツの、とっても賑やかな一日の始まり方なのだった。

書き下ろし番外編

弟子の餌付けは
師匠の役目

「うっ、んん、まぁぁぁ〜!! 師匠、これ本当に美味しいですね！ 料理のことで師匠を疑うつもりはないですけど、信じて頼んでみて良かったです！」

「はいはい、それは良かったわね。でも若い娘があんまり口にものを詰めて喋るものじゃないわよ」

「でも美味しいものは美味しいって言いながら食べた方が、より美味しくなる気がするじゃないですか。あ、でも師匠のご飯は美味しすぎて無言になっちゃうことがありますね。遅れて出てきちゃうんです」

「あんたらしい馬鹿っぽい言い分だけど、そこまで喜んでもらえるなら作る側としては冥利に尽きるわねぇ」

「そうでしょうそうでしょう。美味しい料理はどれだけ褒めたって良いんですよ。むしろお客さんが皆大きな声で褒めたら、料理人さんだって気分良くお仕事ができると思います」

「フォークを握ったまま馬鹿なこと力説してないで、そんなに美味しいなら冷めないうちに食べちゃいなさい」

「んへへ、はぁい」

夕方のまだ早い時間帯、仕事終わりの職人や冒険者ギルドの人間達で賑わう下町の酒場で、そう言って入店まで顔布を気にしていたアリアが暢気に笑う姿を見て、現金なものだとこちらまでつられて笑ってしまう。

今日はオルフェウスの付き添いの下、クソみたいな魔力測定を受け、その後も魔導協会の連中の下らない質問でやたらと引き止められ。アリアにとっては緊張続きの一日だっただろうから、その息抜きになればと連れてきてやったものの、この反応だと正解だったらしい。

本人は気付いていなさそうだが、顔布よりも椅子に立てかけているデッキブラシよりも、こんな下町の酒場で出てくるご飯を美味しそうに食べてはしゃぐ姿の方が目立っている。

新しく入店してきた客の数組が、この席と同じものを注文しているのがその証拠だろう。食前酒として注文したラムラタ酒でほろ酔い気分なのだろうけれど、外食ひとつでこうもはしゃぐのは少し不憫にも感じる。

それにアリアのおかげでこちらに向けられる煩わしい視線も少ない。他人の保護者をそういう目で見るのは、マナー違反だという意識が多少は働いているのかもしれなかった。

本人が気にしている顔の傷痕がなければ、もっと自由に外の世界を楽しませてやれるのにとふと感じて、朝にマーロウと交わした会話を思い出す。前半は呪いについてのこと。問題は後半の他愛ない会話だ。

『あの子のこと随分気に入ってるみたいだけど、その身体のことを知られたらどうするつもりなノ？　もう拾って七年なんでしょウ？　若作りってことで人間の真似事を続けるにしても、そう長くその言い逃れはできないヨ』

あいつに言われるまでもなくそんなことは分かっている。アリアがいくら暢気な娘だとはいえ、あと十年同じ言葉で言い逃れるのは難しいということも。というよりも、そもそもここまで長く過ごすことは考えていなかった。恐らく拾われたアリアの方も思っていなかっただろう。

適度なところまで成長したら人の中に帰してやるつもりでいた。けれどその計画を暗礁に乗り上げさせているのがあの傷痕なのだ。あれを消さないとアリアは自由になれない。しかし無理に消せば呪いをかけた術者に居場所が特定されてしまう。殺す算段をつけてからしか傷痕を消せない。

『あのねぇ、それは……いや、うん、野暮なのは言いっこなしだネ。ただまぁわたしとしては、ルーカスが生き物を拾って世話してるのがすでに驚きだけド。アリアちゃんだっケ？　凄いよね、あの子』

ニヤニヤと嫌な笑みを浮かべたマーロウに何が凄いのかと問えば、あいつは『ルーカスを人間みたいなことで悩ませるところと、人間みたいな部屋で生活させてるところ』と宣（のたま）った。あいつこそ俺と同類のくせに一体どの口で言うのか。あれを棚上げと言うのだろう。

『何にしても、あの子はルーカスを盲信してル。しすぎるくらいにネ。でもそれはルーカスの方もカ。甘えてるよねェ。ふふ、弟子ってあんなに可愛いものなのかと思ったら、わたしも欲しくなっちゃっタ。どこかに良い子いないかナ。もしくはさ、あの子を譲る気なイ？』

魔術のために人間性を手放した男が言うと冗談に聞こえないどころか、目が若干本気だった。とはいえマーロウが魔術好きを拗らせた説明は最初にしたので、年を取らない言い訳を考える必要はない。

むしろそこだけについて考えれば、アリアの傍にずっといても問題がないのはマーロウの方だとも言える。解呪についての知識も魔術師としての腕も、アリアが教わる上では何の不足もない。だとしたら何故あの時、あいつのあの言葉に頷いてしまえなかった——と。

いきなり鼻先に香ばしい魚介の匂いを突きつけられた。こんな不粋な現実への引き戻し方をするのは一人しか思いつかない。ぼんやりしていた焦点を絞ってフォークを持つ手を辿れば、こちらを探るようなアリアの視線とぶつかった。ふいっと大海老が刺さったフォークが上下したので、思わず食いつく。

直後に隣の席から口笛が聞こえてきたものの、それがこの状況へのからかいを含んでいるとは微塵も思っていないアリアは、こちらの大海老への反応の方が気になるらしい。見つめ合ったまま口の中の大海老を咀嚼すること少し。

先に咀嚼を終えて呑み込んだアリアが「これ美味しいですよね。うちでも作れますか？」と尋ねてきたので、口の中の大海老を呑み込んでから「あたしならもっと美味しくできるわよ」と答える。別にただ〝作れる〟と言えば良かっただけなのに、咄嗟とはいえ妙な張り合い方をしてしまった。

そうしてふとテーブルの上に視線を落とせば、いつの間にかジャガイモ料理が届いていて、その見た目と香りで瞬時に何を使っているのかを予測する。これももう少し上手く調理できそうだ。

すでに手をつけられた跡があるのだから、きっとこれもアリアの好みの味だろう。もしかするとぼんやりしている間に、料理の味について何か感想を求められたかもしれない。そう推測した直後に「師匠、全然私の話を聞いてませんでしたね？」とジト目で睨まれた。

「そんなことないわよ。それよりこれ美味しいじゃない。クオーツへのお土産にしたら？」

「いやもうまったく平気で見え透いた嘘つきますよね〜。でもまぁ、この料理が美味しいのは本当ですし、そうしましょうか」

苦し紛れに交わしたこの会話の直後、周囲の席から大海老料理の注文が殺到してしまい、残念ながらクオーツへのお土産は骨付き牛肉のグリルになってしまった。お土産が焼き上がるのを待ちつつ、さらにお酒と料理のお代わりを注文していると、何か言いたげなアリアの視線を感じる。

「なぁに、アリア。こっちが食べたいの？」

「いーえー、別にそういうわけじゃないですけど。でもまぁ、そう言われたらそっちのも美味しそうだなって気になります」

「ふふ、素直でよろしい。あたしはこっち側から齧ったから、あんたはこっち側から齧ると良いわ。中身が熱いから気をつけるのよ」

「む、熱々のシチュー入りパイを前に何気に難易度高いですね。でも、うん。良い匂いがしてるんで頑張ります」

適当に会話をはぐらかしても、それに乗ってくるくらいの気遣いはできる。三角形のパイを反対側から真顔で齧る姿からは考えられないことだが、アリアは人の心の機微に聡い。マーロウの奴が言う俺の甘えとは、そういうところを指しているのだろう。

「む……あふっ、あっふぃ」

――いや、どうだろう。少し買い被りすぎたかもしれない。口をつけている方の反対側から漏れるシチューを指で止めようと悪戦苦闘する様に、思わず苦笑が零れた。こんなことなら新しいものを注文してやれば良かったか。

「あーあー、指も唇もシチューでベタベタじゃない。第一熱いんでしょう？　諦めて一旦口から離したら？」

「んえ、らいじょう、あっふっ！」

「大丈夫じゃないじゃない。馬鹿をやって舌を火傷する前に口から離しなさい。それもう全部食べちゃって良いから」

呆れつつ空いてる皿を差し出してパイを受けてやると、涙目になったアリアが「最初っかりゃそう言っへくれらら、もっろはやふ離しまひらよ」とゴネた。その言葉に周辺の席から忍び笑いが漏れる。

ただその笑いに含まれているものは嘲笑ではなくもっと温かな、微笑ましくも残念な子を見ているそれだった。

そこでふとあのマーロウの提案に頷けなかったのは、食べることに執着がないマーロウでは、この弟子を餓死させそうだと思ったのではないかと。冷えた果実水に手を伸ばすアリアを見ながらそう結論づけることにした。

あとがき

初めましての方も、そうでない方もこんにちは。ナユタと申します。

このたびは本作『拾われ弟子と美麗魔術師〜ものぐさ師匠の靴下探しは今日も大変です〜』をお手に取っていただきまして、誠にありがとうございます。

他社様から刊行したものと合わせて、本作で三冊目の単行本を出させていただけることになりました。

これも偏にいつも読んでくださる読者様と、大好きな家族のおかげです。

そんな家族の中でもとりわけ毎回書籍化を喜んでくれたのは母でしたが、残念ながら今回の書籍化は一緒に喜びあうことはできませんでした。

この作品はもともと「小説家になろう」さんで連載中だったものを、毎年サイト内で行われるコンテストに出して拾い上げていただいたのですが、母はこの作品の結果発表どころか、コンテストの開催を待たずに長年患っていた病気で帰らぬ人に。

もう何も書けないのではというくらいスランプになりましたが、兄に最後にするにしても、頑張って書いた作品だろうと背中を押されたことで、コンテストのタグをつけました。

結果としてこのあとがきを書けることになり、とても感謝しています。

でも苦しい時や悲しい時にこそ物語が必要なんだなと。活字中毒なので、書けなくても読むんですよね、本。それで他の作家さんの作品を読んでしみじみ思いました。読書は心の点滴だなぁと。

今作の主人公とその師匠は、常日頃から素直に感情をぶつけ合う間柄。我儘と不満の応酬に手加減はないという二人。でも一番伝えたい好意だけは秘密な弟子の乙女心は、毎分毎秒師匠の無慈悲な行いに打ち砕かれます。

作中で主人公がすることといえば、主に掃除。掃除。掃除。一巻は本当にほぼ掃除しかしていませんね……。

しかしそんな弟子の前からゴミの山がなくなることはありません。

そのゴミの山を無尽蔵に生み出すのは師匠なのですが、明らかに駄目な大人である彼のどこにときめく余地があるのか。読者様にはそこを探していただければと思います（笑）。

最後になりますが、この作品を本の形にしてくださったTOブックス様。

まさかのパソコンとWi-Fi環境なしというジャブに始まり、機械音痴でネット音痴というどうしようもない私を見捨てず、根気よくメールでやり取りをしてくださった担当様。

温かい光と透明感のある素晴らしいイラストで、作中の世界とキャラクター達をとても魅力的に描いてくださった瓜うりた先生。

毎晩晩酌をしながら面白い歴史の豆知識を授けてくれる兄。

無謀な挑戦でも反対せずにゆるーく見守ってくれる父。

同人誌活動を一緒にしてくれるフットワークの軽い伯母。

十キロもあるのに抱っこが大好きでお散歩が嫌いな愛犬。
Ｗｅｂ小説サイトから応援してくださる読者様と作家様方。
そしていつまでも茶目っ気と探究心に溢れていた大好きな母。
様々な方々に支えていただいてこの本を出すことができました。
本当にありがとうございました！

二〇二四年某日　ナユタ

ちょっと、
別に出ていけとは言ってって……
祖父母が見つかった!?
混乱する自分に対し「会ってこい」と軽く言い放つ師匠に
ショックを受けたアリアは……？
コンプレックスまみれの弟子と美貌の
大魔術師のちぐはぐラブファンタジー第二弾！
コミカライズ
企画進行中！

巻告
次予
アリア、家出する⁉
師匠なんて私のいない汚城でゴミに埋もれちゃえばいいんですよ！
拾われ弟子と美麗魔術師
hirowaredeshi to bireimajutsushi
2
～ものぐさ師匠の靴下探しは今日も大変です～
著 ナユタ
ill 瓜うりた
2025年発売予定!!!!

著 岬
ill. さんど

TVアニメ化決定！

稳やか貴族の
休暇のすすめ。

A Mild Noble's Vacation Suggestion

アニメ化決定!!!!!

COMICS

第6巻 1月15日 発売!

※第5巻書影　イラスト：よこわけ

コミカライズ大好評・連載中!

https://to-corona-ex.com/

白豚貴族ですが前世の記憶が生えたのでひよこな弟育てます

shirobuta kizokudesuga zensenokiokuga haetanode hiyokonaotoutosodatemasu

DRAMA CD

CAST
鳳蝶：久野美咲
レグルス：伊瀬茉莉也
アレクセイ・ロマノフ：土岐隼一
百華公主：豊崎愛生

好評発売中!

シリーズ累計 60万部 突破!（電子書籍も含む）

シリーズ公式HPはコチラ!

第二部最終章
涼が不在の中央諸国で
人類の存亡をかけた戦いが始まる!
V
著:久宝 忠
イラスト:天野 英
水属性の魔法使い
第二部　西方諸国編
2025年1月15日発売決定!!!

魔人大戦

2025年1月から
テレ東・BSフジほかにて
TVアニメ放送開始!!
U-NEXT・アニメ放題で最速配信決定!
没落予定の貴族だけど、
暇だったから魔法を極めてみた
©三木なずな・TOブックス／没落貴族製作委員会

COMICS

［漫画］秋咲りお

※8巻書影

コミックス⑨巻
2025年1月15日
発売予定！

最新話はコチラ！→

NOVEL

［イラスト］かぼちゃ

原作小説⑩巻
2025年1月15日
発売予定！

SPIN-OFF

［漫画］戸瀬大輝

「クリスはご主人様が大好き！」
コミックス
2025年1月15日
発売予定！

最新話はコチラ！→

ANIMATION

STAFF

原作：三木なずな『没落予定の貴族だけど、暇だったから魔法を極めてみた』（TOブックス刊）
原作イラスト：かぼちゃ
漫画：秋咲りお
監督：石倉賢一
シリーズ構成：髙橋龍也
キャラクターデザイン：大塚美登理
音楽：桶狭間ありさ
アニメーション制作：スタジオディーン×マーヴィージャック

CAST

リアム：村瀬 歩
ラードーン：杉田智和
アスナ：戸松 遥
ジョディ：早見沙織
スカーレット：伊藤 静
レイモンド：子安武人
謎の少女：釘宮理恵

詳しくはアニメ公式HPへ！
botsurakukizoku-anime.com

シリーズ累計 85万部突破!!（紙＋電子）

拾われ弟子と美麗魔術師
～ものぐさ師匠の靴下探しは今日も大変です～

2024年12月2日　第1刷発行

著　者　ナユタ

発行者　本田武市

発行所　TOブックス
〒150-0002
東京都渋谷区渋谷三丁目1番1号　PMO渋谷Ⅱ　11階
TEL 0120-933-772（営業フリーダイヤル）
FAX 050-3156-0508

印刷・製本　中央精版印刷株式会社

ISBN978-4-86794-378-6